SEBASTIAN 費策克

FITZEK

集眼者

Der Augensammler

費策克 Sebastian Fitzek —— 著

林凡儿 ———— 譯

謹以此書紀念胡帝格・科黑克勞（Rüdiger Kreklau）。
改變世界的是狂想，而非學究。

遊戲是一種以巧合從事的實驗。

——諾瓦里斯（Novalis）

我從終點開始。

——手創樂團（The Script）

想：「等等，如果她真的徒手摸我就能看見過去，那如果我是個連續殺人犯的話會怎樣？她會注意到我在按摩前不久才在地下室謀殺了一個人嗎？」接著《集眼者》的概念就誕生了（當然不是走去地下室，而是走到書桌前……）。

順帶一提，有一次，雍布魯特女士中斷了療程，跟我說：「在你的新驚悚小說裡有很多關於窒息的情節對吧？」但我根本沒有跟她講過任何關於《集眼者》的事。她說，她在幫我按摩的時候感到呼吸困難。雍布魯特女士——我為妳戴上想像的帽子，期待我們下一次療程！

那麼，我現在要像以前一樣，以感謝書商、行銷人員，和在圖書館工作的員工們做結，是他們讓您得以拿到這本書的。

如果在這場感謝馬拉松之後，您還有力氣，請將對於此書的意見寄給我，您可以寄到以下信箱：

ichfandssuper@sebastianfitzek.de

（稱讚、索取簽名或求婚）

或：

kritik@wandertindenspamfilter.de

（抱怨）

當然也能寄到fitzek@sebastianfitzek.de

下一本書見！

您的瑟巴斯提昂．費策克

二〇一〇年三月于柏林

但她當然比我好看多了，她也操心我的一生。（說到這個，我也要提芭芭拉・赫曼（Barbara Hermann，45））瑪努——我不能在這裡太稱讚妳，不然妳丈夫卡勒（Kalle，46，葛拉齊亞諾・羅齊吉雅尼的前健身教練）下次會用沙袋教訓我。

兩個我不會忘記，從一開始就陪伴我的人是莎布莉娜・哈博夫（Sabrina Rabow，47，如果你想進出版業，選她就對了）以及克里斯提安・梅耶（Christian Meyer，48，如果你想要出書，找他就對了）

我要感謝費策克家的三個人——克雷蒙斯（Clemens，50）、莎賓娜（Sabine，49）跟弗萊姆特（Freimut，51），你們可以從這三個猜出誰是我父親。他們給了我專業，但最主要是心靈上的支持。家庭在我書中扮演重要角色不是沒有原因的，我不像我書中的英雄一樣，我有幸能夠擁有完好的家庭。我當然也要感謝家裡的珊德拉（Sandra，52），她得跟一個瘋子共度一生，這個瘋子會因為有其它念頭，講話講到一半就停了……

啊……我講到哪裡了？啊，對了……警察！

我謝謝犯罪組的主要幹員印果・迪特里希（Ingo Dietrich）和米歇爾・亞當斯齊（Michael Adamski）提供給我，他們調查工作上的驚險事蹟。

最後我要介紹，讓我想到《集眼者》主意的人：我的物理治療師，寇爾杜拉・雍布魯特（Cordula Jungbluth）。四年前，她在指壓我過後都會準確講出我生命跟心裡的事，讓我大吃一驚，她說她是在按摩我身體時「讀到」的。一開始我只覺得很有趣，她跟我說，我小時候是個局外人（但誰年輕的時候不是呢？），還有我心裡有許多未克服的衝突（是嗎？）。但接著我就

是簽下我了。也謝謝你在AVA團隊的其他人：克莉絲汀娜・齊爾（Christine Ziehl，26）、烏澤・諾依瑪（Uwe Neumahr，27）、克勞蒂雅・巴赫曼（Claudia Bachmann，28）以及克勞蒂雅・馮・侯恩敘坦（Claudia von Hornstein，29）。

我很驚訝，我的好友名單並沒有逐書變短。我在寫書的時候總是沒法花太多時間跟大家往來。但索特・巴許（Zsolt Bács，30）、歐利法・卡爾寇佛（Oliver Kalkofe，31）、托馬斯・寇許維茲（Thomas Koschwitz，32）、佩特・普涵格（Peter Prange，33）、迪爾克・敘提勒（Dirk Stiller，34）、安得雷亞斯・弗洛提格（Andreas Frutiger，35）、阿諾・穆勒（Arno Müller，36）、尤亨・特胡斯（Jochen Trus，37）、伊沃・貝克（Ivo Beck，38）還是定期跟我聯絡。不過也有可能只是因為我還沒還他們DVD，或是因為我再度推掉我的根管治療而已，對吧，烏利克・海恩岑伯格（Ulrike Heintzenberg，39——世界上最好的牙醫！）？感謝席蒙・耶格（Simon Jäger，40）用他美妙的聲音將我的作品錄成有聲書，也感謝奧迪布勒（audible）有聲書的米歇爾・特侯伊特拉（Michael Treutler，41）卓越貢獻。

感謝格爾琳德（Gerlinde，42），我總是可以跟她講最荒謬的事，她也想當作家。妳的故事很棒，把它們寫下來吧！寫就對了……

托馬斯・佐巴赫（Thomas Zorbach，43）——感謝你允許出借給我你美極了的姓氏，以及你vm-people公司員工所提供的協助，實現了我許多瘋狂的想法。順帶一提，以五十六歲的年紀來說，你在照片中保養得好極了！

當然我也要感謝瑪努耶拉・哈許克（Manuela Raschke，44），我總是將她想像成我的腦子，另外兩個我要粗體印刷的名字是——卡蘿琳·格哈厄（Carolin Graehl，11）跟蕾居妮·懷絲布羅特（Regine Weisbrod，12），我的審校夢幻團隊。我確認過了，你們在我第一版的稿子上加了整整兩百五十二個批注；其中有六個是正面的。如果我要愛你們的話，我得有受虐狂的血管才行呢！感謝萬分，你們再度為我的書付出最大努力。

生產部也再度超越自我了，謝啦——席畢勒·迪澤爾（Sibylle Dietzel，13）！我聽說有很多人因為這次倒過來的頁碼而抱怨（應該的！），我緊張得要命。

每年有超過十萬本新書發行到市面上。而我的書能堆到這座紙山上，讓它增高幾公分，都要感謝我這邊的兩個世界擲書（又稱行銷）冠軍：克雅斯汀·萊澤·德·拉·馬札（Kerstin Reitze de la Maza，14）跟克利斯提安·德許（Christian Tesch）。

我對名字的記性糟透了，因此我謹感謝以下的人，代表整個德洛瑪（Droemer）團隊，望請見諒：蘇珊娜·克萊恩（Susanne Klein，15）、莫妮卡·諾依德克（Monika Neudeck，16）、伊莉斯·哈絲（Iris Haas，17）、安德蕾雅·包雅（Andrea Bauer，18）、康斯坦澤·特黑霸（Konstanze Treber，19）、諾米·侯爾巴赫（Noomi Rohrbach）、格歐克·黑吉斯（Georg Regis）、安得雷亞斯·提勒（Andreas Thiele，20）、卡婷·恩格爾貝爾格（Katrin Englberger，21）、海德·柏格納（Heide Bogner，22）。

這次我也不想忘了提發崛我的人：安德蕾雅·穆勒博士（Dr. Andrea Müller，23），再度回頭感謝出版社這一方，以及克勞斯·克魯格（Klaus Kluge，24）我跳來跳去的:-)。

侯曼·侯克（Roman Hocke，25）——你是讓我成為作家的人，儘管大家都拒絕我，但你還

那麼，現在該是來介紹其他人的時候了。我不知道您會怎麼想，但我看過許多謝辭，就像是電影結尾的字幕一樣，沒有人會繼續看。因為觀眾根本不認得那些快速掃過的名字。

為了避免這樣的結果，我就不提那些我還欠債的人們了（在一本書中被提及，對我來說比邀他們吃一頓飯還廉價，而且有些讓我生出靈感的人，並不一定想要公開拋頭露面，對吧，弗路提〔Fruti，35〕？）。

因此在名字後面我會附上數字。如果您到現在還沒有注意到的話（您還真精明！），數字將對應到照片的編號（只要他們同意被刊登，或是沒有超過照片繳交期限）。這樣讀者比較能夠對我的幫手們留下清晰的印象。所有照片都是他們自願並自己挑選後寄給我的。如果有照片對您的眼睛造成傷害，恕我不負相關責任。這不是我做的，而是出版社的問題。不過，這些照片無論如何都比《小孩》（*Das Kind*）那本書中我的照片好太多了。我那張照片看起來就像是個長了雙下巴的日本龐克族。

我們就先從出版社的人開始吧。我得先提漢斯．彼得．予布萊斯（Hans-Peter Übleis）跟貝雅特．庫卡茨（Beate Kuckertz，9）。他們兩位對好故事非常敏銳，並且——我總是為此感到高興——有很美的簽名（10）。他們在我合約上簽的字都很好看。

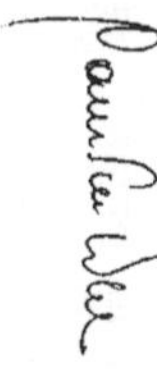

（Sahre Wippig，5）、侯斯維塔・瓦格哈（Roswitha Wagerer）、尼爾斯・露易特哈特（Niels Luithardt，6）、黑爾格・尤赫斯（Helge Jörres）、安克・梅特拉（Anke Mädler，7）、努黑・居爾拉（Nuray Gürler）、安德雷亞斯・海斯塔（Andreas Heister）、布里姬特・里格（Brigitte Rieger）、芬妮・侯爾茨（Fanny Holz）、卡莉娜・休伊稜（Karina Scheulen）、尤漢娜・索帕特（Johanna Sopart）以及維克托莉雅・安溫佑（Victoria Amwenyo）。

我被這些人的熱情跟坦率給征服。而在過去幾個月中，也體驗學習了許多有趣的事情。因為沒有辦法在單獨一本書中將之寫完，所以我有了讓雅莉娜跟佐巴赫在另一本驚悚小說中再度出場的念頭。

然而，我必須坦承，像我這樣視力健全的人，是不可能完全體會視障者的世界。儘管我做了密集研究、長達數小時的訪談及對話，儘管我曾數度嘗試，比方說去伸手不見五指的餐廳、讓視障朋友為我上了幾課，但我想還是沒辦法避免在寫作的過程中犯下錯誤（自然，我要為這些錯誤負責）。

《集眼者》並不是專業書籍，只是一本純粹的虛構故事。雅莉娜・額我略夫因為她的「天賦」而顯得特別。然而，我希望大家能察覺我書中對視障者的崇敬跟尊重。我越寫，對他們的敬意就越深重。

對此，我要特別感謝莉莎・曼特（Lisa Manthey，8），一位十六歲的少女。她回答了我關於視障的青少年在校園生活中的所有問題。

因此在寫雅莉娜的時候，我改編得溫和了點，不然除了我以外沒有人會相信。

另外一本書，如果它沒有銷售一空的話，您一定得讀，不，您一定要看過，那就是烏爾里克·湊里屈（Ulrike Zollitsch）的《我知道我在哪裡》。在這本令人印象深刻的書裡，收錄許多天生失明的孩子畫作。多虧有點字法，孩子們可以用一枝筆將他們的想像世界畫在描圖紙上，也因此有了「靈魂體驗的化身」。在裡面可以發現，從沒親眼見過**世界**的人是如何看待這世界。

還有一個值得推薦的網站是www.anderssehen.at。在上面許多外行人不懂的、關於視障的問題幾乎都可以找到解答，也因此成為我的重要參考來源。比方說，您知道在結帳時不靠別人幫助付錢有多麼難能可貴嗎？（有機會的話您可以試試，只用手在口袋裡挑出對的硬幣，或是閉著眼睛在簽帳單上簽名）

最後，我事先讓一群視障讀者閱讀了書中最重要的章節。在此我想要特別感謝烏澤·羅達（Uwe Röder，1），他為我安排了許多次多方電話會談，還有顏妮·格魯爾克（Jenni Grulke，2）她為我向大家朗讀那些章節。惟有如此我才能避免犯下拙劣的錯誤；比方說，我在第一版書中曾錯誤的寫到，導盲犬在陌生的環境中無法安穩睡覺。透過交流我學到，有些視障者會化妝及刺青，並體驗到他們的擔憂跟恐懼，還有部分視力健全的人因不瞭解、無知而對他們造成的傷害。

除了上述諸人之外，讓我感受到到如此深刻的體會的，還要感謝費歐多拉·奇曼（Feeodora Ziemann）、安德蕾雅·捷克（Andrea Czech，3）、佩特拉·克蕾薇絲（Petra Klwes，4）、君特·索爾法蘭克（Günther Sollfrank）、克莉斯汀·克洛克（Christine Klocke）、莎赫·維比希

謝辭

通常我在鳴謝的開頭都會先向一群人鞠躬，對身為作者的我來說，這群人是最重要的——也就是讀者們。這次我還想具名列舉一些人，因為在我的創作生涯中，從來沒有一次像在寫**《集眼者》**時一樣，受到讀者的各種協助。

我於二〇〇九年初在推特上寫到，新小說中，將由一個兩眼雙盲的物理治療師扮演要角，接著就收到一位視障讀者的信，她透過有聲書聽我的作品，並協助我做了事前功課——主要重點在於：關於視障者，許多書和電影都在亂寫亂拍，拜託不要犯跟其他人一樣的錯。

我非常認真看待這個警告，並從著手寫作開始就一直與視障朋友保持聯絡。

我的研究從發放問卷開始，藉此打開通往這個陌生世界的大門。對於視障者的描述，一般常見的通病是什麼？視障者如何作夢？他們怎麼在日常生活中使用電腦、電話、洗衣機等等？您可以在 www.sebastianfitzek.de 參閱精選的答案。

為了避免出現重大錯誤，雅莉娜．額我略夫是改編自真實存在的人物：麥克．梅（Mike May）。他三歲時因為意外而失明。假如您因我的書而對他扣人心弦的真實人生有興趣的話，我強烈推薦您閱讀由羅伯特．庫爾森（Robert Kurson）撰寫的傳記《學習再度看見的視障者——一個真實故事》。麥克．梅小時候就曾在不藉他人幫助的情況下，騎了幾英里的腳踏車、擔任學校義交、在高山滑雪以時速一〇五公里疾行而下——創了視障者的世界紀錄！他的能力難以想像，

首章　回到最初

倒數四十五小時又七分鐘

搜尋再次開始……

序曲

亞歷山大・佐巴赫（我）

我是不是警告過你要小心這種故事？有些故事一如死亡的漩渦，或者像鏽蝕的鐵鉤，深深挖掘意識，讓人不得不聽完。

永恆運動。這種故事從未開始，也不會結束，因為它們與永恆的死亡息息相關。

我千叮萬囑過，請你別再往下讀了。

天曉得，這些文字怎麼會讓你讀到，但這不是寫給你看的，也不是寫給任何人看的。尤其不可以落在你仇家的手裡……

我明明說過了，這是真實的經驗談。

現在你知道了，這是發生在某人身上的真實故事。這個人的眼淚如血滴一般湧出，手擁抱著幾分鐘前還在呼吸、還愛著、還活著的人扭曲的血肉……這故事不是電影，不是傳奇，也不是書。

這故事寫的是我的命運。

我的人生。

這男人非得痛苦到了極點才意識到，死亡不過正要開始——而這個男人就是我。

見的畫面讓我想到了一個好主意。在那部可靠的電梯被找到以後，我其實有點慌張，不知道該把尤利安帶到哪裡去才好。但是現在，在我透露了自己的身分以後，一個可移動的藏匿處顯然比電梯方便多了。多好啊，一艘不會被人輕易找到的船！

我知道妳會怎麼想。但妳該想想我祖母汽車車上儀表板上的那張貼紙，上面寫著：**只要努力，就可以輕易預告未來**。事實是不是這樣呢？

雅莉娜從來就看不見過去，而我也不確定她能不能看見未來。但無論如何，她都幫忙形塑了我接下來的劇本。我承認，這有趣的劇本真讓我樂不可支。

偶然或命運？

我不知道。不過，這不就是我玩遊戲的原因嗎——找出是否有哪個父親能夠改寫我設計好的結局！

佐巴赫會再度成功嗎？在他知道我的下一步時，他會找出他的兒子且救他成功脫困嗎？而我能改寫雅莉娜的預言，扭轉我自己的命運嗎？

我不知道，但是我會找出答案的。

時間不曾停歇。

遊戲繼續進行。

祝妳玩得愉快。

法蘭克．拉曼敬上

但我一直奇怪，她為什麼可以那麼確定，我就是全世界都在找的那個禽獸？

是命運或偶然？

坦白說，在經過這件事情之後，我不知道也無法確定，自己還是不是遊戲的主人？雅莉娜是真的看到事情將如何上演，還是她讓我想到了那些主意？

可以確定的是，我本來對尤利安有完全不同的打算。但這個盲女出現了！並且描述了一場孩子失蹤的捉迷藏。這故事真是太精彩了，跟我的想法多類似啊！這簡直就是一個預兆！我在孩子玩捉迷藏的時候將他綁走，把虛擬的遊戲推移到真實的層面……這是遊戲中的遊戲！

我也曾遲疑過，是否要拿尤利安當下一個被害者？可是當佐巴赫最後一次決定不回家看兒子，而要我送手錶給孩子時，我就把它當成是一個注定的徵兆。我站在妮琪家前，尤利安向我跑過來——佐巴赫曾帶我回家一起吃過飯——他認得我，所以要說服他跟母親玩捉迷藏遊戲，並不是什麼難事。不過我根本不需要費力說服他，老實說命中注定的事情也讓我覺得毛骨悚然……因為他們當時已經在玩捉迷藏了。於是我建議他躲進倉庫裡，然後把他迷昏。後來我常想，如果我沒有對他提出建議的話，尤利安是不是也會躲到相同的地方？接著，妮琪講出了雅莉娜數小時前曾預言的對白：

「**抱歉，但我現在有點亂。我在跟兒子玩捉迷藏，你猜有多誇張？我怎麼都找不到他。**」

雅莉娜所看見的，難道真的是事先安排好的命運嗎？

或者這一切只是**偶然**？畢竟，在那種狀況下，妮琪還能說什麼呢？

我不知道自己該怎麼想，對我來說，這兩者都不太可能。能確定的只有，雅莉娜最後一次看

我因為搬運陶恩斯坦家的孩子時，動作不當而導致肌肉疼痛，於是到雅莉娜的工作室。後來她去警局報案時，卻碰巧與我撞個滿懷，那是偶然還是命運？

盲人怎麼會知道，就連明眼人都沒看過的集眼者是誰？

我知道我得在她和探員談話之前找出答案。所以我偽裝成警察，將她帶到空房間，變換聲音，表現得就像要聽取她的供詞並製作記錄。這期間偶爾會有人開門探頭，不過在別人看來，我的「訊問」就像是兩個普通人的一般談話而已。

接著，我將她推給佐巴赫，讓她加入這場考驗。我從佐巴赫母親的日記中得知，當他想要獨處思考時會躲到哪裡。我很清楚，只要我告訴他，警方正在找他，他就會跑到那裡去躲起來。但他大可把雅莉娜趕走，獨留該處，最好的是回家去為尤利安慶祝十一歲生日。

然而我也承認，在雅莉娜講出倒數計時的精確時間以後，連我自己也都方寸大亂。

但我越想越覺得，這整件事一定有個合理的解釋。

我想，在去雅莉娜工作室的那天，我人真的很累，連等待按摩的空檔都忍不住閉眼小睡。我會不會是在放鬆舒緩的音樂聲中睡著，所以說了夢話？有可能喃喃講出一組數字？譬如……

四十五小時又七分鐘。

也有可能是雅莉娜踢到花瓶前不久才讀過集眼者的相關報導，或從電視上聽到什麼而不自覺，總之，疼痛轉移了她的注意力，忘記自己是如何接收到這個訊息。

是四十五小時又七分鐘……

而不是整點的倒數計時。

會改變。

當時，他大可做出選擇：繼續玩還是要投降？

但他再度不顧家庭，決定繼續玩。即使孩子病了、即使尤利安的生日到了，他還是決意獨自踏入黑暗中。他跟其他那些父親沒什麼不同，離開孩子數個月、忘記小孩的生日，讓兒女獨自躺在黑暗的床上想著痛苦的問題：我爸爸到底還愛不愛我？

現在，妳看出我有多麼公平了吧？我甚至用佐巴赫的電腦寫了一封信寄給他，告訴他我真正的動機。我還在佐巴赫母親的床頭櫃上放了一張暗示我有罪的合成照片：上面有我的弟弟，而背面寫了重要的線索……最後，我更阻止了休勒的犯規行為，讓佐巴赫重新上場。

妳問我為什麼要這樣做？答案很簡單。我，集眼者，並不想贏。我相信愛，相信父親對孩子的愛。因此我考驗他們，給他們機會向我和向這個世界證明他們的父愛。如果在這場遊戲裡我能輸掉，我反而會更開心！因此，我一直在幫助我的對手，甚至在最後關頭，親自將佐巴赫帶到葛律瑙街去——

決定權再度落到他的手上，他要往哪個方向走？向前赴湯蹈火，或者回家去，與盼望得到他贈送生日禮物的兒子共享美好時光？

霍佛特只說對了一點：我不是蒐集狂。我是個考試官。我考驗父親對孩子的愛。一而再、再而三，希望總有一天能得到跟我經歷不同的結果。

偶然或命運？

我經常思索這個問題，尤其在最近的事件之後，更是無法停止。

蠢。要知道，我的目的並不是毀掉家庭。我當時從那場「愛的考驗」裡存活下來，因此，這一回合也可以有個倖存者……冰箱裡的空氣足夠蕾雅呼吸很久，她只有可能會渴死。

總之，隨妳怎麼想。但這場遊戲設計得很公平。在佐巴赫進入這個回合以前，幾乎可說是完美無缺了。

我警告過他！雖說每個警告也都是一個誘餌，不過生命裡的罪惡不都是如此嗎？在菸盒上印著骷髏，我們知道內容物有毒，但還是抵擋不了香菸的誘惑。每個警告都是一種誘惑。就像雅莉娜，我差遣到佐巴赫船屋中的盲眼預言家。船屋的地點是佐巴赫的母親洩漏的，不過，當然不是她自己告訴我的，她那時幾乎沒辦法說話了。佐巴赫每次找時間去探望他母親時，都會朗讀那本日記，裡頭詳實記載了她意外找到森林小徑的內容。而我到療養院去探望我祖母時，就順便借了那本日記。

當然，我祖母從以前被虐待的養老院搬到佐巴赫母親的療養院，並非巧合。我在寫了報導以後，用心為她找了一家以妥善照料著稱的療養院。而沒有用心照顧我祖母的護士卡塔莉娜．梵高爾——多虧我的調查——後來被帕克療養院革職。多虧她，讓我臥病的祖母長了褥瘡，深可見骨。褥瘡！後來我以其人之道還治其人之身，闖入她家，麻醉她，用塑膠膜把她全身裹起來……那完全只是讓我愉悅的單純復仇而已。不過我怎麼也沒想到，她腐爛的身體會在我的遊戲裡產生全新的意義。

當佐巴赫和雅莉娜要查罰單的時候，我把他們引誘到梵高爾家。那是個誘惑沒錯。但我明確警告過他們不要進屋，甚至還用房門口的電子跑馬燈提醒他。跑馬燈的內容，只要我傳封簡訊就

可惜，如果用冷凍庫的話，實在沒辦法事先計算好在不透氣的監牢裡，一個人能生存多久？因恐慌而過度換氣的人，會比沉睡者花掉更多氧氣，此外，兩個人在氧氣一樣多的環境裡能存活的時間也不盡相同，例如我就是活生生的證明。因此我找到了唯一的可能，來設定幾乎一致的條件，讓空氣在指定的時間點徹底消失。我在平房地下室對護士所做的嘗試——用幫浦抽光地下室的空氣——其實並不真的很具有說服力。我也擔心佐巴赫和雅莉娜會在底下窒息而死。而且我沒辦法確定地下室真的能做到完全不透氣的程度，因此，我決定用另一種方式來抽光藏匿處的空氣——讓它淹水。

「你玩的是恐怖又病態的遊戲。」妳可能會這樣說。但我告訴妳，這其實是場公平的遊戲。看小多俾亞就知道，在這場遊戲裡，就連被害者也可以有逃脫生天的機會。

他其實不需要掙扎。就算他留在行李箱裡，沒從木箱中脫困，在倒數計時結束前，他都不會死去，頂多只會昏睡。我留在他身邊的工具，並不是讓他消磨時間用的。無論是硬幣或螺絲起子，它們都不是陪葬品，而是真正有用的器具。多俾亞不像我跟我弟弟一樣，他有機會可以利用那些工具脫困。只可惜這小子在拉繩子讓電梯往下掉的時候，並沒有反應過來。如果他腦袋清醒點的話，就可以順著繩子向上爬，找到佐巴赫後來打開的電梯檢查口……

但多俾亞沒有把握住機會，不久後，電梯就落入淹水的地下室，而時間恰恰好就是四十五小時又七分鐘。從這裡妳也可以看出我是多麼大方，沒有把健康的人能在水裡存活的時間也列入總時計算。

如果妳問我，「那蕾雅呢？她為什麼不在電梯裡？」光憑這句問話，就足以說明妳有多愚

承認，我是想玩沒錯，但是不是跟他玩。他不應該在這一回合出現。

妳當然可以譴責我。但妳不能說我是個不公平的遊戲操控者。我早就告訴過妳了，現在也要向妳證明：我一直遵守著自己制訂的規則。即使我改變了規則，也是為了要幫助我的對手！

在佐巴赫的例子裡，我從一開始就讓他自己選擇，究竟要不要加入遊戲。

他從警方無線電裡聽見的聲音，是我用訊號干擾器傳出的。每個分類完善的電器超市裡都可以買到這樣的零件。此外，我還從編輯室裡偷走了他的皮夾，丟在案發現場，也是想要把他引到岔路上去。他要怎麼解讀這些訊息，是他個人的決定。看他是要追捕集眼者以洗刷自己的嫌疑，或者是將此視為一種警告，回頭去照顧生命中真正重要的東西：家庭。

佐巴赫做出了決定，他重視工作更甚於孩子，決定來追捕我。他就像我至今綁架的那些孩子的父親一樣。他們明明可以好好照顧自己的親生骨肉，但卻都優先選擇了賺錢或嫖妓。他們就像我爸一樣的以自我為中心，不顧他人，寧可跟酒友廝混，也不願意把我和我弟從冷凍櫃中放出來！他的自私奪走了我弟弟的生命跟我的理智（心理醫生是如此分析）。當然，我承認，我確實是根據和弟弟受困當時的環境來設定遊戲條件，這是一種行為障礙。一個對我們而言已經死去的母親——所以我在遊戲開始時，就把她趕出場——一個不關心孩子的父親，和一處空氣只能持續四十五小時又七分鐘的藏匿處，以及一具和我弟弟一樣，少了左眼的屍體……

我花了很長時間才確定我的倒數計時器可以運作。如果孩子在倒數計時結束前就窒息而死的話，那就不符合遊戲規則了。但如果孩子存活的時間比其他人更長，也一樣不公平。我弟弟也只有四十五小時又七分鐘，他沒有辦法呼吸到更多空氣。其實我最想用的囚禁處是冷凍庫，只是很

集眼者的最後一封信，由匿名帳戶傳送的電子郵件

收件人：thea@bergdorf-privat.com

主旨：最後的話

敬愛的貝格多芙女士：

我想這將會是我寄給妳的最後一封信。希望妳注意到，我對妳的稱呼和從前不同，充滿了敬意——儘管我不確定妳未來的報導是否也會同樣尊重我。

即使那對雙胞胎脫困，但妳大概還是把我看成是禽獸吧？然而我並非無動於衷之人。當我站在山丘上透過望遠鏡，看見佐巴赫崩潰，我內心感覺到深沉的悲傷。

亞歷山大．佐巴赫是我最喜歡最信任的人。看見他變成後來那心碎而蒼老的樣子，就像他懷中死去的妻子，也奪走了他自己的生命一樣，實在教我心碎。

他是我的導師，也是我從未有過的父親，更是我想要學習的典範。在工作上，我模仿他的幹勁和幽默感。不僅如此，就連外表我也想要和他一樣。我偷偷買了他平常喜歡穿的衣物——在離開雅莉娜的工作室後，被藝廊攝影機拍到時，我身上穿的就是那些衣服。

我的所作所為，都是為了更接近他。但後來是他毀了一切。為什麼他一直閉著眼睛？為什麼他視若不見？我給過他很多線索，讓他看見這場遊戲的危險性，也警告他不要隨便縱身投入。我

那時，我將他的睡臉輕輕擺正在胸口，不讓他的腦袋歪向一邊……那幾乎就像我現在抱著妮琪屍身的方式一樣。

我們當時曾有什麼樣的夢想？我們對這個小家庭有怎麼樣的計畫？辛苦築成的一切竟然如此輕易的被毀滅。

我從妮琪冰冷的手指裡拿出碼錶，站起身來。

我們曾經想要在這裡一起老去。在魯道夫．多爾伐布利克的山麓上，在柏林城郊八十六公尺高的瞭望點。當天氣晴朗時，人們可以在這裡遠望三個村莊，博恩斯村、舍納費爾德和華斯曼村……當然，還有我們的院子。

低頭端詳著妻子的遺體，我再抬起頭來遙望著翠綠的山頭——我的希望曾在這座山腳下誕生，但繼而被永遠的毀滅——我不確定是眼中所含的淚水所致，抑或者是山頭上真有一個舉著望遠鏡遠眺的男人。男人臉上的望遠鏡，在冷颼颼的冬陽下折射出光線。

慌亂中，我掙扎著用四肢匍匐前行，好不容易站起身，穿過花園那棵我曾想在上面掛鞦韆的菩提樹，接著又被絆倒在草地上。「妮琪！」我大叫，捧起她的頭頸，但它癱軟的垂了下去。

妮琪！

我呼喊她的名字，越喊越淒厲，但她的眼睛眨也不眨，她的嘴再也不會張開了。

此時我真想像她一樣死去……我恨自己仍然活著！我憎恨我的人生！這是個錯誤。但為了這個錯誤，我的妻子必須死，而我的兒子正為此受苦——

「**天父啊，尤利安！**」

我望向倉庫。木門鬆開了，大門敞開著。

「**我把小孩帶到車上。車輛停在森林邊的草地上。我覺得時間應該是清晨左右，日出以前。一切忽然變得很暗，我以為畫面已經結束。可是又看到後車廂亮起紅燈，我把男孩裝進去。**」

我敲著頭，想把那痛苦的真相從腦袋裡給敲出來。

「**我還知道，我們開了好一陣子上坡路，經過幾處轉彎，最後我把車停下。**」

「**妳做了什麼？**」

「**什麼也沒做，就只是站在那裡眺望。**」

「**眺望？**」

「**對。我手中突然出現一個重物……**」

曾經，在很久以前，當尤利安還是個嬰兒，而我只想當個好父親時，我曾跟他一起坐在花園裡。而現在我站在原地，感覺到的卻是靈魂撕裂般的痛苦。

「妳怎麼處理屍體的?」

「我用電線把她拖到外面……我把她拖過客廳,經過陽台,再到花園……圍籬附近的角落有個倉庫,我就把她丟在那裡。」

我再度向那個我不再信仰的神禱告,求祂證明我是個笨蛋——**沒有人可以看到未來,不可能**——幾秒鐘後,我把車駛到那條我跟妮琪一起生活了十二年的街道上。

如果這個時候道路裂開,把車輛吞沒,也許我還能從容以對……說不定我會更高興,因為如此我就不必親眼目睹未來的局面。

「**接下來呢?**」我聽見回憶裡自己探問的聲音。

「你是說,在我將碼錶塞進那個女人手中以後嗎?」

我將油門踩到底,直奔街角的房子。

「我走進倉庫……那是一間木造倉庫,而非鐵皮搭蓋……倉庫地板上有一團彎曲的東西,乍看起來像張舊地毯,但那是另一具身體,比躺在草地上死掉的女人還要瘦小。」

尤利安!

「**他還活著嗎?**」

我把豐田停在車道上時,一群黑鳥飛過。

拜託不要!老天,千萬不要!不要在這時候讓我為橋上犯的錯誤付出代價……

我跳出車子,咬著嘴唇,不讓自己叫喊出聲來。市郊的氣溫比較低,積雪融得比較慢,踩著光滑的鵝卵石路前進的我在途中滑倒。當我摔倒時,體內彷彿有個無法修補的東西徹底粉碎了。

1
亞歷山大・佐巴赫（我）

後來（很久以後），在每一個抗憂鬱藥劑和鎮定劑讓我能專心思考的短暫片刻，我都會自問，為什麼當時我們一直忽視那致命的錯誤。

雅莉娜從未跟任何人仔細談過她的天賦。如果她曾和別人討論過這件事，那麼，在不那麼慌亂的情況下，她可能很早就會發現，自己所看見的畫面中，沒有任何一個細節足以證明那是過去發生的事。她第一次看見的畫面，是酒醉駕駛的意外，但顯然雅莉娜並非他最後一個撞到的孩子。至於玷汙妹妹的大學生呢？那學生在結束生命前，又強暴了他妹妹一次……或許雅莉娜看見的是他未來的暴行，而不是過去。

太瞎了！我們太瞎了！

在平常，從葛律瑙街到魯道夫・多爾伐布利克的車程至少要十五分鐘，但我只花十分鐘就抵達目的地。然而儘管如此，一切還是太遲。

「**然後，我就扭斷了她的脖子。那聲音聽起來就像壓碎生雞蛋一樣。她馬上就死了。**」

雅莉娜昨天所說的話，在我腦海裡像廉價的立體聲音效般縈繞不去。我敲打腦袋，打開廣播，調得很大聲，但仍然蓋不過我們在船屋裡第一次談話的記憶。

了。」

然後，手機那頭傳來了打鬥聲……

有個男人躲在地下室門後。他攻擊她，扭斷她的脖子，將她拖到花園裡……

那聲音完全符合雅莉娜對我描述的情節。

而當我想起妮琪家的花園中有間木造倉庫時，我無法控制的崩潰大吼起來。

所有無法解釋的問題、所有令人困擾的疑惑，現在都指向了可怕的結果。

「一切都太遲了！」我嘶聲哭喊，幾乎癱軟在地。我終於明白其實一直以來，我們都搞錯了方向——我們老是回首向後看。

但雅莉娜看不見過去！從來都不行。她至今和我說的一切，其實都還沒有發生……

還沒有發生。

我也跌了一跤，整個人倒在救護車前，對著地上潮濕的碎石喘息不已。當我想到那些言語意味著什麼時，幾乎要嘔吐出來。

它才正要發生！

真正的恐怖在最後。雅莉娜一直看不見過去。她看到的是未來！

「無論如何別靠近地下室，聽到了嗎？」我驚恐地大叫，掙扎著站起來。

出口呢？我的車子在哪裡？

「千萬別去地下室！」我再次強調。

真是太瘋狂了！但如果惡夢成真，我就不得不照著集眼者的劇本走下去。早在數小時之前，雅莉娜就告訴過我結果……想要妮琪活下去，我必須不計一切代價，趁一切還來得及，飛奔到她那邊去。

「千萬別去地下室！」

我失足跌倒，扭傷了腿，但毫無所覺。我得阻止不可避免的事發生。它明明就一直擺在我眼前，但我卻始終沒看清楚……接著，妮琪說了她生命中的最後一句話，「親愛的，你嚇壞我

2

犬儒主義者說：死亡從出生開始。和所有極端的言論一樣，這種偏激的說法並非危言聳聽，也有一點道理存在。確實，每個人都會在某個時候結束生命、開始死亡。那是個間不容髮，但可以測知而且合乎邏輯的瞬間，從那一刻開始，我們將跨越看不見的界線，脫離存在的轉捩點。在那道界線的後方，是我們曾經視為「未來」的事物，而在界線面前，只剩死亡。大多數的人會在生命剩下的四分之一的時候，才走近那個界線，至於其他人……例如說罹患重病的人，也許在下半生就準備越過那道界線。幾乎沒有人是自覺跨越那條線的。只有少數人能感知到，生命結束和死亡開始的那個瞬間……例如我，我知道那是什麼時候。

死亡是在我將手機湊到耳邊，聽見妮琪用笑得很不自然的聲音說話時降臨的。她說：「抱歉，但我現在有點亂。我在跟兒子玩捉迷藏，你猜有多誇張？我怎麼都找不到他。」

一陣轟然巨響！

我靈魂深某扇大門轟然關起。之前的人生，永遠被封鎖在門外。

天啊！我心想，而且大聲叫了出來。

「天啊！」

我如同被麻醉一般，從救護車裡踉踉蹌蹌地走出，感覺周遭一陣天旋地轉。

「我怎麼會這麼傻？」

僵住了。

喔，不！

我閉上雙眼。

「光是觸摸並不能讓我看見過去……只有在疼痛的情況下才能看見畫面。」

我退了一步，雙腿發顫。

「怎麼了？」

「你的電話……」

我抬頭望著救護車上方的衣帽掛鉤，雅莉娜的外套就掛在那裡。

衣服口袋裡的電話鈴聲越來越響……

「電話怎麼了？」我站起身來。

「不要接！」她嘶聲叫道，哭著將臉埋進雙手裡。「求求你！不要接……」

還有，集眼者為什麼偏偏挑選我做他的玩具，還把雅莉娜推給我，讓我們找到那個瀕死的女人？他為什麼要在我母親的床頭櫃上放那張照片？雖然從結果來看，這些問題已經不再重要。現在我甚至不想知道，那個逼得我們好不容易才把被害人搶救回來的集眼者究竟是誰。因為在此刻，沒有過去，也沒有未來，只有當下。

但雅莉娜笨手笨腳的動作，改變了一切……

她絆倒了！

雅莉娜向我奔來的同時，被腳下的擔架所絆倒。她晃了晃，本能的要撐起身子，但她沒看見藥櫃旁的扶手，因此順手將電擊器扯到地板上，還撞到了金屬支架。

她臉上的笑容頓時消失，痛得哭了出來。

「妳的手！」我大喊，撲了過去。

她燒傷的左手！

她用傷手撐住了全身的重量，金屬支架肯定刺穿了繃帶，插進肉裡。

「沒事。」我蹲在她身邊，聽見她咬牙呻吟。

「我沒事……」她的額頭滲出薄薄的汗珠。我只能將她擁入懷裡，好像這樣做，就能暫時減輕她的痛苦。

「我沒事！」她想再說一次，但話沒說出口。就算她說了，我也不可能相信。

但就當我抱緊她時，她突然強烈抵抗，我聽到她輕聲說「我感覺到什麼了」！而身體反應看起來就像是全身血液忽然凝結了一般，整個人繃緊，樣子不像是個活人，而像是尊大理石像般的

3

倒數計時後的一個鐘頭，七點二十七分
亞歷山大．佐巴赫（我）

我們很少有機會能夠活在當下。就停在這一刻，沒有未來也不看過去，只有此時此地。記憶裡，我曾經歷過兩次這樣的時刻。第一次是將剛出生的尤利安抱在懷裡；第二次是身上裹著毯子、癱坐在救護車的階梯上，接受雅莉娜的擁抱。

那是我最喜悅也最疲憊的瞬間。就在不久前，我還奮力求生。照護我的醫生好不容易用心肺復甦術救活了我，他不讓我拔掉維生設備，但菲利浦一確認了我的心跳正常，就馬上想訊問我。

我的支氣管裡嗆滿了水，跟多俾亞一樣，需要加護醫療。不過得知他在長時間缺氧的情況下，仍然支撐過來，此刻的我真是滿心歡喜。我的健康和那無數等待釐清的問題一樣，已經無關緊要了。

為什麼雅莉娜只看到一個孩子？為什麼多俾亞還活著，她卻覺得他已經死了？

先前我一直自問，為什麼她看見的那些無法解釋的畫面，有時候符合實情——例如非整點的倒數計時以及平房前的籃框——但有時又在關鍵時刻差點領著我們走錯路？

「**我先前看到的是一艘船。不是工廠，也不是倉庫。**」

站在最上層的階梯。她笑逐顏開，心情愉快，心想就算自己跌倒了，佐巴赫也會扶住她。

佐巴赫還活著。兩個孩子都脫困了。

現在她很確定，一切都會好轉的，不會再有什麼事情出差錯了！

然後她又犯了一個錯。

他先吸了三十二分鐘的氧氣。」

豆大的淚珠從雅莉娜的盲眼中泉湧而出。這瞬間，整個世界都為之改變了。地球兩極偏移，德國不再位於歐洲，柏林存在於另一個星球上……她覺得自己不再是個人，而是一股能量。

「但是沒經過特別訓練就能憋氣近三分鐘，這紀錄也不差吧？」

一股正面能量！

雅莉娜猛地跳了起來，只想做一件事——將擁有沙啞嗓音、站在救護車門口說話的那個男人抱入懷中。

「你還活著？」她哭著說話，但覺得很開心。

「對啊，不過妳該慶幸看不到我現在的狼狽模樣。」

佐巴赫跟她一起笑了。她聽見他爬上救護車的聲音。

「多俾亞呢？」

她倚在擔架邊緣，感覺到他停下了動作。

不，拜託不要！

她將臉埋進雙手裡。

「他在下面待了六分鐘，」她聽著他述說，心中訝異為何佐巴赫的聲音如此沉著、平靜，不，幾乎可以說是開心。「有兩次他差點走了，但這小子就像是隻耐操的狗。總之，他的心臟又開始跳動了。情況雖然危險，他可能會昏迷上一段時間，不過醫生希望能幫他撐過去。」

雅莉娜再也不必忍耐了！她拋除戒心，伸出雙臂，直奔救護車敞開的雙門。她猜想佐巴赫就

「那一般說來呢？」

雅莉娜摸著左手的繃帶。

「一到兩分鐘左右吧。」

兩分鐘？

光是佐巴赫跳到電梯井裡就已經超過兩分鐘了，天曉得多俾亞泡在水裡憋氣多久！

在壓力之下，人往往對時間產生錯覺，有時一秒鐘就像一小時那樣漫長。也許實際上，時間並沒有如她擔心的那樣過得那麼快？

雅莉娜心情沉重。兩個人的生死問題現在變成了現實的數學題：加總時間，最後的總和等於死亡。**開電梯門花五分鐘、佐巴赫跳進水坑裡又花兩分鐘、把多俾亞往上拉又花兩分鐘……**

太久了。對孩子、對佐巴赫來說，都太久了，對她而言也是一樣。她忽然明白，和佐巴赫在一起，就像重見光明一樣，但失去他的那一刻，她才領悟他在自己生命中所代表的意義。

他不該把手錶拿掉的，雅莉娜心想。即使知道自己的想法多麼幼稚，但仍無法停止這個念頭。

這樣，他才能估算時間……

她為此哭個不停，因此沒有聽到醫護員站起身來，尷尬清喉嚨的聲音。

「妳知道憋氣最久的世界紀錄是七分四秒嗎？」

聲音伴隨感覺而來，令人震撼，剎時間，雅莉娜幾乎喘不過氣來。

「這是一個自由潛水員創下的紀錄，他叫大衛・布萊恩（David Blaine）。但在潛水之前，

或者已經被送走了？

她感覺到對方溫和的身體反應，猜想他是在點頭。

也有可能是搖頭。

「該死，你不要把我當成什麼事都不知道的小孩。我什麼都聽到了！」

半個小時前，一個警察在救護車外抽菸，邊跟他的同事談論這次行動。「……根本就是白費力氣。我把他們拉出來的時候，他們早就死了。」

「替我女兒的泰迪熊做人工呼吸還比較實在。」

她恨不得跳出去打那個男人一個耳光，對他大吼，**「你怎麼可以這麼說？你這個渾球！你們早該把門打開，這樣他們才能看到光線！你應該跳進去，用手電筒照亮水坑，把你的手伸出去，把被繩子困住的他們拉回水面上……但是你們他媽的來得太遲了！」**

「你有處理過溺水的人嗎？」她噙著淚水，悲傷地詢問醫護員。他在她的紗布外層貼上最後一塊防水膠布。

「嗯哼。」

要不是上面指示他不准回答問題，要不就是因為工廠區內發生的事太駭人聽聞。醫護員始終保持寡言的沉默。

「多久……」雅莉娜嚥下口水，「我是說，通常在溺水多久後，你們會放棄做心肺復甦術？」

他顯然誤以為話題來到了安全地帶。「很難說，有個人溺水了二十分鐘，但我們還是把他救活了。不過那是例外的情況。」

接著就把她關在這裡。

在她的腦海中，載貨電梯前那恐怖的景象，是由聲音和氣味所構成的。

她聽到電梯門關上，而佐巴赫夾在電梯門間的狗鏈掉到地板上的聲音，緊接著，蕾雅告訴她，燈滅了。

蕾雅是個勇敢的小女孩，當佐巴赫困在電梯井裡時，她只是靜靜啜泣。雅莉娜只能經由那無所不在的氣味去想像她先前的處境：腐臭的水、發霉的牆、垃圾和排泄物……沒有工具，沒有光線。她被困在地獄裡。

如果雅莉娜知道多俾亞的牢籠已經被水淹沒了，她的恐懼會更加排山倒海。她要求蕾雅再度打開燈光，但樓梯間亮了燈，電梯井卻仍是暗的，光線到不了那裡，她的聲音也無法傳進門裡去。而湯湯的導盲鞍已經壞了，她也沒有力氣像佐巴赫先前做的那樣，用力扳開電梯門。樓梯間裡，不管是湯湯、蕾雅，或是她燙傷的左手，都使不上力。

因此除了等待，她只能把臉埋在蕾雅的頭髮裡，安撫那個因疲憊而顫抖的女孩。

即使雅莉娜已經失去了時間感，她還是很確定，菲利浦的人來得太遲了。

四個警察。來得太遲。

他們幾乎是同時衝進來的，聽起來就像是一大批人闖入。但當他們看到蕾雅時，就停下了動作。他們原本的任務是來逮捕佐巴赫，但雅莉娜懷裡那個在綁架中生還的女孩改變了一切。

他們現在才肯相信我，雅莉娜心想，但一點也不覺得欣慰。

「他們還在這裡嗎？」她問醫護員。

4

倒數計時後五十五分鐘
雅莉娜．額我略夫

「請告訴我，現在情況怎麼樣了？」雅莉娜詢問面前的男人。他既沒有自我介紹，也沒多說什麼，只是埋首處理她燙傷的手。

「抱歉，我無權透露。」他用意外明亮的聲音回答。相較於這人的體型，他發出的聲音也太高亢了一點。

雖然她只觸摸到醫護員的手，但對盲人而言，那已經足以估量對方的身型了。雅莉娜想要描繪一個人的第一印象時，只要輕輕扣住對方的手腕，心裡就有譜了。然而此時這個胖子的外表如何，對她來說並不重要，重點是他無論如何不肯讓她離開救護車。

「等等，我們還沒處理完呢！」

他用力的把她壓回擔架上。

「別管我了！其他人呢？」

佐巴赫呢？孩子呢？

她不知道自己是該生氣或是感激。菲利浦的人在她對外求救後，趕來了七十七號倉庫，但緊

慮它到底是夾在電梯的地板上，或是繫在天花板上——雖然那是攸關死的問題，因它將決定我跟多俾亞前進的方向。他在我懷裡似乎越來越沉重，而且沒有絲毫生氣。

我手腳並用，就像潛水員一樣行動。唯一的差別是腳上套的不是潛水鞋，而是一雙要把我往下拉的沉重靴子。

真的是往下嗎？

我抓著繩子慢慢往上游。

或者是向上？

我弄錯方向了嗎？我是在自尋死路嗎？

就算明知自己不能在黑暗中看見什麼，但我還是張開了雙眼。感覺腦袋就要爆炸了，睜眼只是可笑的反射動作——因眼睛要調節壓力或過濾污水中的氧氣而導致——並不是有意識的行為。所以當我真的看見東西的時候，心中的驚訝可想而知。

是光線！

它真的在下面！在繩子的末端，一道微弱的光線透水而來。

那些白癡是對的。那是繩子從我手中脫落以前，腦海裡最後閃過的念頭。

完了。**我們抵抗冰冷黑暗的虛無，但是在路的盡頭，看見明亮的光……**

我笑了笑，深呼吸。

5

漆黑。陰暗。虛無。

我頭上的光——**媽的，光亮到哪裡去了？**——忽然熄滅了，我嚇得差點將懷中的多俾亞鬆開。水逐漸形成一層看不穿的油膜，我不知道自己該往哪裡游才對。

該死的光線到哪裡去了？電梯檢查口在哪裡？

上、下、左、右……這些字眼在此時都喪失了意義。我迷失方向了！

恐慌到了極點，人反而能倏地冷靜下來，就像閥門在超過負荷臨界點以後會自動開啟一樣，在這瞬間，我的緊張感居然消失了。

或者，這就是溺水的感覺？我寫過關於溺斃者的報導嗎？溺水的人先是因為肺部進水而痛苦不堪，接著痛苦逐漸轉成中毒的狀態……

我知道，自己很快就要體驗這個過程。在水下的時間再拖長一點，我就沒有辦法抗拒張嘴呼吸的誘惑了……

這種甜美、不可抵抗的感覺，就像癮頭一樣，是令人沉溺的致命毒品。

正當我感覺到雙手就要鬆開多俾亞的身體時，一條繩子突然纏住了我的腿——

繩子？該死，什麼鬼繩子，怎麼會突然出現在這裡？

我用空著的那隻手拉扯繩子，意外發現它居然沒有鬆開。我不能再多思考了，所以我也不考

我抓住他的頭，將他拉近。經過這麼長時間的煎熬，我的希望首次戰勝了恐懼。

也許一切都不是白費。也許我們可以從這裡——

出去！

找到多俾亞的此刻，我只想離開這裡、離開這間倉庫。但疲憊伴隨著希望又重返身體。長時間一直沒有睡，已經是場酷刑了，好不容易度過此生最痛苦的時刻，現在水下的低溫又要耗盡我最後一點力氣……此刻，我感覺不到臂彎裡的多俾亞是否還活著，但明顯感覺到自己的脈搏速度變慢了。

砰砰，砰……砰……

心跳的間距也逐漸拉長。

出去！只要往上游到光線的源頭。

我用不太俐落的姿勢拖著多俾亞，雙腳往電梯地板一蹬，接著拚命往上游……

我們就要窒息了。

6

跨越了一個極限後，寒冷的程度就不再是以攝氏為單位，而是以痛苦為指標。當我躍入冰冷的虛無中，就跨越了那個極限。我的皮膚彷彿被億萬根細針戳刺著，每下沉一公尺，就刺得越深。有好一會兒，我痛到只能專注於自我和求生意志。接著，當靴子終於碰到貨艙地板前，小腿骨撞到了一個硬物……

多俾亞？

我伸出手，睜開雙眼，希望可以碰到或看到那個孩子，但兩者都落空了。

溺水的人會到哪裡去呢？往上浮？往下沉？或者像魚一樣漂浮在中間？

該死，這些問題我都答不上來，但我感覺到體內空氣正在快速流失。

雖然你才下來幾秒而已。

天啊，來不及了，怎麼找都沒有意義了，我心想，覺得自己失敗了。

血液和肺部剩下的空氣，由內往外壓迫我的身體，好像要將我撕裂一樣。但這卻是我幾天以來最美好的瞬間，因為我終於……

……終於摸到了什麼東西！

我從肺裡擠出一點空氣，讓自己潛到更下面，心中慶幸自己的好運氣，因為我沒有搞錯。

頭髮、耳朵、嘴巴……對、對、對，這是一張臉！

但我想不到。我別無選擇。

於是我深吸一口氣——盡可能往肺裡吸入空氣——接著雙腳滑入冰冷的水裡。

以膝蓋頂住門……電梯門顯然是設計成可以用外力打開的，但當我打開門，看見空空如也的電梯井時，不由得心中一緊。

該死，不妙！往下看，電梯頂端距離我大概有一點五公尺左右的距離。那表示，電梯是設計好在倒數計時結束後下降到地下室……

淹進水裡！

我將狗鏈夾在電梯門內，接著一躍而下，跳至電梯井中，差點臉部著地。

天父啊，請幫助我！

貨梯頂端已經完全被水淹沒了……

時間過去一分鐘還是兩分鐘了？一個小孩能在水裡撐多久？

我很快就發現入水的源頭了。它是從電梯檢查口流進去的。我猜想檢查口應該是為技工和緊急情況所設計，但肯定沒人會想到，有小孩會在電梯裡被溺死。

雅莉娜在上頭用我的手機向外呼救，而我打開了電梯檢查口。

太遲了！一切都太遲了！我心想，即便事情至此發展都很順利，但還是太遲了。

太順利了……

漆黑如墨汁一般的大水，從檢查口內湧出。

「多俾亞？」我忍不住大喊，將手伸到下方黑暗的虛無中摸索，屏住呼吸，冰冷的水就像套環一樣抓住我。

沒有意義。一切都來不及了……我慌忙地想著其他的可能性，想著是不是還有別的出路。

7

「在電梯裡？」

「嗯！」蕾雅怯生生地點頭，一面問：「媽媽在哪裡？」

「親愛的，先等等。」

等等我們會一起為了莎莉的死哀悼。但在那之前，我得先救出妳哥哥。

「我聽到電梯往下走的聲音……」她說。

我撥開她被汗水濡濕的頭髮，轉身看著我後面的載貨電梯。

往下？拜託不要，千萬不要讓電梯停在地下室！

我眼前出現走道的警示牌。

小心，可能有生命危險。七十七號地下室完全泡在水裡。

從這一刻起，惡夢排山倒海而來。

我先是試著徒手扳開電梯門，但幸好沒有浪費太多時間在這瘋狂的計畫上。過程中，我想起剛才在路上曾看到垃圾堆裡插著一根鐵棒，但現在跑出去的風險太大了，外頭一片黑暗，我可能沒辦法準確找到它。

我解開湯湯的狗鍊，將導盲鞍的握把塞進電梯門縫裡。它有點鬆動，剛好夠我把門縫給撐開。我先是將手指插入，接著慢慢拉開到能將腳也塞進去的程度，緊接著我將肩膀卡到門縫中，雅莉娜在我身後寬慰地輕呼一聲，而我不禁熱淚盈眶。

「我不是妳媽媽。」我說。

莎莉死了。那個把妳關在這裡的瘋子殺了她！

「……不過，我會幫妳。」

我的手伸向那對嚇壞的深褐色眼睛，立刻被兩隻小手探出來握住。

她的身體很輕，我毫不費力就將她拉出來。

從集眼者的藏匿處。

「好了。聽好，妳安全了。」我一邊說著，一邊摸著她的手腕檢查脈搏。

微弱但很規律。

「不過現在還有人需要妳幫忙。」

她有些畏縮，但很懂事地點點頭。

「蕾雅，」我開口詢問，試著壓抑聲音中的絕望。「妳知不知道妳哥哥被藏在哪裡？」

不是湯湯。

紅色的、發光的、圓的……

牆上有顆小按鈕，就像在公寓樓梯間找壁燈時會看到的那種開關一樣。

它在發亮，就表示這棟建築還有供電。

「裡頭有人。」我輕聲說，感覺到雅莉娜的肩膀肌肉在我手下繃緊。

我撳了按鈕，接著感覺眼前如發生爆炸一般——

燈亮了！

有個人就在葛律瑙街二一七號的七十七室裡裝了保險絲。

或是設了發電機，就像先前在平房一樣……

「怎麼了？」雅莉娜問。因為燈光來得既突然又強烈，她一定也感覺到了。

「我們在廢棄的倉庫外面，」我解釋著說：「右前方是樓梯，左邊是載貨電梯……」

而正前方……

「你要去哪裡？」

我壓下把手，不知道是要先打開開關，還是先回答雅莉娜的問題才好。

但其實我根本什麼都不用說。事後回想起來，我只記得那扇巨大的門「啵」的一聲鬆開了橡皮墊圈，接著，一雙眼睛從裡面盯著我瞧……

這是座舊型的美式冰箱。

「媽媽？」一個童聲輕聲問。

8

亞歷山大・佐巴赫（我）
工業區葛律瑙街二一七號

通常我們會自問「為什麼犯錯」，卻很少問自己「為什麼會成功」。如果事情順利，我們覺得是天意，而當丟了錢，或失去生命中的摯愛時，我們則自怨自艾。當重要的人事物還在身邊時，我們很少在意，或自問「憑什麼我能擁有這些」。我認為，比起所犯的錯誤，那些不屬於我們的成功，更能帶給人們深省的啟示——如果不追根究柢，而把一切視為理所當然，人很容易被命運所哄騙，感覺自滿，那麼，就不會有再次成功的可能了。

倒數計時最後一分鐘，就從我忘卻自身生活經驗開始……

七十七號房的入口位在第二座廠房後方。雅莉娜第一次走在我前方，因為此地一片漆黑，伸手不見五指。在這裡，大概只有湯湯的眼睛還能派得上用場。

於是，我們就像盲人跳舞一般，我的手搭在她的肩膀上，跟隨在她身後，一步步踏上有潤滑油和污水臭味的樓梯。我希望我的時間感有誤，也許我們還有幾分鐘的時間。我向看不見的力量祈禱：不要讓我成為瘋子的玩物，別讓他幸災樂禍的看著我空手而回……

各種分心讓我沒能好好思考自己所經歷的瘋狂過程。但注意到第一個生命跡象的人是我，而

9

倒數最後一分鐘
菲利浦・史托亞（謀殺調查組組長）

「這後面是什麼？」菲利浦用拳頭敲了那扇鐵門。

「你不可以打開它。」船長回答。

「為什麼？」

「這是隔板。如果你打開它的話，船就不妙了。」

菲利浦抓住門上的轉動閥。但儘管他用盡全力，它卻文風不動。

「嘿，你沒聽懂我說的話嗎？」船長扯著嗓子抗議，而菲利浦卻自顧自的詢問特勤組組長有沒有C4炸藥。「你打開它的話，我會丟工作的！」

「為什麼？」

「唉，我們之所以停泊在這裡，就是因為這個啊！老船在漏水了……」

船長指著鐵門。「裡頭的水位深及喉嚨。相信我，你們的狗會叫，不過是因為聞到河鼠的味道而已。」

對啊，媽媽一定會來找他。就像那時候他跟蕾雅玩雪橇忘了時間，憂心忡忡的媽媽跑到森林裡四處尋找他們。

多俾亞。她一直叫。**蕾雅、多俾亞……**

被找到時，他既高興又慚愧，因為媽媽為他而哭了。但至少他知道，媽媽有多擔心他。

多俾亞？哈囉？多俾亞，你在哪？在大水（絕對不是冷水，而是極寒的冰水）把他弄醒以前，他好像聽到有人在叫喚他……是不是媽媽來找他了？

對啊，是媽媽！不是爸爸。該死的爸爸、該死的用餐禮儀、該死的爛義大利文、該死的別人聽不懂的外來語、該死的工作……老是不准我在院子裡玩！爸爸才不會來找我！但是媽媽……

多俾亞用嘴唇從水平面和金屬板的隙縫間吸了最後一縷空氣。緊接著水位又升高了一公分，他的腦袋徹底被水淹沒。他知道自己滅頂了，但是心底滿懷著希望，因為他想，媽媽很快就會找到他！

10

倒數一分鐘
多俾亞．陶恩斯坦

他漂浮。他掙扎。他死去。

多俾亞在數日以前，從沒有認真想過要面對死亡。也許是因為他才九歲的關係吧。「在你這個年紀，還有很多沒見識到的事情呢。」假日來家裡玩的爺爺，經常這麼對他說。

可是……該死的，爺爺，我沒有辦法再見識什麼了。我的腦袋頂在這具金屬棺材的天花板下，只能透過一道細縫勉強呼吸，而且……就快要被水淹沒了！

他哭著將灌進嘴裡的水吐出來。然而大水從金屬容器的地板、牆壁縫隙間湧入，上面、下面……水從四面八方滲透進來，就像噴泉一樣，水面已經漲到接近天花板了！這又深又黑又冷的水，讓多俾亞快要溺斃了。

我要窒息了！他想著。狀況有點像先前被困在塑膠墊下面一樣糟糕，但這次有所不同。當時他也哭也害怕，但心裡知道，遲早柯爾納老師會來救他脫困。可是這裡不是體育館，爸爸也不是會幫他搬開塑膠墊、讓他可以自由呼吸的體育老師。爸爸……

……是個廢物！爸爸從來沒有為我做什麼，要是媽媽，還比較有可能會來找我。

他為什麼要領著你到這裡來，難道是想讓你沒戲唱？

或許他就是要侮辱你，好看著你功敗垂成？

但也有可能是他在這裡放了另一個線索？

我橫跨一步，照亮一面警示牌，上面寫著：非相關人員請勿擅入封鎖區。

這會是下一個線索嗎？

「小心，可能有生命危險。」我大聲唸出牌子上的字。

標示得可真是貼切啊……

接著視線又落到下面的第二行警告：「……七十七號地下室完全泡在水裡！」

我不由得大叫起來。而湯湯在廠房裡狂吠。

七十七號地下室！

這就是答案嗎？下一個線索？

在我跑回雅莉娜身邊時，那張相片後面的字跡又重新浮現在我腦海中。

葛律璐，21.7.(77)

這瞬間，所有事情一下子都豁然開朗了。

我知道。

而且我也知道，最後的期限快要到了。即使現在沒有手錶可以查詢時間，但我很清楚已經沒有餘裕。

仔細想啊，佐巴赫，用力想！

四處都是空蕩蕩的漆黑建築，每一棟的樣子都很像。沒有光，門戶敞開，每個入口前都堆放著不知道是什麼的物品。我到處搜尋，但沒有任何特別的跡象、線索或指示……

集眼者想玩遊戲。他制訂了明確的規則，例如說時間：四十五小時又七分鐘……

第一棟廠房很大，擺在廠房中央的卡車輪胎看起來就像是玩具卡車的殘骸。觸目所及，到處都可以藏起一對雙胞胎孩子。天啊，他們可能就埋在我們的腳底下，或是塞在前方堆滿貓食空罐的牆壁後面。

「你要去哪裡？」當我回頭走向倉庫外的走道時，雅莉娜在身後大喊。說真的，我沒有明確的計畫，只是想搞清楚方位。我打開手機，用螢幕微弱的光線照亮倉庫公司的招牌。

「**哥本尼克紡織廠**」幾個大字，寫在招牌區的最上方，而其他的招牌不是破掉、刮傷，要不然就是弄髒了，沒辦法辨識字跡。而殘留的幾個牌子上，寫的應該是紡織廠部門的名稱：**壓印、製圖、行政、倉儲……**

我用手掌抵住其中一塊冰冷的招牌。

仔細想，佐巴赫，用力想！他要你找到孩子。這是個遊戲……既然是遊戲，任何遊戲都會有獲勝的機會。他給你一個線索，就會有下一個線索。

「我需要妳給我提示。」

雅莉娜握緊了左手，我看見她的面容因痛楚而扭曲。

我需要更多的回憶！

當然，我已經通知了菲利浦，但他說得很明白，他沒辦法為了我的異想天開而多調派人馬，但其實就算他將整組人派來了也不夠。

「雅莉娜，這地方太大了，至少有四座廠房。四周除了廢墟之外，什麼都沒有。我能看見的就只有這些了。」

「佐巴赫，對不起。」

她睜開眼，又馬上閉起來，就像被纖細而不舒服的雪花吹進眼裡一樣。

「我先前看到的是一艘船。不是工廠，也不是倉庫。」

不可能。那張照片、那些數字，不可能只是偶然！

為什麼雅莉娜所看見的畫面，有時候符合現實，有時候卻又完全不合理？

「我現在也看不見其他畫面了，因為……」

「因為什麼？」

「沒事。」她頓了頓，但我知道她欲言又止的意思是什麼。

「**因為孩子已經死了**。」

「湯湯呢？」我問道。

「牠幫不上忙的。就算我們有那些孩子氣味的衣物也一樣，牠可不是嗅探犬。」

11

倒數三分鐘
亞歷山大·佐巴赫（我）

不久前，我帶尤利安參觀巴別爾斯堡電影公園的片場，看到正在製作的戰爭片場景。我還記得我們對模擬引爆房子的場面印象深刻。牆壁倒塌、窗玻璃炸裂、屋架燒毀，牆壁的碎片就像碎骨一樣衝上天際……在片場中，一切都被維妙維肖的製作出來。但那場面跟此刻我面前的景象相比，不過就是無聊的仿冒品。

他究竟為什麼要這麼做？集眼者為什麼要給我這麼多線索？

我站在葛律瑙街二一七號荒廢工廠區的第一個工廠前，再度感覺到自己被一條看不見的狗鏈牽引向死亡。

他在玩遊戲，我整理我的思緒。**捉迷藏。世界上最古老的遊戲。我照著他的規則玩。跟著他給的線索，就像玩尋寶遊戲時會拿到的紙條一樣。**

「妳得幫我！」我請求雅莉娜協助。

再不久就要天亮了，破曉的柏林籠罩在濃霧中。望著天空，月亮就像透著羽絨毯子發光的手電筒一般。而廠房之間的通道幾乎沒有光線照明。

葛律瑙街。

這就是讓我的腦袋反應得比眼睛更快速的東西。

葛律瑙街二一**七號**。

我在母親床頭櫃的照片背面所看到的文字，不是記錄日期，而是門牌號碼。

葛律瑙，21.7。

我們就站在它前面。

脫下手錶時，我的手指麻木，毫無血色。「這不是尤利安想要的牌子，但是貴上十倍。」

我顫抖的將手錶遞向法蘭克。

「噢……不，不行！」法蘭克搖頭。「我現在不能留下你一個人。」

「拜託，幫我這個忙。你知道我住在哪裡。請把手錶拿給妮琪，讓她拿去拋光、包裝，也麻煩請你告訴她，我會彌補的。」

「不要！」

「拜託，我們沒有時間了。」

靜靜倚著車身的雅莉娜將耳朵轉向我細聽。突然間，她也緊繃起來，像是感受到我所察覺的危險……

那個路牌。

「但如果你需要幫忙呢？」

法蘭克和我四目相接。我覺得他明白。他很年輕，但不是白癡，他已經自我證明了很多次。他只要想一想就會清楚，我把他送走不是沒有原因的。

「你把禮物帶給我兒子，就是幫我最大的忙了。」

我看見他噘起嘴唇想再一次提出抗議，但隨即放棄。他無言的上了車，既悲傷又失望地望著我，沒有道別就把車給開走了。

我的眼睛再度望向路牌。褪色的字跡顯示我們在葛律瑙街，而且不是隨便一個位置，就在倉庫前。

不，他媽的，我沒辦法……

我支支吾吾，不知道該跟她說什麼才好。事實上，我正在見證警方如何在拯救孩子們的行動中功虧一簣，那場面很令人沮喪，我不想把它當成是藉口。

「該死，佐巴赫！你答應他的。尤利安一個小時前就醒了，興奮的不得了……你明明告訴他，七點會回來跟我們一起吃早餐！你是不會想嗎？當他下樓時，發現他爸徹底忘了他的生日，你想尤利安會有多難過嗎？」

「我沒有忘記。」

「但你沒有回來。你沒有要一起吃早餐。你也沒把禮物掛到生日繩上。」

我嘆了一口氣，絕望地用手按著額頭。一旁法蘭克疑惑地看著我。

禮物！為什麼我要答應尤利安送他一支手錶？手錶是個可怕且要命的物品，除了告訴我們死亡正在一分一秒地接近以外，什麼作用也沒有。

我忽然看向自己腕上的舊錶，那是我父親的遺物。多希望這個昂貴的瑞士貨出錯，或許指針走得太快，或許還有時間……我眨了眨眼，忽然覺得對四下環境生出某種印象，只是一時間分辨不出那是什麼。我閉眼回想，在最深層的恐懼滲入每個毛孔之前，自己到底在想什麼？接著我就想到了……我睜開眼睛，抬起頭來——它果然在那裡。

路牌！

「他會拿到禮物的。」我低聲告訴妮琪，然後掛斷電話。

「怎麼了？」法蘭克問。

12

倒數五分鐘

亞歷山大．佐巴赫（我）

「太遲了！」我盯著警車上閃爍的不祥燈光，知道這次行動毫無勝算可言。

「你看到了什麼？」雅莉娜問道。她、法蘭克跟湯湯也下了車。

我們將車停在和封鎖線有一段距離的安全範圍之外，前方大約再兩百公尺左右，就是一座跨越特爾托夫運河的橋梁。

一**座橋！**

我必須爭取時間，而這次命運又把我帶到一座橋上。

命運或偶然？我思索著，雅莉娜的刺青忽然浮現在腦海中。

「他們人太少了，不可能搜索整艘船——」我正要回答她的問題時，手機就響了。我以為是菲利浦，但當我看到來電顯示時，心情更加絕望。

「你在路上了嗎？」

沒有問候、沒說報名字，只有一個簡短責難的問題。

妮琪似乎早知道答案了，她的聲調因疑慮而降低。

回事？

然而在船艙的鐵板、暖氣管和電纜管道之間，員警的呼喊聲沒有得到任何回應。

警方越來越著急，逐漸不顧自身的防護，在打開艙門、衝過轉角或照亮走道時，都不管事先確認安全，只想急著找到孩子。

還有七分鐘！

沒辦法了，剛踏上船的菲利浦心道。

我們搞錯了！就在他這麼想時，警犬在一間機房前狂吠了起來。

13

倒數十分鐘
特勤組（貨櫃駁船上）

「多俾亞？」

特勤組成員眼見任務可能要失敗，開始四處大喊孩子們的名字。

「蕾雅？多俾亞？」

儘管在岸邊已經要求支援，但他們所剩的時間也不足以搜查每一個貨櫃。此外，警犬在船上毫無反應，牠們在駕駛艙沒有吠叫、在發出潤滑油跟柴油臭味的船艙裡也沒有示警，只有在內艙裡嚎了一聲，把被破門而入的場面給嚇到的船長給驚醒。而下一刻，他就被穿著黑色制服和面罩的小組成員從床位上揪下來。

一分鐘後，三名組員衝向倉儲層，而甲板上的特勤組成員則開始漫無目標的試圖打開每一個貨櫃的大鎖。

「多俾亞？蕾雅？」

叫喊的回音從甲板上傳到特爾托夫運河的河面上，岸邊聚集了圍觀民眾。兩名慢跑者、一個散步行人以及一個遛狗的女人。大家都想知道，大清早這裡越聚越多的警車和救護車到底是怎麼

了。由下方滲進牢房裡的水位漸漸升高，喝水變得越來越容易。

但他每吞一口，都會嗆到，水味微鹹且骯髒，嘔出來的時候，還以為頭部要炸成碎片。

我不行了，多俾亞絕望地想著。他覺得自己連喝點水的力氣都沒了。

而且水位不斷升高，從一開始只有幾公分，接著逐漸浸濕了他的身體，涼意使他猛然打了個寒顫。

算了，我放棄……

就連張嘴喝水，對他而言都需要超人般的力氣，更不用說站起身來躲避水淹。現在即便是躺著，他也覺得自己很虛弱，想要保持清醒，幾乎是不可能的事。

還是睡著最好。他心想，意識一半在現實中，而另一半已經鑽進了美妙的夢境裡。

如果我睡著了，爸爸就不會發火了吧？睡著的話，也不會被記點了吧？

多俾亞側躺在地板上，像嬰兒般的蜷曲著身體。水位不斷升高，當鋼鐵的牆外傳來陣陣呼喊他名字的聲音時，他的左眼已經淹沒在水中。

況不同的是，這裡沒有柯爾納老師會來替鬧劇收尾，把他救出去。而且，那場鬧劇也不過才持續一會兒時間，但此刻他已經在黑暗中躺了快兩天了。沒有水、沒有食物，牢籠中發出屎尿的臭味，但他已經喪失了感覺。他漸漸控制不住自己想要入睡。

……我有帶地圖嗎？他問自己。**體育課後是地理課，我好像忘了帶地圖……**

耳下貼著的鐵板發出一陣聲響。地面不再晃動，這或許是個好兆頭。事實上，在他拉了那條該死的繩子以後不久，整個空間就靜止不動了。

「那條繩子……」他呻吟自問，「我幹麼那樣做？」但緊接著，多俾亞的思緒又跳回到緊張不安的情境裡，他想起自己最大的恐懼，就是在家庭聯絡簿上被記點！

如果我再忘記帶地圖的話，波爾老師會記我一點。這樣的話，我就被記了三點……爸爸一定會發火的……

接著又是一陣聲響嚇到他。這次比先前的隆隆怪聲讓人放心些，就像是一陣低語，輕柔而讓人昏昏欲睡。多俾亞慢慢墜入夢鄉。

……如果被記三點，就要留校察看……

突然間，在黑暗中，一股真實而奇怪的感受打斷他的思緒。多俾亞撐起身子，在地板上摸到一片冰涼的、看不見的濕潤！

他貪婪地張開了嘴，像小狗一樣用舌頭舔著濕潤的地板。

水！終於有水了！

第一口吞下去的水就像是酸液般腐蝕了他的喉嚨，堵得他沒辦法再喝，但過一會兒就好多

14

倒數十三分鐘
多俾亞．陶恩斯坦

有一次體育課後，凱文惡作劇，趁多俾亞忙著綁鞋帶、來不及反應時，拿體育館牆上厚重的藍色塑膠墊將他掩埋住。

比那塑膠墊更沉重的是令人恐懼的麻痺感，他弱小的身體倒在地上動彈不得。幾個孩子在墊子上彈跳嬉鬧，使得他完全沒辦法站起來，還以為自己就要窒息，他拚命大叫。

就像個小女生！他媽的，丟臉死了……

……而且開始哭……

就差沒尿褲子，雖然也快了……

在柯爾納老師過來結束這場惡作劇後，他整整一個星期都不跟凱文說話。

也有可能是顏斯幹的？唉，隨便啦！

現在他屈膝倒臥在冰冷的地板上，凝望著眼前的一片黑暗，回憶起當時的恐懼，感覺真是可笑。其實當時塑膠墊並非緊貼著地上，所以他還有足夠呼吸的空氣。而現在，從木箱裡脫困以後，呼吸也不是問題，空氣從鐵皮屋的縫隙間滲透進來……但他慢慢明白，與凱文惡作劇那天情

……以及頭號嫌犯的建議！

「噢，這玩意兒大得很！」組長說，他的橡皮艇距離目標越來越近。

「沒錯。我們沒有時間搜索兩艘船了！」

菲利浦鬆開握住對講機的汗濕手指，祈禱自己做出了正確的決定。

菲利浦不斷點頭。他走回停車場，思索集眼者怎麼把被麻醉的孩子弄走最方便。

「用輪椅。」佐巴赫說過。所以凶手如法炮製了兩次？打開後車廂、把孩子放到輪椅上，然後神不知鬼不覺地把輪椅推到對街的碼頭……

是啊，然後呢？如果集眼者不會飛，那就只有一種可能。他一定是搭小船到對岸去的。

然而但為什麼要這樣做？他為什麼不直接把車子開到對岸就好？

「先去查那艘貨櫃駁船。」他下令。心想自己是不是也跟佐巴赫一樣失去理智了？那傢伙顯然失控，但他似乎知道些什麼。先是倒數計時，再來是罰單跟平房……菲利浦不願相信離職同事涉案，卻也不得不承認佐巴赫掌握了許多內部資訊。顯然休勒搞砸了一切，但他沒有餘裕去研究原因了。他媽的，他們甚至沒有時間仔細檢驗那個盲女的幻覺！

「可是從碼頭到煤船比較快。」組長說。菲利浦聽見橡皮艇的馬達聲，特勤組組長、四個組員跟一隻警犬正駛向對岸，看樣子是聽從了他的指示，要上到那艘一共三層、每層至少有四十只貨櫃的大船上。

「正因為它停的比較偏遠，所以才是我們的首要目標。」菲利浦說。

從人潮擁擠的路口可以望見煤船，但貨櫃看起來就像是停駁在它的陰影之下。碼頭後面是一片廢墟，正是一個能夠偷偷將小孩弄上船的理想地點……

再說，煤船太低矮了，菲利浦心想。**那麼低矮的地方，不會有佐巴赫所說的寬敞船艙。**

但他沒有把自己的想法說出口。萬一搞錯的話，以後也不會有人抓到他的把柄，說他的決定不是根據事實，而是聽從盲人靈媒的建議。

死他的受害者，有成千上萬個地方可以選擇。

他們至今沒辦法徹底搜查的工業區，就位在達莫河、史普雷湖和特爾托夫運河的匯流處。所有街道名稱都跟水有關。此刻菲利浦所在之處，是雷加塔街和陶赫史戴的路口。他覺得後者的名字是個凶兆。

陶赫史戴，意思是「潛水者升起」。

手中的無線電劈啪作響，組長傳來回覆，「這裡到處都是私人船塢，我們找到不少避冬船隻。」

「不用找一般的船，」

佐巴赫提到有巨大鐵門的空間，一般的度假小船不會有這種玩意兒。

「一定是大船。可能是貨輪！」

「那就只有兩艘了。」

菲利浦點頭。一艘煤船和一艘貨櫃駁船。月亮在層層雲間露出微弱的光芒，碼頭彷彿籠罩在硫磺顏色的燈光裡，從菲利浦的所在之處就可以看到船隻。

幸好冬天要來了，柏林的貨輪大多已經離開，兩艘有問題的船隻似乎也終止任務，靜靜停泊在特爾托夫運河對面的岸邊。

「煤船比較靠近碼頭。」組長用無線電回報。

20 歌詞出自彼得·福克斯（Peter Fox）的歌曲「Schwarz zu Blau」。

15

倒數十九分

菲利浦．史托亞（謀殺調查組組長）

你就連遠看都不漂亮。[20]

當菲利浦望著微光中的停車場時，想起彼得．福克斯在歌頌柏林時準確而實在的歌詞，在他腦海中揮之不去。停車場爆裂的柏油、破爛的收費亭、窗戶、毀壞的橫桿……處處都是被富裕社會遺棄的跡象。

幾年前就破產的焚化爐公司，只是首都正在沒落的另一個見證。一般來說，停放在這裡的汽車很難引人注意。要不是幾個年輕人因進不了夜店（門房不讓他們進去），而選中了護士卡塔莉娜．梵高爾的綠色福斯汽車出氣，要不是路過的巡邏車剛好發現那輛沒有了窗戶和後照鏡的破車登記在案……因為和集眼者有關，警方在搜尋這輛車的資料時，電腦中所有的警示都亮了起來。

「有幾艘可疑的船？」菲利浦透過無線電詢問特勤組組長，目光轉望向街道。

「**到底有沒有？河流、水溝、湖泊，什麼都好，附近有水嗎？**」他想起剛才和佐巴赫之間的對話。而眼下的情景讓菲利浦很想歇斯底里地大笑。

媽的，佐巴赫！我們在哥本尼克啊，這裡幾乎沒有乾的地方，他心想。**集眼者要想在這裡溺

電話那頭一陣沉默。除了呼嘯而過的車聲以外，我什麼都聽不見。「我不能跟你保證我是對的，」我想辦法說服菲利浦。「說真的，連我自己都不信。但如果你們只是在黑暗中摸索，那聽我的話去找一下，會有什麼損失呢？」

接下來是一陣更漫長的沉默。大約二十秒後，我聽見菲利浦做出了一個正確的決定。

到車上，正在高速公路上狂奔。

「你在哪裡？」

「在去找你的路上，但這不是重點。告訴我，你找到車子的附近有水嗎？」

「什麼車？」

「省省吧，別再浪費時間了。到底有沒有？河流、水溝、湖泊，什麼都好，附近有水嗎？」

經過一陣猶豫後，他短促的回答，「有。」

「很好。這純屬猜測，但先別問我是怎麼知道的。」

我自己都不敢相信。

「……你們應該去船裡找孩子。」

「船？」

「貨船、帆船，隨便什麼都好，總之就是漂浮在水上的東西。」

如果相信雅莉娜剛才看見的「畫面」，就快點去找吧！

「我不太舒服……」雅莉娜在我身邊虛弱地呻吟。我移開手機，說要載她去診所，卻被她悍然拒絕。

「媽的，我們沒有時間找遍這裡的每一艘船！」將手機湊到耳邊，我聽見菲利浦在另一頭大吼。「我們只剩不到半小時，如果你現在的線索是在誤導我的話——」

「少來了，你們根本沒沒任何線索！」我打斷他，「如果小孩的藏身處是在水上的話，難怪警犬到現在都找不到，對吧？」

「我想你應該派人去療養院的舊廚房看看。」

我壓抑著不多說。我當然可以告訴菲利浦，他看我的實習生沒什麼嫌疑就把他放走，其實是大錯特錯。法蘭克向來忠心，他不知道休勒要攔我，但他離開後就坐上了計程車趕去帕克療養院。他想在後門下車，於是請司機將車停在小巷裡，在付錢的時候看見雅莉娜拿著手杖走向人行道，大概距離他有一百公尺。

他叫了她的名字，但是由於逆風，雅莉娜沒聽到。他於是緊緊戴上風衣帽子，偽裝成去醫院的訪客。當他到達櫃枱時，看見雅莉娜跟一個老警察在講話，接著就被帶走。他很驚訝那名員警將她帶往貨梯，更訝異電梯並非向上，而是向下前往地下室。

電梯停在地下一樓。

法蘭克決定走樓梯。

施工中，禁止通行。地下室的告示牌如是說。注意到這點，法蘭克由驚訝轉為肯定，他確定事情不大對勁。

下了樓梯，他一溜煙的向右轉，兩個守門員警沒有發現他，於是他從沒上鎖的緊急出口進入了廢棄廚房……

我原本想跟菲利浦描述這一切。在他的虐待狂搭檔想要在我臉上烙出印記以前，法蘭克從暗處衝了出來——我先前看到的那個黑影不是休勒，而是法蘭克——他從地上抄起鐵棒，趁著休勒被雅莉娜的自殘行為嚇呆時痛擊對方，於是鬆開了控制我的手……不過現在不是說這些事的時候，再二十五分鐘，倒數計時就結束了。我不想浪費時間告訴菲利浦，我們是怎樣從緊急出口逃

16

倒數二十六分
亞歷山大．佐巴赫（我）

「我現在去找你！」我對著手機叫道，將油門踩到底。身旁的雅莉娜因為試著彎曲手指而大聲呻吟。她的手掌皮膚未經任何急救，看起來就像是浸泡在蠟油裡，已經開始起水泡了。

「等等……」菲利浦被我完全搞迷糊了。「佐巴赫，是你嗎？」

對啊，你很驚訝吧？

我看著後照鏡裡的法蘭克，他正茫然地摩挲著湯湯的脖子，看起來完全搞不清楚剛才發生了什麼事。

他從後門闖入。雅莉娜自殘。打鬥。逃亡。

在間不容髮的片刻，發生了許多事情，法蘭克要好一會兒才能完全消化吸收。尤其是他很自責屈服在菲利浦的壓力下，傳了一封假簡訊給我，好誘我現身。但我不怪法蘭克。都是菲利浦那個下流的王八蛋，假意承諾他不會逮捕我，只是傳喚訊問，才騙得法蘭克上當。沒人想到事情會變成現在這步田地。總之，法蘭克把我們救了出來，以彌補他的過錯。

「休勒呢？」菲利浦問。

哭。

然後她聽見一陣大叫聲，不是陌生的嗓音，而是自己的聲音。她試著用四肢推開那扇門，但在倒數計時結束前，門消失了。

她更加奮力地揮動四肢、叫得更大聲，就在重新感覺到劇烈的疼痛時，她張開了雙眼……

畫面戛然而止，景象消失。

雅莉娜回到了她熟悉的、吞沒一切的黑暗世界裡。

似乎跟先前的內容看起來沒什麼關聯，就像是匆忙剪輯而成的電影預告，隨機串在一起。

一輛輪椅。某個孩子的腦袋，正一動也不動的倚在汽車頭枕上。一雙男人的大腳，穿著運動鞋，將輪椅推過碎石，朝一道斜坡……

不對！不是斜坡，看起來更像是……

舷梯。對了，舷梯。

她認出木板下蕩漾的水，暗暗閃爍如墨水一般。身旁有許多白斑和陰影。那是一個固定物體的東西，但是她失明前沒看過這樣的物品，所以在畫面裡，她辨認不出那是什麼。

影像再度快轉。接著，她看見一隻褐色的眼睛眨了一眨，接近一面鏡子……

天啊，我看到的是凶手的眼睛！但我不是從鏡子裡看到的，而是……

……是一扇門的貓眼！

在她感覺到睫毛幾乎要碰到冰冷的金屬門時，眼睛忽然消失了。

……那扇門白色而且厚重，必須握住槓桿門把才能將它打開，就像老式的美式冰箱一樣，不過空間顯然比冰箱大得多了。

接著她看見孩子躺在光禿禿的地板上，身體像嬰兒般蜷曲著。那孩子渾身抽搐，用雙手抓著喉嚨。而他發現自己手中忽然握了一只錶。

肯定是碼錶之類的東西，上面顯示了還剩幾秒。

接下來她感覺到淚水……

我在哭，她思忖著，緊接著馬上改變了想法。**不對，不是我！不是我在哭，而是集眼者在**

17

雅莉娜．額我略夫

「很抱歉，但我現在有點亂。我在跟兒子玩捉迷藏，你猜有多誇張？我怎樣都找不到他。」

雅莉娜可以聽見那女人焦躁的嗓音，但聲音聽起來很低沉，就像從遠方傳來一樣。使她喪失意識、浮現記憶的痛楚，如熔岩般在體內擴散。有好一會兒工夫，她在痛苦的現實和幻境之間擺盪。現實裡，她聞到皮膚燒焦的腐臭氣味，**自己的皮膚**；而在幻境裡，她聽到心慌意亂的丈夫在電話裡給妻子的最後警告：「**天啊，我怎麼會這麼傻？太遲了。無論如何都別去地下室。**」

雅莉娜彷彿能感覺到自己是怎麼撞上廚房瓷磚的，但接著感受到的，就只剩在眼睛裡閃爍的光線……她再度看見孩子被擄走前的影像。

從地下室門後，用集眼者的視線！

「聽到了嗎？千萬別去地下室。」

這是丈夫在他妻子死前的最後一句警告，接著，有人將她腦中的片段快轉——

她不得不重新經歷一次整個過程，透過陌生的軀體注視著一切發生，扭斷母親的脖子、將屍體拖到花園裡、把孩子——只有一個孩子……天哪，他究竟把另一個孩子藏到哪裡去了——塞進後車廂……接著，惡夢的導演剪去了一段，跳過開車到平房喝可樂的情節，讓她看到新畫面，但

真的。

年輕警員屏住呼吸專心聽，什麼聲音也沒有了。

舊廚房的門後一片寂靜。

死寂，他心想，當他把手指緩緩從門把上鬆開時，他感到一陣噁心。

「我跟你說，」資深員警沉聲勸告，「你以為裡面會發生什麼好事嗎？拜託，這個樓層只有我們啊。」

門後又傳來一陣隆隆聲，接著是休勒的大聲咒罵，「**他媽的，搞什麼……**」

年輕員警再度伸手握住門把。

「年輕人，如果你現在進去的話，你的人生就會徹底改變。不管你決定怎麼做，我都可以向你保證，這是在自毀前程。」

門後傳出一聲沉悶的敲擊聲。佐巴赫呻吟。接著發出的聲音，聽起來就像是有人在石板地上拖著一只袋子走。

「你想，如果你看到必須通報的事件，」老警員說：「而你通報的話，就是在給自己樹敵。以後再也沒有人會想要跟你搭檔了。」

他把口香糖又換到了另一邊。

「乖乖學我就對了！如果你還想在這一行混下去的話，就去樓上販賣機買杯咖啡吧，好嗎？」他笑說。「但可別再帶一個盲女回來了！」

年輕警員緊張地搔了搔頭髮理得很短的後頸。「可是我覺得如果不通報的話，我就沒臉再照鏡子了。」

「通報什麼？」

「裡面發生的鳥事。」

「你在說什麼？」老警員反問，他將手放在右耳邊。「我什麼都沒聽到啊。」

18

倒數三十九分
兩名員警（守在廢棄廚房入口處）

「那是什麼聲音？」老員警問，他用舌頭把口香糖推到嘴巴的另一邊。

他的年輕同事正想要打開舊廚房的鐵門，卻被門後亞歷山大．佐巴赫所發出的可怕叫聲嚇得動彈不得。「**不——**」

「你不覺得，我們……」

「什麼？」

緊接著那個女人也尖叫了起來，聲音比男人叫得更大、更淒厲。

留著小鬍子的年輕員警臉色蒼白。「還是進去一下吧。我覺得，我們應該進去看看狀況……」

「聽著，小子。我剛把那個盲女帶進去的時候，休勒就已經很不爽了，還說他不想被打擾。所以，我們就別管裡頭發生什麼事了。」

什麼東西讓那女人的尖叫聲分成兩段。比較尖銳的部分一下子就停了，接著是低沉的喉音隱隱作響。

而驚駭的休勒還來不及罵「他媽的」，雅莉娜已經把沒被銬住的那隻左手直拉壓在火紅的爐子上——

我更貼近爐子。休勒使勁壓著我的頭部，狠狠向下推。

「我不知道！」我喘息著說。汗水落到灼熱的爐子上的圓盤，在我面前滋滋作響。圓盤越來越靠近，我得閉上眼睛，眼膜才不會乾裂。

「你到底把他們藏在哪裡？」

天啊，他瘋了！我心想。**他完全瘋了，而我卻無計可施**。

我的頸椎喀喀作響，覺得氣力用盡。再強撐下去的話，頸部的肌肉搞不好會斷裂。「我不知道！」我咬牙說，但不確定休勒是不是能聽得見我說的話。

那熱度就像業火一樣熊熊燃燒。我的鼻尖離爐子只有一指幅寬，我覺得汗毛都燒掉了。

「住手！」那是女子的聲音。我知道那是雅莉娜的聲音。我的感官能力已經降低到維持生命跡象的最低值。我彷彿聽到她說「這是無濟於事的」或是「你搞錯刑求的對象」之類的話，但就在我要面貼灼熱爐子的這個瞬間，實在無法確定她說了什麼。感覺上，渾身血液都湧到頭部，我覺得腦袋脹成兩倍大，彷彿能感覺到血管、耳朵和皮膚底下脈搏的強烈鼓動，不禁害怕腦血管爆裂開來。

我強忍頭部血壓飆高，奮力想撐起自己，最後一次張開眼睛……但結果不由得令我大叫。

天啊，不要，我心想，不知道為什麼休勒在爐子旁的影子越來越大。

不要這麼做。拜託！

我希望……不，我在內心祈禱，雅莉娜不要像我所想的那麼瘋狂，但她已經把她的瘋狂念頭講了出來，「如果想得到答案，你就得把我弄痛！」

沒作筆錄！」她想要掙脫休勒的手，不過只是白費力氣。

「而且誰規定不能用假名工作？指壓是一門藝術。雅莉娜‧額我略夫是我的藝名。老天，你辦案這樣惡搞，難怪抓不到集眼者。」

「等等。」

休勒抓著雅莉娜的手腕，把她拉到我對面，將她的一隻手銬在水槽上。

「殘廢的離職警察和神祕主義的盲女，」他搖著頭說。「唉，真是垃圾組合。」

「你大錯特錯了。」我說。但一秒鐘後，我連喃喃自語都做不到。休勒再度走回工作枱這邊，使勁踢了我的胃。我痛得喘不過氣來，整個人被丟到平台上。我驚駭地頭往後仰，並且保持這個姿勢。**不可以垂下……**我的胸腹貼著冰冷的瓷磚，而臉——不可以垂下，我的頭無論如何都不能向下傾——就在發熱的爐子上方！

就在我以為自己要被燒焦以前，所看見的最後一個畫面，是雅莉娜用外套袖子擦去額角的汗珠。她距離我不到兩公尺，儘管如此，因為料理區將我們隔開，她就像跟我在不同的空間一樣，無法用沒被銬住那隻手摸到我。就算可以，也只能用指尖。

而且休勒也不是生手。為了避免不必要的麻煩，他把舊水桶、抹刀、線圈——簡單來說就是地板上所有能拿來當作武器，或者是拿來丟的東西——都從我們觸手可及的範圍清光。

我輸了，我心想著，不知道臉上的灼熱感還要持續多久。但這不是最糟的狀況，接著，情況更加嚴峻。

「我再問一次，」休勒沉聲問：「你把小孩帶到哪裡去了？」

我撐起身體，很想按摩一下喉嚨，但雙手都被反綁，動彈不得。

他在講什麼鬼？我想著。但下一秒鐘，休勒就回答了我的疑問。顯然我方才把內心話都講出來了。

「雅莉娜不是她的真名。哈，你嚇到了吧，佐巴赫？你這個盲女朋友從來就沒到局裡做過筆錄。」

假名？沒筆錄？

我腦袋裡轟然作響的疼痛慢慢褪去，好一陣子才反應過來。

「真的嗎？」我喃喃問道。

在刺眼的光線底下，雅莉娜宛如一具活屍。她的皮膚蒼白，嘴唇沒有血色，混濁的眼球看起來像是被拋棄的玩具娃娃。

「妳沒去警局？」

我不得不回想在船屋上初次相遇時，她所告訴我的那些事。她曾「看見」集眼者的作案過程，而其中有些事情被證實為真。

……四十五小時又七分鐘，以及車庫旁有籃框的平房。

跟記憶混雜在一起，絕對搞錯的有：……只有一**個孩子，被擄走的不是兩個**。或是毫無意義的：……**那個女人笑著說……我在跟兒子玩捉迷藏……我怎樣都找不到他……天吶……千萬別去地下室。**

「胡說！」她怒吼。「我當然有去那個鬼警局。他們把我推給一個腦殘警察，他說不定根本

19

「我明明就說過，不要被打擾——」

休勒鬆開手看過去，不禁訝異地笑了出來。

「唷，瞧瞧，這是誰啊？」

他把我推開，我在一旁氣喘不已。

「我正想去大廳買杯咖啡時，聽到她在跟守衛打聽佐巴赫母親的病房……」我聽見其中一位員警說。

該死，雅莉娜，妳應該在車子裡等我回去的！

「休勒，你以前提過她，所以我想你可能會想跟她談談？」

剛才被蠻力鎖住的喉頭痛得要命，我必須用盡全力才能呼吸，過了半晌，等我抬起頭來，看到那雙磨損的牛仔靴，就知道來的人是誰了。

雅莉娜朝休勒臉上吐口水。「別碰我，你這混帳！」

休勒笑著向那名員警道謝，並請他離開這裡。等到門一關上，他就抓住雅莉娜的手，搶過她的手杖，將她推向我。

「瞧瞧這是誰啊，幽靈真的存在咧！」

幽靈？

「被你淹死的那些小孩在哪裡？」

淹死？

「我發誓，我跟你一樣在找那個王八蛋。」

他搖搖頭，就像對頑固的孩子漸漸失去耐心的父親一樣。「那好吧！」他說著，隨手將地圖摺起來。「幸好這裡還有電。」

接著我聽見爆裂聲，接著是一陣電子雜訊音，就像有人開了老舊的電視一樣。同時，料理區前方亮起紅光……

然後許多事同時發生。

我先是感覺到一陣風，疼痛感隨即襲向後頸，我的頭只要動一動就覺得要被扭斷了。休勒的手臂把空氣從我身體裡擠出，我完全叫不出聲音來。他用盡全力把我拖到料理區，我看見那裡正發出微弱的光。

接著他重踢我的大腿，我向前跪了下來，膝蓋重重撞到地磚上，忽然，眼前的一切變亮了！

我原本以為是痛覺使得視網膜出現閃光，但接著頭上的燈光開始閃爍，才瞭解到，一定是有人開了燈。

菲利浦？我想著。誠心希望是休勒先前在警局裡搞錯了菲利浦的意思。

但當我看見一雙骯髒的靴子出現在廚房時，心底最後一絲掙脫酷刑的希望就此幻滅。

「那是當然的囉！」

他瞄了手錶一眼，嘆了口氣。「時光飛逝啊，所以我們就別再閒扯了。跟你做一筆簡單的交易：我跟你說我知道的事，接著換你跟我說我想聽的，好嗎？」

「你完全搞錯了，休勒——」

「那就這樣說定了，我先開始。我們找到你用來裝載小孩的車子了。是在距離這裡十分鐘車程的資源回收站停車場上被發現的。」

他用手指在地圖的右下角敲了敲。

「我不是你們要找的人……」

「後車廂裡有明確的證據：頭髮、纖維，還有斷掉的指甲。」

「可能吧，但真的不是我把車子停在那裡的。」

他根本沒在聽我講話。「菲利浦已經去那裡了，現場有八隻警犬在徹底搜查。但你也知道，那是個大得要命的工業區……」

他講話時下顎憤怒地晃動，好像在把話吐到我身上之前得用力嚼一嚼似的。「時間上根本來不及，所以呢，我們就靠你的合作了。」

「休勒，拜託——」

「好啦，我講完了。現在換你。告訴我，他們在哪裡？」

「我不知道。」

「菲利浦知道我們在這裡嗎？」我問。

他哈哈大笑。「他當然知道，不過他對上頭是不會承認的。那個懦夫不想因為非法拘捕而毀了自己的前程。他不像我一樣，認定凶手就是你。那白癡甚至沒敢告訴檢察官。」

非法拘捕？

「你沒有拘捕令？」

「不然你以為門外為什麼是那兩個傢伙，而不是特勤組的人？他們兩個是欠了我人情才來的。」

休勒從外套口袋拿出一張地圖，攤開在剛清空的平台上。

「菲利浦只是想跟你聊聊，以現任警察的身分和離職警察溝通一下。他還想給你最後一次機會解釋，為什麼你今天會出現在兩個案發現場，還有你怎麼會知道那麼多細節。幸好我說服了他，我說，我可以更快的從你口中問出答案。」

嗯哼。我想菲利浦可能在別人面前要休勒把我帶回警局，好跟我「私底下談一談」，但他暗地裡對休勒眨了眨眼睛。

我利用休勒轉身的空檔環顧四周。這偌大的廚房，一定有其他緊急出口。但休勒不開燈是有原因的，我只看到四扇小天窗，不可能在那個胖傢伙撲向我之前搆著它們。在一般的情況下，他根本不是我的對手——他跟我不同，他的拳擊技巧都是看電視學來的，而體型沒辦法取代經年累月的訓練——只是我現在雙手被縛，那就沒輒了。

「休勒，在一切還沒有太遲以前，快放我走。」

20

倒數四十九分鐘
亞歷山大·佐巴赫（我）

起初我還害怕自己被帶到了療養院的病理科，但入眼滿是灰濛濛的白瓷磚、霧面的鋁桌和流理台上的排油煙機……

接著我看見餐具櫃和房間中央的三角型盤子輸送帶，這才知道身在何處。休勒並沒有打開頭頂上的日光燈，從窗戶外傾洩進來的微弱路燈是屋裡唯一的光源。在微光中我只能看到陰影和輪廓，覺得自己就像站在一張黑白照片裡。

「這裡以前是療養院的廚房，」休勒說著，指向右前方三座我以為只會在釀酒廠裡出現的大鍋爐。「但現在他們被安排在擴建的廚房做飯，地下室已經廢棄不用。也就是說，我們在這裡，完全不會有任何人來打擾。」

他走到長方型的工作枱前，粉屑在他的皮鞋底下悉悉窣窣。整個工作枱大概有一輛小型車那麼大，右邊三分之一是料理區，另外配有四個爐子、兩座水槽和褐色磁磚的平台，平台上覆滿了廢棄地下室常見的垃圾：壞掉的配電插座、扯斷的電線、骯髒的紙餐具、用來當菸灰缸的塑膠杯以及半瓶可樂。休勒用手肘將那些雜物全部掃開。

但現在他已經無法想像能靠自己的力量逃出去，也沒有力氣再度起身。多俾亞曾聽說，遇難的人不能睡著，必須要保持清醒才不會死掉。

所以我一定得站起來。我還沒有站著睡著過。人只有在躺著的時候才會睡著，我不能……

「媽的！」

多俾亞的心臟在被汗浸濕的上衣底下劇烈跳動。

那是什麼？

他踉蹌倒退一步，再度感覺那東西就落在自己的肩上。

不可能啊！這怎麼會突然出現在這裡？

他剛剛在黑暗中碰到的，是一條繩索。

一條繩子？為什麼鐵皮屋裡的天花板上會有根繩子？

他往上抓，小心地用手指纏住繩子，往下滑到繩子底端的塑膠把手，將它握在手中。

現在呢？

多俾亞猶豫了一下，接著就像每個把手探入黑暗中的人都會做的一樣……

他拉了繩子！

噢不，拜託不要——

多俾亞趕緊放開繩子，但已經太遲了。

我不要……拜託，不要……

腳下的地板開始劇烈搖晃起來。

而濕滑。

垃圾車？他驚恐地思忖著。**在想像中，垃圾車裡面就是這樣**。

幸好聞起來不太臭，比較像在工廠或船裡。

對啊，媽的，這裡聞起來就像是爸爸先前想買的快艇氣味。

周遭充斥著潤滑油跟鹹水的氣息，此外，腳下還有輕輕晃動的感覺。

多俾亞找遍了四周的地板跟牆壁，甚至爬回先前待過的木箱裡摸索，但這次他沒有找到任何東西可以用來對付金屬牆。

他在一面牆中間摸到一道細縫，但是沒辦法用螺絲起子撬開。試了三次以後，螺絲起子的金屬尖頭掉到地上，發出巨響。他虛脫地坐倒在地板上。

搖晃的地板。

一開始他還以為是平衡感出了問題，畢竟已經幾天沒有吃東西也沒有喝水了，他覺得自己既虛弱又疲倦，所以錯覺地板在搖晃也不奇怪。不過接著他聽到嘎吱作響的聲音，就像乾繩子斷裂一樣。

那個聲音……又來了！

多俾亞努力對抗倦意。然而沉重而難以言喻的倦意，就像他醒來時置身的黑暗一樣，突然攫獲住他。

恐懼、飢餓、焦渴、壓力、疲憊——如果他沒有欠缺那個比空氣更重要的東西的話，或許他還能再撐上個半小時。那個東西就是：希望。

21

倒數五十五分鐘
多俾亞．陶恩斯坦

俄羅斯娃娃。他其實是關在俄羅斯娃娃裡。多俾亞不知道自己是怎麼從那口棺材裡爬出來的，但至少現在他在呼吸上沒有問題了。在被禁錮這麼多個小時以後，他終於不再覺得胸口像是壓著一箱汽水那般沉重，也不再眼冒金星，就算站直身子也可以維持平衡。他現在置身在一處四周都是鋼板圍繞的新環境。

當然，觸目所及依然是闃黑一片。頭痛的感覺比先前困在行李箱裡時更加劇烈。先前他用螺絲起子在木板上鑽了很久，一開始鑽出些碎屑，接著掉下碎片，最後終於穿破木板。本來他只挖出了一個小洞，僅容食指穿過，後來鑿著鑿著不斷拓寬，終於讓整隻胳臂都可以穿過。但探手摸索了一會兒，他就知道自己必須從頭來過。運氣不好，手指雖然能摸到卡住箱子的鉸鏈，卻無法扳開它，洞口必須更偏右一些、更上面一點才行。不過往好處想，事情原本可能更糟，如果他從下面幾公分開始挖起，有可能根本摸不到鉸鏈的存在。

但我現在在哪裡？

多俾亞感到新的恐懼如潮水般湧上來。他想不出自己曾經待過類似的空間……牆壁如此冰冷

休勒是個性格衝動的人，他曾因猶豫不決而失去重要的親人，他不會容許同樣的錯誤發生第二次。

他不會放過我。

電梯猛烈晃了兩下，到達終點。

地下一樓。

「走這裡。」他吩咐兩名員警，把我推向左邊那條以節能燈泡冰冷光線照亮的走道。

「以前，我也會跟你有相同的反應，」我說：「我會把集眼者揍得屁滾尿流，讓他不得不說出孩子的藏匿地點。但自從我在橋上殺了那個女人以後，一切就不一樣了。」

我們走了二十公尺左右，前方有一扇剛粉刷過的沉重不鏽鋼門。

「哦，是嗎？」他要兩名員警守在門口。「為什麼？」

「因為現在我知道，如果自己抓錯了人，後果會怎樣。」

他哈哈大笑。

「你搞錯了，我不是集眼者。」

休勒擦掉眉上的汗珠，瞇起雙眼。「到底是不是，我們很快就會知道了。」他說著，向我眨眨眼。

接著他打開門，把我推進黑暗裡。

小鬍子的年輕員警心不在焉地望著電梯外頭的水泥牆。老警察則懶散地嚼著口香糖，對我視若無睹。只有休勒對我的問題有反應。「換成是你的話會怎麼做？」

他看著他的錶。

「離倒數計時結束只剩五十七分鐘了。你說說看，如果換你是我的話，會怎麼做？」

他的額頭沁出汗珠，他用手擦掉，似乎想用目光催眠我。「如果被綁走的是你的小孩呢？」電梯經過二樓。

「如果你是我，你會浪費時間把嫌犯帶回警局，為他找個人渣律師出面？而尤利安不知道被藏在哪裡，快要窒息而死……」

尤利安？他從檔案裡得知我兒子的名字嗎？或是我們私底下曾聊過各自的孩子？

我試著回想自己對休勒瞭解有多少。我在警局工作的時候，他剛到謀殺調查組不久。除了在餐廳和警察夏日晚會上打過幾次照面之外，我跟他並沒有什麼往來。我當然知道他從前的事，警局裡每個人都知道。媒體通常只報導外籍父親把孩子從他們的德籍母親身邊擄走，帶到其他原教旨主義政府的國家躲藏起來。而休勒的遭遇是強力的反證，由此證明，此類案件並不一定和宗教或性別有關。

「老天，你曾為救一個嬰兒而射殺一個女人。如果集眼者在你眼前的話，你會怎麼做？」

我驚訝地發現，自己竟然認真思考休勒冠冕堂皇的問題。

看著他被汗水濡濕的細小眼睛，察覺到他滿腔怒火，我只能向他搖搖頭。

我跟這個人沒有什麼過節，但我知道他想跟我說什麼。

22

倒數五十九分鐘
亞歷山大・佐巴赫（我）

在我潛入病房之前，他們一直等待著要逮捕我。為了要確定沒有人跟著我，並觀察我是否攜帶了武器，他們從浴室門縫間監視我的動靜。後來，當我拿著相框看著照片出神時，他們就出現了——兩個穿著制服的警察，一個比較年輕，留著小鬍子，另一個比較老邁無力，卻也有足夠的威嚇作用——他們從浴室衝出來，從背後制服我。

其實他們大可不必把我壓在地板上，也不用在我手腕上繫上塑膠束帶，反正我本來就打算要自首。

「當然啦！」那兩名員警把我帶往電梯時，等候已久的休勒嘲笑道：「你當然想要自首。」

我暗忖為什麼醫院走廊沒在逮捕我之前淨空？雖然這個時間點沒什麼人，只有一個受了驚嚇的護士倉皇跑開。但如果我真是集眼者的話，會怎麼樣呢？如果我奮力抵抗，而且挾持人質呢？讓我更驚訝的是，兩名員警顯然不是特勤小組的人，逮捕危險的暴力罪犯不是他們的專長。

休勒隨便檢查了一下我手腕上的塑膠束帶，接著跟兩名員警把我推進一台載貨電梯裡。

「地下一樓？」我看著電梯面板。「你們要從地下室把我帶出去？」

會因為在冷凍櫃裡缺氧而造成永久性的傷害。我的祖父直到年事已高，仍擔任村裡的獸醫工作。他認為，跟需要幫助的動物們共處，對我是件好事。他帶我去診所，教導我窺探獸醫學的奧祕。對我來說，這些知識直到今天都很有用，例如說在手術時，要怎麼根據其年紀、重量及狀況來衡量給予氯胺酮的多寡，麻醉才能穩定、要怎麼在切開聖伯納犬的腹部前為牠戴上氧氣罩，或是要怎麼幫貓移除長了腫瘤的眼球……祖父讚許我的技術以及我求知若渴的態度。

他們從未發現那些流浪貓的遺骸——不管是被我活埋的，或是被我先在袋子裡悶死，再淋上汽油燒死的——比較令他們擔心的是，我會在夜半尿濕的床單中醒來。

「不難想像這孩子都經歷了些什麼事。」他們一再告訴自己。

他們是很好的監護人。

體貼。

年邁。

而且一無所知。

我們的「愛的考驗」在不經意間發展成了生死考驗。

「爸爸很快就會來了。」我說。

我一直那麼說。起初聲音鏗鏘有力，緊接著，當我漸漸累了，聲音就越來越微弱。但無論睡著前或醒來後我一直反覆的這麼說。

「爸爸很快就會來了……」

我弟弟對此深信不疑。當他尿濕、當他開始哭，或當他因口渴而醒來時，都聽著我反覆說這些話。最後，當他徹底睡著，再也不會醒來時，我仍然一再重複不止。

「爸爸很快就會來了……他愛我們，所以他會尋找我們，而且一定會找到我們……」

但那是謊言。我爸沒有來。

二十四小時後，他沒有來……三十六小時後，他沒有來……四十小時後，他還是沒有來。

最後我們被一個林務員放了出來。

在整整四十五小時又七分鐘之後。

當我們被救出時，我弟弟已經因窒息而死。後來有人跟我說，我爸以為我媽改變了主意，回來接走了我們，所以他跟朋友出去喝一杯放鬆，根本沒有想到要去找孩子。

這件事直至今日仍令我仍舊無法釋懷。就在我弟弟因極度口渴而把眼睛貼布撕下來咬時，他竟然享受著冰涼的啤酒？我沒有一夜不曾夢到，凝視著死去弟弟空洞的眼窩，想到他之所以會死，是因為我爸搞砸了「愛的考驗」。

少年福利局在我身體狀況好轉以後，將我送到祖父母那裡。祖父母告訴我，他們多麼擔心我

上觀察爸媽有沒有哭。

但母親拋棄我們的那天，我向我弟提出了一個新建議，來測試父親對我們的愛。

我們要躲起來！

不躲在我們的樹屋，也不藏身在湖邊的棚子，而是找一個我們從來沒有躲藏過的地方。

「如果爸爸還愛我們的話，就會來找我們。他越快找到我們，就代表他越愛我們。」

那是幼稚的比較法，但七歲的孩子和他絕望的弟弟，也只能提出這樣的構想。在他們的天真想像裡，有一樣單純而吸引人的邏輯，至今我仍為之深深著迷。

總之，我們在隔天晚上就找到適合的藏身處。

不管是誰把那個冷凍櫃棄置在森林裡，他一定都費心的用熱水清洗過。所以在我們躲進去前，既聞不到食物的味道，也察覺不出以前放的是什麼。

我們很慶幸這具冷凍櫃被棄放在離家不遠的地方，就在林間空地的中央，而且剛好就在我爸每天晚上慢跑的路途上。事實上，只要經過它，就不會忽視它。因此，當我們躲進其中、當我把門蓋上時，並不擔心沒辦法再把門打開……

起初我們還拿裡面壞掉的木柄螺絲起子來開玩笑，說那一定是被從前的物主丟在裡面的，它還刺傷了我的屁股。但後來，當空氣漸漸稀薄時，那螺絲起子就跟我放在褲子口袋裡的硬幣一樣無用。

門關得很緊。因為冷凍庫已經有些年頭，並不像現在的冷凍庫一樣有安全磁釦，而只是配備一道門閂，必須從外頭才能打開。

我弟弟因生過重病，生性比我敏感。他五歲時失去了左眼，這改變的不只是他的視力，更像是癌症吃掉了他的眼睛後仍然不饜足，接著啃蝕掉他的靈魂。

我的心智比他穩定。對我來說，要習慣父親永遠缺席並不困難，就算他破天荒的沒有出差或跟朋友出去喝酒，我也覺得他並不存在。

到後來，母親也拋棄了我們。「拋棄」在這裡並不是什麼隱喻，而是血淋淋的事實。有一天，她用去健身房常用的手提包帶走了所有的珠寶、證件跟現金，然後再也沒有回來。

父親很生氣。「現在我該拿你們這兩個搗蛋鬼怎麼辦？」他對我們大吼。他看起來並非生氣妻子離家出走，而比較憤怒她沒有把我們一起帶走。

我弟弟起初搞不清楚狀況。他花了幾個小時在家裡到處找尋母親，地下室、閣樓、花園小屋……甚至爬進衣櫃裡，哭著將自己埋在衣物中，聞著她的香水味，然後發現我媽把她最愛的襯衫也帶走了。

對她來說，那件絲質鮭魚色的衣服很重要，但小孩已經不合她的身。

那晚，我弟弟再次提到了「愛的考驗」，而我第一次贊同他的想法。從前，那只不過是幻想而已，是個孤獨孩子的絕望幻想，從來不曾實行。我弟想出一個測試方法，來考驗父母是不是真愛我們，內容很簡單：我們其中一個人得死。

在這天以前，我們只討論過用抽火柴[19]的方式決定誰死，而贏的那個人要在另一個人的葬禮

19 以折短的火柴混在正常長度的火柴中作籤的一種抽籤方式。

集眼者的第二封信，由匿名帳戶傳出的電子郵件

收件人：thea@bergdorf-privat.com
主旨：……除了真相別無其他！

盲眼的貝格多芙女士：

很抱歉我仍然必須如此稱呼妳。但妳就像我收藏的玩偶一樣盲目。

但如妳所願，妳的雙眼將會因我在遊戲結束前寄出的第二封信而張開。我猜想，相較於工作帳戶，妳應該很少檢查自己的私人信箱，否則早就發現第一封信的存在，將它轉發給警方，或者至少會轉貼在妳的網站上。

妳可以想像，我最近實在有點忙不過來。所以就直接講重點了：我的動機。我免費告訴妳，好讓妳跟妳那個編輯室的謊言工廠有資格在接下來的報紙上毀謗我（噢，妳那蠢報紙裡頭的句子，從來都不會有逗號存在，恐怕我這句話是太冗長了）。

我所做的一切，都是為了維護一個值得舉世為它奮鬥的價值體系，那就是家庭。

貴爛報（抱歉）真是豬狗不如，居然譴責說我是個摧毀家庭的人。我！正好相反！我最在意的就是把破碎的關係修復得井然有序，並且保護它。這種關係是我和我弟弟從沒有機會體驗的。而最令我弟弟痛苦的事，就是失去父愛。

照片裡的我變小了，大概只有原本的一半大。此外照片的剪裁也不一樣，我不再……

……不再是獨照？

看到第二張臉時，我的手開始顫抖。他出現在我的右邊，坐在階梯上，看著我綁鞋帶。

你是誰？我在心裡嘀咕著。**你他媽的是誰？**

那張面孔看來有點眼熟，但那孩子比當時的我還小，我認不出他是我的哪個朋友。

你在我的照片裡面幹麼？

我將相框翻面，打開固定厚紙板的夾子，將照片拿出來。

你怎麼會出現在我母親的床頭櫃上？

那孩子有著金色頭髮，左眼貼著彩色的貼布，就像矯正斜眼孩子用的貼布一樣。

……左眼……

我發現照片背面的筆跡時，更是丈二金剛摸不著腦袋。

葛律瑙，21.7.(77)

我沒來得及把相片放回去，正思忖著日期的意義，回想小時候根本沒去過葛律瑙的時候，人就被逮捕了。

外。」侯特醫生笑著說：「你沒有精神分裂。只要把戒菸貼片摘下來，一切都會恢復正常。」

一切都會恢復正常？我用手指弄皺貼片，掛掉電話。

沒有一件事是正常的。我聯絡不到法蘭克、警方懷疑我謀殺而通緝我，而我的精神科醫生跟我說，不用擔心認知障礙問題。

我望著漆黑的窗外，太陽還沒升起。我的視線在斑斑點點的地毯上游移，看著那些我不認得名字的儀器，它們的使用說明想必都跟電話簿一樣厚。接著我看向旋轉式的床頭櫃，母親總是把舊日記放在那裡，我每次來都會朗讀給她聽——大概從我們在尼寇斯克森林發現通往藏身處小路的那天起，她就再也不能翻閱緬懷舊日時光。我正想查看那本繫有皮帶、金色刻花的日記是否還在抽屜時，忽然發現究竟是什麼東西讓我一直感到不安了……

那張照片。

搞什麼……？

我上次來的時候，這張照片還不在那裡，只有相框。相框是多年前我連同另一張照片贈送給她的聖誕禮物。那張照片是我少數喜歡的，是父親趁我不注意的時候拍下來——七歲大的佐巴赫正專注地繫著鞋帶。我每次看到照片都會覺得感傷，想起當時我最大的擔憂，居然是穿那雙廉價鞋子會被同學們嘲笑。

我拿起相框。

那張我坐在石階上的照片仍在相框中，但不是我認得的樣子。它變寬了。

怎麼可能？

儀器隆隆作響，嗡嗡叫，發出嘶嘶的聲音，組成加護病房的電子讚美歌。那是病態的交響曲，只為一個冷漠的觀眾演出，而這個觀眾早已經感受不到周圍的聲響了。

一切依舊。

幾乎。

我試著撥開讓她面孔扭曲的呼吸管。只要看見她盯著天花板慘淡燈光的水汪汪的綠眼珠，就能確定躺在這裡的植物人真的是我母親。她的身體不時抽搐。那很正常，是無意識的反射動作。就像是老電視機被拔掉插頭許久後，螢幕上依然會有殘影一樣。

一切依舊。她的呻吟跟每天擦的身體乳液氣味都一樣。完全正常。

儘管如此，還是有什麼事不對勁。

我的手機開始作響，通知我幾小時前設定的轉接號碼有留言。我於是聽取留言。

「是貼片。」侯特醫生，我最沒有想到會打電話來的人。他的聲音聽起來就像樂透彩中獎似的。

我將手機換到另一隻耳朵，想聽懂他要說什麼。

「你的戒菸貼片裡面含有『伐尼克蘭』（Varenicline）。成分源自一種毒性很強的植物：金鏈花。在美國，基於飛安考量，飛行員禁止使用這種藥物，因為金鏈花會令人產生幻覺。」

我伸手到上衣底下，摸著上臂的貼片。

「這也就是所謂的『伐尼克蘭夢』。佐巴赫先生，我們在你的血液中發現高濃度的伐尼克蘭，也許這就是造成你緊張的原因。如果你對顏色、氣味及光線的感受比以前強烈，我也不意

23

倒數六十二分鐘
亞歷山大．佐巴赫（我）

這裡有什麼事情不對勁。

我一走進病房就有這種感覺。

我把車停在療養院附近的小巷裡，讓雅莉娜跟湯湯留在車上。一個看得見的人要悄聲潛入就已經夠難了，兩個人牽著狗，還用手杖……恐怕在櫃枱就會被攔住。

「哈囉，媽，」我低聲說，握住她的手。那股不對勁的感覺頓時加劇。「我來了！」

有什麼地方不一樣。

我在路上已經做好了最壞的打算。本以為可能會遇到剛替我媽的空床換床單的護士。她可能會沒精打采的對我翻白眼，因為醫院在沒有聯絡到我的狀況下，將燙手山芋丟給她。

「**……很不幸的，我們必須通知你，令堂在今天凌晨……但是那畢竟也在意料之中……或許從某種觀點來說，這是一種解脫……**」

可是事情並非如此。沒有空床、沒有護士，而那些阻止我母親死去的維生設備也沒關。是還沒關。

24

法蘭克・拉曼（實習生）

「你做了正確的事。」

菲利浦把手搭在法蘭克肩上，從他手中接過剛才用來傳簡訊的手機。年輕的實習生因為被觸碰而縮了回去。

「喔，是嗎？」法蘭克說：「但為什麼我覺得自己像是個該死的告密者？」

七通未接來電。一封簡訊。

真的有罰單！我讀了簡訊預覽，趕緊打開法蘭克的簡訊。

警方找到集眼者的車子了。

我讀到地址的時候，頓時覺得天旋地轉。

怎麼可能？他為什麼要這麼做？

集眼者把他的車子停在我母親居住的安養院前。

「……我方才很激動、害怕，滿腦子想著死亡，但沒有哪個男人開車撞上我，也不像觸碰集眼者那樣，在按摩前撞傷了自己的腳趾。」

「所以這表示？」

「沒錯，」她點頭說：「你得弄痛我。」

我驀地站起身來，把在身旁打盹的湯湯給嚇了一跳。

「佐巴赫，我知道這話聽起來很不可思議，但我在家裡被花瓶給砸到時，也發生過同樣的事。我想，只有疼痛才能浮現出更多細節。」

「妳不是認真的。」現在輪我開始找自己的牛仔褲了。

「我就是認真的！」她把耳朵轉向我。每次雅莉娜想要專注聆對方言語時，總會那麼做。

「疼痛不只能讓我看見新的畫面，如果夠強烈的話，更能帶我回到過去。」

我終於在地板上找到褲子，接著摸索口袋找手機。

「你要幹麼？」雅莉娜問道。

「我要報警。我們自首。」

「什麼？不要！」

「就要！」

結束吧。沒戲唱了。都過去了。

「鬧劇該在這裡結束。」

我一打開手機電源，它就震動起來。

面，有時候卻不會。」

「為什麼？」我輕聲問道。

妳在地下室發現了什麼？

「光觸摸是不能讓我看見過去的。」

「還有呢？」

「要弄痛我！」

我想把手抽回來，但雅莉娜緊緊握住。

「我只有在疼痛的情況下才看得見畫面。」

她滔滔不絕說個不停。「我第一次看見畫面是七歲的時候，就在我出車禍後不久。直到今天，只要一想起來，都彷彿還能聞到肇事司機的口臭——當他要來幫我的時候，我聞到他嘴裡有剩菜跟廉價烈酒的味道——當我試著把重心放到右腿時，宛如閃電穿過我的身體一般，在疼痛的氛圍裡，我看見了那起意外。」

「妳看到他怎麼撞上妳的？」

她點點頭。

「我是從駕駛的視角，透過他的眼睛目睹一切。我看到他怎麼在過紅綠燈時扭開瓶蓋，接著又看到一小孩在街上奔跑。我聽見他咒罵，然後畫面就中斷了……下一刻，他跑到車子前方，在一個痛得大哭的女孩面前彎身。就是我的面前。」

「但剛才在地下室……」

「不然呢？」

她用腳在桌前探尋她的牛仔褲。

「我觸碰你的時候，什麼也沒發生，即使我跟你上床，也是……什麼都沒看見。可是我只不過是碰了集眼者的肩膀一下，就看到那些畫面。」她搖搖頭。「你知道的，我睡過很多男人，當然明白，光是一般的接觸是不夠的。我也經常問自己，為什麼只有弄痛我的傢伙才能讓我看見畫面，而像你這樣的好人就不行？」

像你這樣的好人。

有時候，話不需多也能成詩。

「我看不見你的過去，」她再度解釋。

「相信我，這對我們都是好事。」

雅莉娜沒有笑，連一絲微笑都沒有。她只是坐在我身邊，一腳套上牛仔褲，另一腳撐在沙發上，接著輕聲嘆息。

「也許我沒有負面能量？」我推測。但幾個小時前，我還想勸她去找精神科醫生看看有沒有認知障礙的問題呢。

「不，不是這樣。」

她扣起牛仔褲，把腿放在沙發上。

「直到剛才，我還一直以為那與人的負面能量有關。但是地下室裡的那個女人明明充滿負能量，我摸她的時候卻也什麼也沒看到。所以我想通了，我突然明白，為什麼有時候我會看見畫

25

倒數兩小時又二十九分
亞歷山大．佐巴赫（我）

就在我感到雅莉娜即將失控時，她突然停下動作。雖然跨坐在我身上，雙手叉在我的後頸，但人一動也不動。

「怎麼了？」我惶恐地抽出放在她襯衫下的手問道。

剛才我還覺得自己能看透她的心思，並且與她合而為一，但現在即使我還在她身體裡面，卻感覺距離如此遙遠。

「我什麼都沒感覺到……」她上氣不接下氣地說。

我錯愕地看著她。她的身體剛才充滿情欲、嬌喘狂喊，還咬了我的脖子……

「是嗎？」我試著用開玩笑的口吻拉近我們之間的距離。我扶著她的腰，托著骨盆頂了一下。她呻吟起來，用手摀住嘴。

「這樣妳還是一點感覺都沒有嗎？」

「白癡，我不是那個意思！」

她飛快地掙脫我的懷抱，從我的身體抽出來。

「我不知道。他從沒跟我提過這件事。」

「那麼我想，現在該是跟他本人談談的時候了。」霍佛特從擴音器裡傳出的聲音很刺耳。

菲利浦闔上筆電。「你現在知道了，你老闆掌握了沒有公開過的案情，他不只認識被虐待的護士，還在被害者露西亞死後數小時打電話給她……這或許證明他無辜，但也有可能證明他有認知障礙。而現在他似乎又知道集眼者的犯案動機。我不知道那該死的『愛的考驗』指的是什麼，我也不知道佐巴赫跟這個案件牽扯有多深，但是我很確定，我無論如何都要盡快找到他！」

菲利浦雙手撐著桌子，緊盯著法蘭克。他的臉孔湊得很近，法蘭克幾乎看得到他鼻孔裡的血管了。

「法蘭克，我要找到他，而你必須幫我。不管你願不願意。」

主旨：集眼者的動機

他的視線從信件開頭往下移動。

「他寄了這封 e-mail 給自己。」他聽到菲利浦說，語氣聽起來更像是問一個問題。

「他經常這麼做。」法蘭克頷首回答，「那是他建立安全備份的方式。有人會把重要的檔案存放到隨身碟裡，而佐巴赫則是寄信給自己。這麼做有個好處，他可以透過世界上任何一台電腦上線查看。」

「方法很有趣。但是你可以跟我們解釋一下內容嗎？」霍佛特問。

法蘭克盯著螢幕看了一會兒，接著搖搖頭。

收件人：a.zorbach@gmx.net
主旨：集眼者的動機

為什麼大家都只想著眼睛？那不過只是障眼法罷了。就像魔術師右手讓什麼東西蹦出來，觀眾就不會注意到他從左邊的帽子裡拿出一隻兔子來。更重要的是家庭！他只是要做個愛的考驗！

「你知道那是什麼意思嗎，拉曼先生？他說的『愛的考驗』？」

菲利浦在他身後站起來，在螢幕上掠過一道陰影。

「不，法蘭克，你只是承接了當事人的幻覺。這並不常見。不過你們這幾個禮拜以來，一定都處在極端壓力的情況下，因此會產生出這樣的幻覺是完全可以想見的。畢竟你所面對的是幾十年來最駭人聽聞的犯案手法。」

法蘭克不由得瞠目結舌。那老頭是認真的嗎？

「我沒有瘋，我老闆也沒有。」

「可是他的病歷上並不是這樣寫的，對吧？」

菲利浦很遺憾地聳聳肩，證實霍佛特所言不虛。「我跟佐巴赫以前是同事，共事那麼久，幾乎什麼事也藏不住。佐巴赫在救下患有溫蒂妮症候群的嬰兒事件以後，就到精神科去就診，這是公開的祕密。他當然不是第一個去侯特醫生那裡看診的離職警察。」

法蘭克搖了搖頭。「我無法相信。」

電話那頭又響起雜音。「請你給他看看。」霍佛特說道。

法蘭克困惑地看著菲利浦打開了小筆電。不到二十秒，螢幕上出現了一張圖，菲利浦把它轉向法蘭克。

「我們在佐巴赫編輯室裡的電腦中找到了這個。」

法蘭克揚起眉毛盯著螢幕。

「一封e-mail？」他問。

收件人：a.zorbach@gmx.net

26

倒數兩小時又四十七分
法蘭克．拉曼（實習生）

「共同幻覺。」偵訊室桌面電話的擴音器中傳來一陣怪異的聲音，霍佛特教授從達倫的別墅發話。「我說的是，這是由於偏執而引起的精神障礙現象。」

「雅莉娜真的存在！」法蘭克提出抗議，他看著菲利浦。「我可是親眼看到那個盲女！」

電話那頭先是出現一陣雜音，在犯罪剖繪專家開口前，又傳來一陣嘈雜的環境噪音。「我想，你跟嫌犯共事好幾個月了，對嗎，拉曼先生？」

「對。」

「你長期處在壓力下，每天睡不到四小時，而且持續好幾個星期了？」

法蘭克只能點頭稱是。

「嗯，在壓力之下，這種狀況經常出現，即使是心智健康的人，也可能會產生幻覺。通常這種狀況會發生在關係明顯不對等的搭檔身上，比方說某一方特別強勢的夫妻。由此推測，工作關係密切的人們也可能如此，比方說實習生和他的導師。」

「你是想說我瘋了嗎？」

「妳存在。」

「向我證明。拜託，向我證明，好讓我能相信。」

她摸著我的臉，溫柔地撫過我的下巴、越過嘴唇，接著手指放在我緊閉的雙眼上。

這是我一生中極罕見的時刻。一切記憶都沉寂了。我不再想到橋上的那個嬰兒、不再想到失敗的婚姻……就連莎莉的面孔，也都從心底消失——我原本想把她的孩子從集眼者手裡救出來的——一種幾乎被我忘記的感覺，在體內漸漸擴散開來。

上次體會到這樣的感覺，是我第一次遇見妮琪的時候。這感覺不是來自眼睛，也不是來自大腦。如果雅莉娜覺得真正重要的事物必須要用眼睛或大腦才能感受的話，那麼她就錯了。當一個人真心想要貼近另一個人時，他會恨不得中斷思考，跟對方交換身體，以靈魂作為唯一的感官。

「向我證明，」她厲聲重複說：「證明我還存在。」

接著她將雙唇貼上我的嘴。我驀然發現，自己是多麼渴望她這樣做。

所以，不要再跟我說什麼『你明白我跟我的世界』。你根本無法想像，完全無法想像。」她擤了擤鼻子，用手臂揩去臉頰的淚水，深吸了一口氣。雅莉娜的長篇大論抒解了緊張的氣氛，當她再度開口時，聲音變得比較穩定，但話還沒講完。我感覺到她正要講到最重要的部分。

「有些夜晚，我睡覺時會夢見自己掉到井裡。我不停往下掉，墜入黑暗中，停不下來……周圍越來越暗。我伸手想觸摸井壁，但它們不見了，就像失明前我對這個世界最後的記憶一樣。」

火爐裡一塊木片的燃燒聲打破了沉默。

「它們不見了！你懂嗎？什麼都沒了，包括我對光線、顏色、形狀、臉孔、物體的記憶。我掉得越深，剩下的東西就越少……但你知道真正可怕的是什麼嗎？」

是妳醒來以後，夢還沒有停止。

「我大叫著醒來後，墜落就停止了。但也就止於不再墜落而已，而其他的一切依然繼續流失。我被這個狀態給困住了，困在黑洞和虛無裡。接著我顫抖著坐在床上，詛咒我想烤馬德拉島蛋糕的那天，並自問我到底存不存在。」

她把頭轉向我，彷彿注視著我。

「外面的世界真的存在嗎？」

我不知道怎麼回答她的問題。而她接下來問的，更讓我難以回應。

「**我**存在嗎？」

她抓住襯衫的衣角，就像揉紙張一樣把它弄皺。「佐巴赫，我是存在的嗎？」

我遲疑地握著她的手，輕輕扳開她交握的手指。

膝之間，就像是準備好面對墜機的乘客。

或是靈魂墜毀。

「在我的生活世界裡，不一定要能看見……」

我試著撫摸她的背部，但她蜷縮成一團，肩膀聳起來。我的輕撫，宛如揍了她一拳似的，令她想要逃躲閃避。

「我刻意打扮時尚，化妝、刺青……然後說服自己，這樣做可以讓自己看起來不像是個瞎子，你能理解我的行為嗎？」她的身體顫抖著。「但不管怎麼做都沒用。」

「讓我幫妳！」

「幫我？」她對我咆哮。「怎麼幫？你根本不理解我的生活世界是什麼樣子。你閉上眼，一片漆黑，然後你會想『嗯，瞎了眼就是這樣』，但其實根本就不是這樣。」

「我知道——」

「你知道個屁！你有過被人家強推著肩膀，不管你願不願意，直接帶著你過馬路嗎？他們認為殘障人士都需要幫助。你有沒有對著坐輪椅的人發過脾氣？大家替他們設置無障礙路口，結果害得我分不出哪裡是人行道、哪裡是馬路……你周遭的人會把你當空氣，只跟旁邊的人說話嗎？我想應該不會吧。」

她嚥了口水。「佐巴赫，你表現得善解人意，但其實你很無知。他媽的，我打賭你根本沒注意過電話按鍵上有點字吧？你每天都接觸的電話、計算機、提款機、電腦鍵盤上面都有——點字是我們這些盲人用來辨識數字的方式——你每天都在接觸我的世界，可是卻想像不了我的處境。

「是幸運（Luck）。」我喃喃說。

她點點頭。「也可以翻成是『偶然』。我比較喜歡後者的翻譯。」

命運或偶然……我在想。就像生命一樣，那要取決於你怎麼看。

「嚴格講來說，這是個不對稱的雙向圖，乍看下無法瞭解它的意思，你懂嗎？所以我才選了這個刺青。我是想說，眼睛所見並不重要。為了記住這個想法，我把它永遠留在我身上。」

她混濁的大眼睛剛好對準了我的嘴唇。「我覺得重點不是人們看到了什麼，而是我們怎麼去理解它。我總是這樣說服自己，可是你知道嗎……」

她眨了眨眼，但是再也忍不住。她崩潰了。情緒突然潰堤，淚流滿腮。「……這樣說根本沒用！」

「雅莉娜！」

「我不斷告訴自己，說我不需要眼睛，」她沉聲說話，將雙腳抬起踩在沙發上，把頭埋在雙

「是命運（Fate）。」我低聲唸出。刺青在溫暖的燭光下閃爍，猶如未乾的墨跡。

她微笑道：「那要取決於你怎麼看。」

取決於你怎麼看？

德語裡有許多和視覺有關的用語，我問自己，是否所有盲人都能像雅莉娜那樣使用自如。

她轉過身來，對著瞠目結舌的我說：「從這個角度再看一次！」

起初我不明白她指的是什麼，但當我由上而下地注視刺青時，我懂了。

「這是一個雙向圖？」我吃驚地反問。我所知的雙向圖，以驚悚片「天使與魔鬼」裡面的例子來說，是翻轉一百八十度後仍然呈現同一個字的圖案。最簡單的例子就是「WM」。而雅莉娜的刺青則是另外一種我從來沒看過的圖案。把彎曲的字反過來，會形成意義完全不同的另一個字。

「杯子裡裝的是碳酸鈣，天曉得以前的屋主拿它來幹什麼。幸好爆炸很大聲，不然我母親可能不會那麼快就發現這場意外。」

雅莉娜眨了眨眼，宛若她緊閉的眼睛裡面正上演著只有自己才看得見的電影。

「碳酸鈣加水會產生乙炔，是一種有毒氣體。如果救援直升機沒有即時趕到的話，我可能已經在爆炸中喪命了，但最後我只是失明而已。」在說到「只是」的時候，她在空氣中畫了引號。

「我的眼角膜毀了，無法重建。」

「我很遺憾。」

「世事難料。」她簡潔地說，接著把菸熄掉。

「這太可怕了！」我低聲說。

才三歲大，還來不及看見世界的美好。可以想像她之前吃了多少苦。

「所以妳才在身上刺了『恨』的刺青？」

「恨？你怎麼會這麼想？」她驚訝地問。接著嘴角露出一絲淺笑。「等等！」

她站起身，將外套拉開，解開襯衫的上面三顆釦子。

「你是說這個？」

她坐到我身邊，將裸露的脖子湊過來給我看個仔細。皮膚上字母的英文字是「命運」（Fate），不是「恨」（Hate）！

「如果妳不想談的話，可以跟我說。但我真的很想知道，妳是怎麼失明的？」

她呼吸沉重，將空氣吸進去，再緩緩吐出來，接著輕聲嘆息。「那是一場意外……」

她睜開眼簾，指了指自己渾濁的眼珠。她的眼珠在微弱的燭火下看起來就像光滑的萊茵石。接著她拉開外套拉鍊，掏出一包菸，用燭火點了一支。

「那是二十二年前的事。當時我才三歲大，想跟附近的新朋友一起堆沙堡。我們那時候剛到加州不久。早期我父親的工作橫跨地球，我們必須隨著一個又一個建案搬家，但在加州時，我爸在大型水壩建案當工程師，必須待上好幾年，所以他們買了房子……是那種傳統的美國木屋，有白籬笆跟附有車道的車庫。」她頓了頓。

「車庫。」她像是自言自語一般的重複著。

「車庫怎麼了？」

她深深吸了一口菸，將吐出的煙吹向閃爍不定的燭火。「前屋主把那間車庫當成工作室，裡面有木工桌和鋸木凳，牆上掛滿工具，地上都是顏料罐。我父親想要盡快把那些東西處理掉，但我的手腳比他更快。」

重點要來了！現在我們走進記憶的危險地帶，她把最痛苦的記憶都埋在那裡。

「我們堆沙堡的時候，需要一個沙模。我於是從車庫拿了一個杯子出來用。我是個條理分明的孩子，也許比現在還更井井有條……」她幽幽地笑了笑。「總之，我把那只杯子拿去洗，卻鑄成大錯。」

「怎麼說？」

27

倒數三小時又三十一分
亞歷山大・佐巴赫（我）

我感覺到了。雅莉娜雖然坐在我身邊，但人卻退縮了回去。她的肢體語言洩漏出許多訊息：雙手在胸前環抱，兩腿緊緊靠攏，嘴角下垂。儘管打扮男性化，穿著牛仔靴和補丁牛仔褲，但她的模樣卻像個執拗的小女孩，面無表情地拒絕了我要她趁熱喝咖啡的建議。

怎麼了？妳發現了什麼關於自己的可怕真相？

雅莉娜刻意封閉了自己，但我很確定她想談一談。她只是需要一個放鬆的氣閥。問題是，我不確定到頭來是哪個念頭會勝利：是渴望擺脫靈魂負擔？還是恐懼敞開心扉？

我從當談判專家和記者的經驗裡學到一件事：對於內心矛盾衝突的人，既不能催逼，也不能給予對方太多時間思考。這就像是在走鋼索一樣。

面對這種狀況，最好的應對方式，就是先設定一個安全的底限再發問。問題必須簡單無傷，是對方經常聽到，即使在睡夢中也能回答的那種。

對雅莉娜，我只想到一個問題。「事情是怎麼發生的？」我觀察她的雙手、嘴唇和眼睛，看她有沒有任何反應。

人。全德國也沒有一個物理治療師叫這個名字。所以你不要再瞎扯什麼盲眼靈媒、什麼透過按摩就看得見過去的鬼話了。如果佐巴赫不是凶手的話，他是從哪裡得到這些資訊的？」

菲利浦雙手撐在桌上，直視著實習生的雙眼。

「別再跟我說什麼雅莉娜．額我略夫了。因為這個女人根本就**不存在**！」

怯生生的金髮女警上唇因緊張而顫抖，但聲音聽來很堅定。「那是一輛綠色的福斯 Passat，一九九七年出廠。」接著她說了車主的名字。

菲利浦開始耳鳴，嘴巴發乾。現在輪到他成了亟需喝水的人。「請再說一遍。」

「車輛登記在卡塔莉娜．梵高爾的名下。」

不可能。

菲利浦看向法蘭克，法蘭克此刻也一樣吃驚。

怎麼可能？

就像佐巴赫所聲稱的一樣，那位受盡折磨的護士的車子，昨天下午的確停在殘障車位。

「你看吧！」女警關上門後，法蘭克以勝利的口吻說：「我不是告訴你了嗎，集眼者曾去找過那個盲女物理治療師，他離開時被攝影機拍到了。你一直忽略這個訊息。我不知道那個盲女是怎麼知道這些事的，但我覺得你應該要相信她所說的話。」

「哦，是嗎？」菲利浦悻悻然把檔案夾摔到桌上。「你以為我會相信一個幽靈說的鬼話？」

「幽靈？」

菲利浦看到法蘭克眼裡驚訝的神情，乾笑了兩聲。

「我查過了。昨天警局的訪客紀錄裡，根本沒有一個人叫雅莉娜．額我略夫。我的手下沒人看過她，她根本沒有來過警局……你瞭解我的意思嗎？」

法蘭克張開嘴聽他說下去。

「這還沒完。電腦裡也沒有任何關於她的資料。全柏林沒有任何一個叫雅莉娜．額我略夫的

養院中擔任護士，而佐巴赫母親就待在那裡。卡塔莉娜是被解雇的。她的記錄檔案裡寫著，她照顧的病患，許多人都罹患了四級褥瘡。褥瘡是病患因翻身次數不夠而造成的傷口潰爛，嚴重的時候，傷口深可見骨。」

「這話連你自己都不相信吧。」法蘭克啞然失笑。「你是說，我老闆報復以前照顧他母親的護士？」

「對，老實說我也不想相信。但如果他跟這件事無關，那為什麼整間地下室到處都找得到他的指紋？」

實習生轉頭嘆了口氣，仰望天花板。「天啊，到底要我說多少次！是那個盲女把他帶到那裡去的。」

「鬼扯！」

菲利浦用手拍桌。「我受夠你那些神祕主義的鬼話了。我現在就要知道，到底——」

「不好意思。」

菲利浦轉身。他吼得太大聲，沒聽見女警敲門的聲音。

「怎麼了？」

女警遞上一份檔案夾給他。

「這是什麼？」

「我們查了罰單的資料……」

「結果呢？」

年輕人閉上了眼睛。

「卡塔莉娜．梵高爾。護士。五十七歲。寡婦。」菲利浦端詳命案現場的照片。照片看起來就像一座地獄屠宰場。「根據鄰居描述，她是個離群索居的人，沒有朋友，沒有先生，也沒有寵物。除了全社區都知道她那有名的聖誕燈光裝飾怪癖之外，人生迄今為止非常低調無聊……」

他頓了頓說：「直到集眼者決定，把她的地下室改造成一間真空室，讓她的餘生在那裡受盡折磨。」

「太可怕了！」法蘭克別過頭去。

「是啊，很可怕。那瘋子用塑膠膜裹住她的身體。因為膠膜的壓力，也因為她動彈不得的久臥，她變成了一具活生生的爛肉。為了不令她死得太快，集眼者讓她服下鎮靜劑，把她放在一張冰冷的床墊上，用人工呼吸器讓她求生不能，求死不得。顯然集眼者不只對藥品很在行，對科技產品也有一定的研究……我們在花園裡找到一具發電機，專為那間施刑地下室供電用。」

菲利浦高舉兩隻手指，不自覺擺出勝利的手勢。「一部發電機、兩具幫浦，用來抽掉地下室的空氣。」

「你知道，佐巴赫這人笨手笨腳的。」法蘭克回嘴。他看起來很疲倦，嘴唇乾裂。菲利浦決定在給他喝水前再施加點壓力。

「但是他有動機。」

「什麼？」

菲利浦點了點頭，像是要對天氣發表評論一樣。「卡塔莉娜．梵高爾直到兩年前都在帕克療

她能夠戒毒，兩人一起搬出布蘭登堡邦。然而，在他抓到娜塔莎跟以前的恩客同床共枕的那天，所有的努力都宣告無效。

但如果當時法官沒有判給娜塔莎每年一次和孩子出遊的權利，休勒或許仍是那個把保齡球之夜看得比案件更重要的男人。

他只是遲到了一會兒。當時他坐在警局，考慮該不該准許娜塔莎帶著他們的兒子馬庫斯一起到俄國渡假——監護權協議寫得很清楚，如果他阻止兩人離境，他會受到處罰。

但最後他選擇聽從直覺。休勒趕到舍納費爾德機場，把警車停在紅線區，衝進離境大廳時，一切已經太遲。俄航班機仍然在跑道上，但登機門已經關了。就差那一分鐘。

後來他請了半年的假，在雅羅斯拉夫爾到處尋找兒子的下落，然而一無所獲。娜塔莎跟馬庫斯就像被俄羅斯的國土吞沒一樣，再也沒有出現。

休勒心碎地空手而回，他發誓再也不讓任何事走到無法挽回的田地。只要直覺告訴他哪裡不對勁，他不會再多浪費一分鐘思考要不要遵守規定。

「我再問最後一次。亞歷山大・佐巴赫到底躲在哪裡？」菲利浦問。

「就算你跟你的同事一樣掏出鉛筆……」法蘭克聳了聳肩，「我也回答不出來。」

「真的？」菲利浦問：「那麼這些呢？」他打開一只棕色的資料夾，拿出幾張特寫照片，放在法蘭克面前。「這些你也什麼都不知道嗎？」

18 Helper Syndrome，指的是一種亟欲讓他人感覺變好的強烈欲望。

28

倒數三小時又五十九分
菲利浦．史托亞（謀殺調查組組長）

「他在哪裡？」

「對不起，這次我真的完全沒有頭緒。」

法蘭克搓了搓右耳，很慶幸第二次在警局的偵訊時，休勒並不在場。菲利浦不知道先前他去廁所的那段時間，會議室裡發生了什麼事。他只看見休勒迅雷不及掩耳地鬆開手，把某個長條狀的物體從實習生耳裡抽出來。

「只是玩玩而已，給他搔一下癢。」休勒向他保證。但他眼中的怒火和聲音裡明顯的挑釁，顯然別具深意。

他恨不得把那個實習生給戳死！

菲利浦知道休勒在碰到瓶頸時會做出什麼事來。他並非一直都那麼殘暴，但離婚讓他像換了個人似的，原本溫和的性情變得難以捉摸。先前，休勒在夜總會的搜捕行動中認識了一個俄國舞孃，後來和她結了婚。這段關係自始就不被看好。休勒經常把愛和同情混為一談，顯然是助人症候群[18]的副作用……總之，他為她贖身、添置新裝，在收入許可的範圍內，帶她走遍各地，希望

但那又如何？說我被視障者的幻覺引導到集眼者的刑房？

後來還是雅莉娜催促我離開。她對我大吼，叫我不要浪費時間，趕緊出發。離開那個可怕的，彷彿被濃縮的夢魘所籠罩的地方。

我聽見雅莉娜疊起雙腿的聲音，不由得驚訝地睜大眼睛。我差點因為回憶這惡夢般的過程而虛脫昏睡過去。

「在像這樣的日子裡，我都會詛咒我的命運。」雅莉娜輕聲說：「我不是說瞎了的事。」她啜了一口咖啡，下唇顫動不止，雖然將牙關緊緊咬住，但仍舊停不下來。

「我說的是我的**天賦**。」她的右眼流下一滴眼淚。

我伸手輕撫她。「剛才在地下室，」我輕聲問：「當妳摸到那個瀕死的婦女時，妳又看見了什麼，對吧？」

「不，」她翻了翻白眼。「情況更可怕。」

「什麼意思？」

還有什麼事能比我們今天所經歷的更可怕？

「我在那裡發現了一件事。」

「關於集眼者的事嗎？」我問。

「不，是關於我自己的事。」

她取下假髮，摸著額頭，憤怒地搖晃著剃光的腦袋。「我在地下室裡發現了一件**關於我自己**可怕的事。」

在地下室時，雅莉娜不顧我的勸告，摸了那瀕死的女人的手臂、手掌和手指，結果摸到一只小盒子——那女人的食指就插在裡面——一只光電脈搏計，也就是在手術時監測病患心跳的儀器。雅莉娜的推測很合理，光是關掉人工呼吸器，那可憐的女人也不一定會死，必須要沒有脈搏，集眼者才能確定被害人死亡。反過來說，要啟動連鎖反應，找出逃脫之路，並不需要真正關掉維生設備。

撕開包覆著傷痕累累肉體的那層緊得出奇的膠膜、拔掉那婦人手指上的光電脈搏計，只需要屏息凝神的幾秒鐘而已。當我完成時，什麼也沒發生。

完全沒反應。

四周依然一片漆黑，抽氣幫浦的轟隆聲也沒有中斷……但緊接著，就在我快要喘不過氣來的時候，湯湯忽然不再低吠，四周變得一片寂靜。死寂。

沒多久，地下室的門輕輕「喀」的一聲打開了，人工呼吸器繼續將空氣灌進那個腐爛婦女的肺裡。她看來似乎完全感覺不到身旁發生的一切……我不確定，在我進入地下室時，她的反應究竟是有意的，或者只是反射動作而已。

我牽著雅莉娜的手走上樓梯、穿過客廳，衝出屋子，以擺脫那股寒冷的死亡氣息。隨後撥了火警專線。

「**快點，這裡有人死了！**」

接著我們不顧枯葉底下讓腳打滑的狗屎，快速穿越過沒有籬笆的院子，跟湯湯回到停車處。有一會兒工夫我考慮要不要乾脆自首算了，去跟菲利浦說明一切。

雅莉娜經由觸覺所感受到的，是**邪惡**最真實的意義。集眼者用透明膠膜將被害人密封起來，致使活生生的軀體腐敗。但為了延長那個女人的苦難，他利用導管和其他醫療設備，包括人工呼吸器……讓她活下去。

我轉身望向雅莉娜。她在整個逃亡途中始終閉著眼睛，這對我來說是很個明確的訊息：她將自己封閉起來，藉此割捨掉和這個世界的視覺聯繫。因為這裡有個心理變態，正向被害者索命。

「如果是你，你會怎麼做？」她停頓半晌，繼續問。

怎麼做？關掉開關？把呼吸器關閉，好讓電燈和門都打開？殺了那個女人，好讓我們活命？

「我不知道。」我老實回答。

無論我們怎麼做，那個可憐的女人都不會得救。我知道。就像我母親身旁的那些維生設備一樣，它們延長的不是她的生命，而是她的死亡。但我沒有勇氣在毫無把握的情況下殺人。

在沒有把握的情況下！

我一直不確定，自己是不是正確解開了集眼者的謎題。

你可以把幫浦關掉，贏得勝利……

「幸好我們不必做最後的決定。」我說。我將雅莉娜的手從肩上撥開，在昨天下午曾休息過的老皮沙發上坐下。

雅莉娜坐在我身旁，用纖細的手指仔細摸著膝前的桌子。我在講電話前煮好了咖啡，把沉重的咖啡杯推向她。她略略揚眉，但什麼都沒說，接著喝下一大口咖啡。當她放下杯子時，嘴唇映著燭光，就像爐中的熊熊火燄。她開口說：「對啊，好在我們總算逃出來了。」

29

倒數四小時又八分鐘

亞歷山大．佐巴赫（我）

起初，我感覺到她把手擱在我肩上，接著她的呼吸隨著話語襲上我的後頸。「我可以問你一些事嗎？」

雅莉娜站在我身後，我只要一轉身就會碰觸到她，但現在的我並不想這麼做。我只想站在窗前，注視著森林裡的一片黑暗，它的顏色就如同我此刻的思緒一樣。

「說吧。」我回答著，並確認了和妮琪的通話是否掛斷。手機裡裝的是一張匿名的易付卡，那是警政記者的基本配備。不過我還是懷疑，這麼做是不是就能讓菲利浦沒辦法追蹤到我了？其實現在的我已經什麼都不在乎，但經過今天的遭遇後，對於現況，我雖然不知道該如何是好，但絕不想接下來的夜晚都待在拘留所裡。

「我們剛才經歷的……」雅莉娜輕聲說。

在地下室發生的……

「那……**那是什麼？**」

儘管我知道她指的是什麼，卻沒有回答。

「謝什麼？我是他媽媽欸。」

「我是說……謝謝妳跟他說的那些。我知道妳不喜歡我的工作。我的工作正是使我們之間的隔閡比聖安德烈亞斯斷層還要深的原因。但真的謝謝妳，沒有因此讓我和尤利安疏遠。」

長時間的沉默。有好一陣子，我只聽見船屋外樹葉的簌簌聲，以及火爐裡樺木的劈啪聲，接著妮琪吸了吸鼻子，「唉，亞歷山大，我很抱歉。」

「我也是。」我信誓旦旦地說，在無數跳票的承諾上又添了一筆。「我告訴尤利安，說我七點會回家。我們一起吃早餐好嗎？」

「好。」

「就像從前一樣，大家一起吃一頓真正的生日快樂早餐。妳還記得嗎？以前我都會抱著酣睡的尤利安下樓，讓他在生日蛋糕的蠟燭前醒來……」

她又用力吸了吸鼻子。我覺得不該再講廢話，免得我們之間距離更遙遠，於是向她道別。

「再見。」她說。接著在掛電話前刺傷我。「沒忘記星期四吧？」

七個字，如同七把刀，戳破了希望的泡影。

星期四。

離婚前的協商準備。

「沒有，」我說，覺得自己像個可憐的笨蛋，實際上也是。「我會跟我的律師一起去。」

我噙著淚水閉上雙眼。

年紀越大就越明白，我們的生命立基在沒能兌現的承諾上。人們總是自以為有充足的理由可以說服自己，為什麼無法出席兒子學校的才藝表演或家長會、為什麼在度假時把家人送到沙灘上，自己卻留在飯店房間裡等 e-mail……如果人們能確知自己的死期，那麼地球一定會變成天堂，因為知道死之將近的人，會把時間用來做更有意義的事。然而事實並非如此，我認識的多數人，每天汲汲營營地把時間浪費在賺錢上，卻忘記了我們只有一次機會能慶祝孩子的十一歲生日。而我正錯失這次機會。

「七點嗎？」尤利安問。雖然我懷疑在他感冒咳嗽的狀況下，妮琪會不會讓他去學校。不過如果他不想遲到，最晚要在七點吃早餐。

「嗯，我會到。」我承諾。發自真心的。「七點。我保證。原諒我，你今天晚上很不舒服，而我居然不在家。」

「沒關係啦！」他笑著說：「媽媽跟我說，你在找一個綁架小孩的人？」

哦，是嗎，妮琪跟他說了嗎？

「沒關係的，你的事情比較重要。」

我一陣暈眩，不覺語塞。還來不及詢問妮琪還說了些什麼，尤利安又咳了起來。電話馬上回到妮琪手中。

「我最好帶他回床上去睡覺。」

「謝謝。」

由於害怕電磁波污染，妮琪不肯在家裡裝無線電話。我向老天祈禱，求她別把尤利安趕上樓。

電話那頭傳來一陣雜訊，接著，我便聽見我最愛的人的聲音。

「嘿，小子，**生日快樂**。」

「謝謝，爸爸！」尤利安的聲音聽起來很睏，但很開心。悲喜交集的我聞聲幾乎要崩潰了。

「對不起，把你吵醒了。我只是想——」

尤利安在我說話的空檔愉快地打斷我。

「媽媽今天在繩子上掛了禮物喔。」

我將手機握得更緊，忍著不要流淚。

繩子。以前，在樓梯扶手上綁生日禮物繩是我的工作。每年，妮琪和我會買許多讓尤利安開心的小東西：轉印貼紙收集冊、聽力遊戲的 CD、新鉛筆盒，iPod 或去年的 PlayStation……我們將禮物分別包裝好，和水果、甜點掛在一起。從第一個將臨期開始，他每天都可以拆下一個禮物。最大的禮物在生日那天打開，最後一個則在聖誕節揭曉。

「我晚點就回家，在繩子上掛禮物。」我向他承諾。

「真的嗎？你有買禮物？」他熱切期盼的聲音簡直要撕裂我的心。

他今年的願望清單上寫著要內建廣播的防震數位手錶，但我沒有時間準備。

「我什麼時候可以拿到？」

「等你睡飽啊，小子。」

30

濃霧從海上飄到陸地，形成童話般的夢幻世界。蘆葦、針葉樹和闊葉樹宛若瞭望台的柱子，而下層的樹叢如絲綢般覆蓋著霧海。霧氣有如一片骯髒的鼠灰色絲綢，散發著青苔和潮濕樹皮的氣味，彷彿在皮膚留下一層薄膜。由於天氣寒冷、夜幕低垂，幾乎沒有人留意城郊的自然景觀。試想，誰會沒事在深夜一點半跑來綠林區遊蕩？鄰近的別墅區籠罩在地霧裡，感覺就像被蒸氣掩蓋。而在湖畔，雲層似乎重得要貼伏到地表。恐怕要在日出後，煙霧才會消翳。老船屋久未清掃的窗戶後方出現一道陰影。我站在窗前，手中緊緊握著手機。

「對不起，我知道現在太晚了，但我真的很想和他講幾句話。」

「唉，亞歷山大，」妮琪抱怨，「半小時前，尤利安才咳得好些，謝天謝地，我好不容易才終於讓他睡著。」

「好吧。」我感傷的輕嘆。說也奇怪，我半夜吵醒妮琪，但她反應居然如此冷靜。不過我很確定，如果換她是我，也會有相同的反應——當人死裡逃生，無論如何，最需要的是家人陪伴。

我正考慮著是否要求她上樓去看看，確認尤利安有沒有被電話聲吵醒？但還沒開口，就聽見電話那頭傳來了聲音。

「唉唷！」妮琪把話筒拿開。我聽見她抱怨著我們的兒子赤腳下樓。

「要死了你！」

恐懼者比失明者更加盲目，
因為希望而顫慄並非壞事。
他友善地迎接，
由於恐懼而毫無防備，啊，疲憊，
期望著最好的……
直到一切太遲。

——馬克斯・弗利許《市民與縱火者》（Mak Frisch, *Biedermann und die Brandstiften*）

至此，離法蘭克供出嫌犯所在地已經過了三十二分鐘。

這些時間和行動過程，都來自於特勤組長的行動記錄——他在行動後，由醫官判定准予給以病假一週——記錄裡並未提及稍後那令人怵目驚心的幾秒鐘，所有人都被地下室裡的駭人景象給嚇癱了。那種場面，就連這群號稱是柏林最強悍的男人們在精神上都嚴重受創，因為他們這輩子還從沒見過如此「噁爛」的場面（這是無線電裡回報「下面發生什麼事」問題時的最原始說法）。

兩名急救醫生非常慶幸自己不是隻身前來。因為他們很快發現，任何醫療救助對被害者來說都為時已晚，不由得潸然淚下。

31

特勤組

在法蘭克束手就擒後的十四又四十三秒，七人特勤組離開中心，前往證人法蘭克．拉曼提供給探員的地址。

特勤組組長在勤務車上進行了五分鐘的簡報。

十一分又十三秒後，特勤組成員戴上鋼盔、身著防彈衣，全副武裝就定位。平房前備有三輛勤務車和兩輛救護車。

兩名急救醫生正在討論為什麼派雙倍的人力行動時，平房周遭的居民已經被諭令禁止出門。這時候「集眼者特勤組」的兩名探員，菲利浦．史托亞和米克．休勒科夫斯基，也抵達現場。

由於屋外的聖誕燈飾會造成干擾，特勤組並未使用感熱攝影機掃描屋內目標的位置。組長考慮了五十秒後決定不斷電，以免驚動被捕在即的屋內凶手。

考量到危險的問題，原定計畫是無預警破門而入，並淨空整個樓層。不過因為現場後門大開，所以不必動用火力。

十四秒內，警方確認一樓並無人跡，接著打開地下室緊鎖的門。

一點七分，小組破壞沉重的防火門門鎖，由兩名組員持盾牌衝下階梯。

「不知道。五分鐘，也許更短。」

她的手指掠過一塊軟骨，上面有壞死的皮膚。她謹慎地再往上摸。

「我覺得，也許我們是救她脫離苦海。如果她還能說話的話，說不定也會求我們這樣做。」

雅莉娜聽見佐巴赫哭了，她的眼裡也泛著淚水。

或許。**說不定**。不，就算她的觸覺感受到的只有現況的一半嚴重，答案仍然是肯定的。

不過「或許」、「說不定」和「就算」，都不足以構成為了自己活命而犧牲無辜者的理由。

她無法判斷佐巴赫是否做得到，但她知道，自己是無法提起勇氣關掉那些維生儀器的。

至少不是在他們還有空氣呼吸的時候。

一**點空氣**。

五分鐘，也許更短。

她是在改變站立位置及佐巴赫放開她的手時知道的。她的手指觸摸到的比話語更能表現駭人的痛苦景象。在那層薄膜下，有個切開而且溫熱的傷口。她摸得到裸露的筋肉、肌腱，甚至還有部分露出的骨頭。

壞死性筋膜炎，她腦中閃過一個可怕的念頭。

她知道這種罕見的細菌疾病，得這種病的人就跟字面意義一樣，身體的肉活活腐爛。躺在這裡的人一定受盡折磨，就像渾身是傷的安養院病人被棄置不管一樣。有一次，她為一個商人治療，他得這種嚴重的病而大難不死，但是必須透過物理療法才能重新適應正常的動作。「當時我整個人裂開了，真的裂開了，」他對她描述說：「首先是覺得全身腫脹，接著發熱。皮膚裂開以後便開始腐爛，還因為發燒而痙攣不止！」無數次的手術和各種不同的抗生素將他從鬼門關前救回來。就算這個女人沒有染上這種病，這裡的醫療設施也太不足了。

或許她根本沒有感染。她可能只是因為被裹在薄膜裡動彈不得才腐爛的。

「她是誰？」雅莉娜問，不由得不咳起來。空氣裡充滿他們呼出的二氧化碳。

「不知道，我只知道，那個有病的王八蛋一定是把電源和人工呼吸器接在一起。我覺得，只要我把它關掉，燈就會亮，門也會開了。」

佐巴赫也氣喘吁吁，就像湯湯一樣。

「但是我做不到，我連幫我母親都沒辦法！」

雅莉娜點點頭。她雖然不清楚他指的是什麼意思，但現在可不是問他家族歷史的時機。

「我們還有多少時間？」她問，小心觸摸那女人的手臂。

「站住，不要再走過來了！」他在她走過去時叫道。通常她在不熟悉的地方也能有很好的方向感。它並不明顯，也不是隨時存在，但有時候她能夠感覺到路上有東西，比方說在撞到重物前，她能透過空氣阻力的改變而得知。然而在這裡，在這個寒冷且轟然作響的地方，她失去了方向感。

有太多讓人分心的東西。我的感官負擔過度了。

她聽見讓她不舒服的雜音，抽氣幫浦的聲響，聞到惡臭，並且聽出佐巴赫語中的恐慌。難怪她會撞上他，而且必須用笨拙的姿勢撐起自己，而且摸到……

到底摸到什麼？

她摸到的膠膜，感覺就像是在摸一塊袋裝的肉。

「這是什麼東西？」她問，但雙手在繼續撫觸那層溫熱的膠膜前，手臂就被佐巴赫拉開。

「不，別碰她。」

她？

「你在說誰？」

他生氣了。「我明明就說過，這裡躺了一個女人。她是集眼者的被害者。相信我，妳不會想聽細節的。」

對，我相信你是對的，我可能真的不想聽……

儘管如此，她還是知道了。不是從他嘴裡得知的。他沉默地把她的手拉回來，大概是不想讓她在腦裡描繪出他一直忍受的畫面。

32

倒數六小時又兩分鐘
雅莉娜．額我略夫

「我做不到！」

「你做不到什麼？拜託你快告訴我，這裡到底發生了什麼事？」剛剛走進地下室不久，雅莉娜就察覺快速且沉悶的回音了。她說的話碰到牆壁反彈回來，產生一股輕輕的回音。因此她知道，他們受困的房間並不大。此外，她在下樓梯的時候撞到頭，所以他們是在一個低矮且有岩壁的地下室，光線照不進來。她先前感受到那層薄紗——多虧她殘存的視覺印象——已經消失無蹤，而呼吸所需的氧氣也一樣。

從佐巴赫打了電話以後，地底下的空氣感覺越來越稀薄，肺部感受到的壓力也越來越大。

「這裡躺了一個生病的女人，」她聽見他悶哼一聲，講話上氣不接下氣，聽起來很煩惱的樣子。「如果我們想要出去的話，我就得殺了她。」

打從走進這棟平房開始，她就用嘴巴呼吸，因為她不想聞到那難以忍受的臭味。這股食物腐爛的酸甜氣息是現下最令人難以忍受的問題。她被關在陌生的環境裡，聽見可怕的聲響，呼吸困難，而佐巴赫似乎失去理智。

法蘭克開始因恐懼而換氣過度。

「而我呢，我會讓你知道，如果你敢耍我的話會怎樣——」休勒說著，拿著鉛筆的手握得更緊，隨時要用力刺下去。

法蘭克的頭部往上扯，讓他看見會議室另一頭牆上掛著的大鐘。

「只要跟小孩有關，我什麼都不管。我們就快沒時間了，有個小孩可能因你而死，我不准你隨便打發我們！」

法蘭克鬆了口氣，雖然他的喉頭被緊緊鎖住，但倒還能呼吸。他再度試著脫困，可是隨即停下來。即使休勒沒有開口要求，他也不敢亂動。他認得這種稍微轉頭就會產生的劇痛。

「你知道，在處理難辨案件的時候我都用什麼寫筆記嗎？」

法蘭克不敢點頭。他的脈搏加快，全身都在冒汗。

「你是變態！」他的話哽在喉頭，但不敢冒險激怒休勒。他不想讓自己耳邊的尖銳物品刺得更深。

「用鉛筆，」探員說著，笑了起來，「我隨身帶著一根削得很尖的長鉛筆。」

探員溫暖潮濕的氣息襲上法蘭克後頸汗濕的肌膚，讓他不禁起雞皮疙瘩。

「好、好，我說就是了！」法蘭克呻吟。

「哦，是嗎？」休勒完全沒有鬆手的意思。鉛筆抵著他的感覺很不舒服，就像用棉花棒掏耳朵時挖得太深一樣。

「我相信你終究會說的。但你知道，我跟我搭檔的差異在哪裡嗎？」法蘭克不敢點頭，唯恐傷到耳膜。

「菲利浦也快忍不住了，但是他跟我不一樣，他不是很確定你老闆就是我們要找的那個混帳，所以他也許會威脅你，但也就僅止於是威脅而已。」

私底下可能是個慈祥的父親，會在烤肉時把孩子扛在肩上，把最厚的牛排留給你。但在工作上，他一旦走入死胡同，就會用全力解決難題。那或許是他選擇當副手的原因：他欠缺耐心和敏銳度，而且不像他嗑藥的搭檔用腦思考，他所知道的心理戰術都是聽來的。

在佐巴赫給法蘭克機會進編輯室以前，法蘭克一直是個局外人，默默無聞，總是站在旁觀別人最好的位置。從小開始，他就知道要怎麼判讀別人的心思了。因此他知道，休勒的微笑完全不是友好的表現，反而是讓人很不舒服的警告。

他沒有搞錯。

身材過重的休勒用令法蘭克意外的俐落身手跳了起來，跑到他身後。法蘭克感覺脖子一震，好像有根神經被夾起來了一樣，接著那股疼痛便從脊梁骨往下延伸到腰部。

「開玩笑的時間過了！」休勒把他的下巴夾在臂彎用力擠壓。「你朋友在案發現場丟了錢包，甚至回頭襲擊陶恩斯坦。」

法蘭克的脊梁發出了喀喀聲。他揮著雙臂，試圖用腳踹對方，但是他的上半身就像被灌了水泥一樣動彈不得。

「他知道案情，還在躲我們！」

他瘋了。

「……所以不要再跟我說，我們找錯人了！」

這王八蛋瘋了，他會殺了我。

「我有可能會被移送紀律委員會，而刑求在德國也可能是違法的，但是你知道嗎？」休勒把

「你查查看會有什麼損失嗎？」

「時間。」自稱菲利浦的男人說：「現在正在倒數計時，我不想因為浪費時間調查交通違規的人而換來一具童屍。」

菲利浦的嘴角因為克制呵欠而抽搐，接著急忙在口袋中摸索手帕，及時在連打幾個噴嚏前拿出來。他的右邊鼻孔懸著一條細細的血絲。似乎自覺到這點，他短促道歉後離開了會議室。

這下可好了，留我一個人跟藍波待在這裡，法蘭克心想，開始緊張起來。

休勒衝著他笑一笑，但什麼事也沒做，只是坐在桌前，右腳前後晃動，就像在維持一顆球的平衡，咧嘴微笑，友善且無敵意。休勒和他像老朋友一樣對望，什麼話也沒說。

法蘭克壓低視線，開始思索。

我該把地址告訴他嗎？

佐巴赫要求法蘭克，在他打電話報平安以前，什麼都不要做，但是他已經十分鐘沒有打電話來了，而且法蘭克在探員來以前打過電話給他，但他也沒有接。**您撥的號碼目前沒有回應。**

「不是佐巴赫幹的。」在簡短的訊問裡，他已經說第三次了。「如果你去查查那張罰單，就會發現你找我老闆是在浪費時間。」

沒有回應。休勒笑得更大聲了。

他媽的！

法蘭克知道接下來會怎樣。他知道這種人。雖然他在報社裡因為外表年輕、年資較短而被當成生手，但是他可以判斷出休勒是那種為達目的不擇手段的人，因為他父親也是同一種人。休勒

33

倒數六小時又四分鐘
法蘭克．拉曼（實習生）

「胡扯。」在他身旁的探員說：「他跟著一個盲女證人在追蹤一個亂停車的人？你指望我相信這鬼話？」

探員肥大的屁股壓在沉重的玻璃桌上。法蘭克猜想，泰雅可能在頭版新聞編輯部的會議室外面等他，甚或是在門邊偷聽。她巴不得進來，可是她正在與另一位探員交談。那位探員身材比較單薄，也穿得比較得體，但是看來並沒有比魁梧的同事好到哪裡去。黑眼圈、脫皮的皮膚、紅腫的雙眼——法蘭克從自身經驗知道，這些是過勞的跡象。一旦長時間工作，連正常睡眠都顯得奢侈時，就會出現這些症狀。法蘭克甚至能從他臉上看出服用抗壓力藥的副作用。叫休勒的那個傢伙，靠著喝咖啡和紅牛來抑制瞌睡蟲，而他穿著西裝的瘦削上司則仰賴更重的藥物。他瞳孔放大，且不斷吸鼻子，在在說明了這點，就像運動版編輯室的毒蟲柯瓦拉一樣。

「你可以查查看啊！」法蘭克請求道：「也許佐巴赫是對的，被開罰單的那個傢伙就是你要找的人。」

法蘭克又講了一次布倫街的地址。佐巴赫說過，集眼者把車停在那邊的殘障停車位。

卻沒有辦法殺了她。

而集眼者彷彿知道這點。

想想你媽。

他一定對我很瞭解。他似乎知道，我曾盯著我母親的人工呼吸器，想著要結束她的痛苦，違法幫她安樂死。他知道我太軟弱了。我射殺安潔莉卡時耗盡了所有的勇氣，從此再也無法取走任何人的性命——即使死亡可以減少痛苦，而且是我母親最殷切的渴望。

因此集眼者在這裡給我設定了一個無解的難題。

遊戲就是遊戲。不會有毫無獲勝機會的遊戲。

他沒有要我找到抽氣幫浦。如果我要拯救雅莉娜和自己的性命，我應該要關掉另一台機器：距離我們一步之遙，替那個受苦的女人維生的機器。

你可以把幫浦關掉，贏得勝利！

那個陌生女人床邊的人工呼吸器！

我對著電話那頭的學生大聲說出地址，求他請人協助。我費盡唇舌向他解釋：現在不是遊戲，而是攸關生死的大事……但他只是笑著說：「是、是、是。那傢伙跟我講過，你會說這些鬼話。」然後就把電話掛了。

我把聽筒掛回去，重新撥一次「一一二」，等待聲響，但結果什麼也沒有。

打不出第二通電話了。

老電話線路不通了。

我們家的廚房裡了。

我知道，她如果意識清醒的話，也會做如是想。

「**答應我，不要讓我變成那樣！**」

早先，在從安養院回家的路上，她幾乎是以哀求的口吻跟我說。那天我們去探望祖母，目睹的情況比從前都來得嚇人。祖母在餐廳丟自己的大便（「看我多厲害！」），並想要吃自己的頭髮。當我們要離開時，她已經徜徉在藥物的世界裡，就像以前在電視機前睡著一樣流口水……

「天啊，我不想變成那樣！」母親將車停到路邊哭了起來，接著要我答應她，不要讓她在不能為自己的身體作主時，幫她苟延殘喘。

「我寧可讓他們把那些機器都關掉。」她拉著我的手，直視我的雙眸，再說一次，「答應我，亞歷山大，如果我出了什麼事，只能像祖母那樣茫然度日的話，你要盡力別讓我像她一樣的生活直至老死，聽到了嗎？」

寧可讓他們把那些機器都關掉。

如果她曾經預立生前遺囑的話就好了。如果我父親能夠活著代替我處理這件事就好了。如果我有足夠的勇氣實現她最後的心願就好了。

有一次，我抱著關掉人工呼吸器開關的決心去療養院，但很可悲地失敗了。在橋上的那場悲劇以後，我沒有力氣再奪走任何人的性命。我母親原本是充滿能量，對生命有熱情的解放女性，以前連去餐廳都不肯讓服務生幫她拿大衣，但現在卻得看人臉色。沒有看護的話，她連上廁所都沒辦法。而這一切都是我的錯。她一定寧可死去也不想這樣活著。她跟我說得很清楚，但那天我

34

五月二十一日，我母親在我們家的廚房裡過世。當時她正在烘焙，有些麵粉跑進了她鼻子裡。她最好的朋友芭布希剛好去拜訪，對著外國急救醫生大吼，叫他注意她的鼻子。

「**她捏住自己的鼻子！**」

芭布希至少重複了十幾次。當醫護人員在鄰居驚訝的目光下把我媽抬到擔架上，準備上救護車時，她一直對希爾霍夫醫院加護病房部的醫生嚷嚷，「**為什麼她要捏住鼻子？**」

對芭布希來說，腦中的低壓顯然是造成動脈瘤破裂的原因。直到很久以後，一個雙眼疲憊且暴牙的醫生才跟我解釋，就算媽媽正常打噴嚏，也無法避免梗塞。

「**打噴嚏的反射動作可能是造成腦出血的原因，但也有可能只是意外。總之，麵粉剛好在動脈瘤破裂時跑進您母親鼻子裡，不過她不是因此導致中風的。**」

多麼令人寬慰！我母親不是因為太笨、不會正確打噴嚏而必須仰賴最先進的醫療科技維生。

在那場不幸意外五年半以後的今天，她待在私人安養院的臨床部門。她的單人房看起來像是高科技加護病房的展示間。以醫學術語來說，她是植物人。每次我去探望她時，都很想擦掉板子上的字，把它直接改成「死亡」。因為對我而言，她已經死了。

我媽已經沒有清醒及睡眠的階段，然而多虧無數的藥品、注射物、軟管和儀器，她的器官功能還在。對醫生、看護和護士來說，那就算是活著。然而，對我而言，她在五年半前就已經死在

「信件主旨是什麼？」我盡可能心平氣和地問。

冷靜。我慢慢深呼吸。

你還有時間。我試著告訴自己。**就算雅莉娜跟湯湯也需要氧氣，而且這地下室只有幾立方公尺大，但十分鐘應該夠想出辦法了**。

「他媽的，主旨到底寫什麼？」

電話那頭發出沙沙聲，接著那男的講了讓我理智斷線的話，「老兄，只有四個字。主旨寫著：**想想你媽！**」

「喔，唸這封 e-mail……」

我咳嗽起來，忽然有種不舒服的感覺，好像呼吸的空氣變乾了。

「你還有十五鐘的空氣……」那男的繼續唸下去。單調的吸塵器聲轉變成一種持續而穩定的隆隆聲。

「距離幫浦把地下室空氣抽乾只剩十五分鐘。如果你不是一個人來解謎的話，時間就更短了。但是你也知道，遊戲就是遊戲，不會有毫無獲勝機會的遊戲。你可以把幫浦關掉，贏得勝利。」他停下來，身後有人在嚷嚷一些猥褻的話。

「然後呢？」

「沒有然後啦！」他尷尬地笑。

「什麼叫做沒有然後了？」

那該死的幫浦正在抽掉地牢裡的空氣，但我又不知道它在哪裡，要怎麼在黑暗中關掉它？

「嘿，老兄，你可別告訴他我搞砸了，可以嗎？我得掛電話了。」

派對音樂又變大聲了。那男的顯然換了房間，現在站在舞池中央。

「不，別掛！」他背景的噪音跟我這裡抽氣幫浦的馬達聲合併干擾，讓我不得不大吼大叫。

「一定還有什麼！」

「沒有，老兄，我說真的，沒——等一下。」

他就此打住，我將話筒貼得離耳朵更近。

「他媽的，是信件主旨啦！我還真的差點就漏看了。」

的，但你偏要跟我玩。那好吧，聽好了，規則如下——」

「規則？」

震動變得更密集，聲音填滿背景，像是我身邊有一台吸塵器一樣。

現在是發生了什麼事？我們他媽的會怎樣？

「老兄，這種遊戲都有鳥規則的。」那男的輕聲打了個嗝，笑著道歉。

「你到底是哪位？」我大吼說。

「該死，我真是搞砸了。抱歉啊，老兄，但是這次太匆忙了。通常我一個禮拜前就會拿到指示了，偏偏今天我們在狂歡，我又喝了點酒，沒辦法馬上切換狀況，你瞭解嗎？」

不，我不瞭解。我不懂為什麼打了緊急專線以後，得和一個喝醉的白癡聊天。我要救這個正在腐爛的女人，而且我和我的盲人朋友都被困在一間漆黑的地下室裡。

「你在說什麼？」

「好吧，但你得答應我不說出去，好嗎？我以前常做這種事，所以網路上還查得到我的電話。但我已經玩膩了角色扮演的遊戲。我之所以會接這一份鬼差事，只是因為打電話來的那傢伙說會給我一百歐元的酬勞而已。」

角色扮演？噢，天啊！集眼者把電話轉接給了一個大學生。他還以為自己是在玩互動尋寶遊戲，只要給我線索就能賺錢。

但對集眼者來說，這可不是鬧著玩的。

「給你錢接我這通電話的男人，委託你做什麼？」

35

倒數六小時又十分鐘
亞歷山大．佐巴赫（我）

「喂？」電話那頭心情愉快的聲音讓人很不舒服，背景聽起來也不像緊急求救中心的樣子，充斥著醉醺醺的大笑聲和嘔啞嘲哳的歌聲，更像是間卡拉ＯＫ。

「小聲一點！」那人對身後的歡樂派對說。想必有人聽到他說，隆隆作響的重低音輕了些。

「他媽的，這是緊急專線嗎？」

「什麼？啊，喔，對了，緊急專線！」他笑得很開懷，像是一邊講話一邊拉嗓子。這個男的顯然喝醉了。恐怕從沒人想過，撥了「一一二」以後會有這樣的人接電話。

「沒想到電話來得這麼快，真不好意思啊。」

沒想到？

「你是想要我嗎？」我大叫。「我身邊有個女性需要立刻送醫，而且——」我停住話語。好像有什麼東西開始震動……但不是人工呼吸器。

「啊，原來是殺手遊戲啊。稍等一下。」

我仔細聽著，接著對方像是唸起一篇預先準備好的稿子。「我警告過你了，你不該挑戰我

「唉呀，所以你覺得，現在你面臨利益衝突了是嗎？」她撇嘴露出嘲諷的微笑。「那好啊，我現在就幫你免了這個衝突——你被解雇了。」

「什麼？」法蘭克從佐巴赫的椅子上跳起來，尾隨在她身後。「為什麼？」

她連身也不轉。「因為我沒有辦法忍受我的手下對我隱藏重要訊息。我跟你說過，如果佐巴赫打來，要馬上通知我。你不聽我的話，想照著自己的遊戲規則玩？不可能。」

「這不合理啊！」法蘭克憤怒地大吼。「如果我不再為妳工作，那就更不用跟妳說些什麼了。」

「噢，你什麼都不用說了。」她終於停下腳步，指著辦公室入口處正在開啟的電子玻璃門。兩個男人走進編輯室。

泰雅邪惡地微笑。「這兩位探員一定會用更有效率的方式，從你口中挖出真相。」

36

倒數六小時又十一分
法蘭克．拉曼（實習生）

「他在哪裡？」

泰雅．貝格多芙一定是躡手躡腳走到法蘭克身後的。法蘭克想著，她觀察我有多久了？

「我知道你有跟他聯絡。所以小子，別耍我！」

總編輯站在他面前，就像個守門員，決意在不得已時要用盡全力保衛禁區。泰雅．貝格多芙穿著緊身的奶油色褲裝，模樣就跟大胖子穿縮水的細直條紋套裝一樣。她顯然不太注重外表。

「我就是因為胖，才能有今天的事業成就。」她曾在新年酒會上對同業公會目瞪口呆的經理說：「如果我年輕貌美而且厭食的話，就會浪費一堆時間找男人亂搞。」她是有幽默感的。然而在此刻，法蘭克無法從她的動作和霸道專斷的語調裡，找出任何一絲幽默的成分。

「我再問最後一次：佐巴赫現在人在哪裡？」

他疲憊地悶哼一聲，抓了抓頭髮。「他拜託我不要跟任何人講的。」

「容我提醒你，我可是你的上司。」

「我知道，但他是我的導師。」

這裡就像在我祖母家一樣。不只是那股死亡氣息，一切都像身在祖母家。電話鎖也一樣是舊時代的東西。當時打長途電話要花一大筆錢，人們在度假前會將電話上鎖，以防止有人偷打電話。桌上這具電話的撥號盤被用一個小鎖固定住，只能撥兩個數字——一和二。

但這就夠了，求救不需要其他號碼。

我用食指撥號。

一……一……二。[17]

撥號盤老舊的咯咯聲讓人有種毛骨悚然的感覺，就像我身旁的人工呼吸器一樣。我屏住氣息，竭力克制自己不要往右看。不要看那具活生生的屍體。

電話聲響起。

一聲……兩聲……

第三聲的時候，四周突然變得一片漆黑。

17 德國的緊急專線電話號碼爲一一二。

「我們得出去，一定要馬上打給——」

轟隆！

「雅莉娜？」

我大叫她的名字，她身後無預警傳來的聲音嚇壞我了。此刻她也像湯湯一樣顫抖不已。

「那是什麼聲音？」

我剛走到樓梯就感受到那股冷空氣了。

不，拜託不要。不要是我所猜想的……

該死！

我們從進來以後就沒關過任何一扇門，屋外的風直接吹進來，雖不強，但足以吹進房間，並且……

「他媽的！」

我擠過雅莉娜跟湯湯身邊，走上樓梯，憤怒而絕望地猛踢剛才砰然關上的地下室大門。

我搖了搖門把，接著用肩膀撞門，但我的骨頭沒有擋住我們出路的金屬門那麼硬。手機依然沒有訊號，所以我又走過雅莉娜跟湯湯身邊，回到地下室。

「你在幹麼？快跟我說清楚！」

我忽略她不耐煩的問題，查看茶几上的那具電話還能不能用。

還行。這老舊的玩意兒線路還通。

電話配的是撥號盤，我從一九八〇年代以後就再也沒看過了。

辦法判斷出年紀。

「下面怎麼了？」雅莉娜打斷我的思緒。她顯然不顧湯湯的攔阻走下來，站在剛才我站的地方，約莫是在階梯的中段。湯湯在她的下一階等著她，渾身激動地喘氣及顫抖。

「我沒辦法……」我悶哼一聲，盡量不要輕率行動，以免污染犯罪現場。

我不知道該怎麼做。天上的父啊，我沒辦法忍受這裡發生的事。

那女人就像個會呼吸的傷口，即使我閉上眼，她的影像仍舊揮之不去。

她以一種我從未看過的方式被綁起來：軀體外層裹了一層透明膠膜，就像冷凍庫裡的肉一樣。做出這種事的瘋子一定把膠膜裡的空氣都抽掉了，讓膠膜緊貼著她皮膚底下露出的肌肉。

當我搞清楚原因之後，我忍不住反胃。

是氣味的緣故。如此一來，鄰居比較聞不到她身體腐爛的氣味。

她被密封起來，就像是裹著保鮮膜的食材。

「你需要幫忙嗎？」雅莉娜問。

「不，我……」

幫忙！對，我當然需要幫忙。

我看著手機沉吟許久。

很合理，我們在地下室，當然沒有訊號。

更糟的是，訊號一定在進來時就斷了，因為我的螢幕上顯示著送信匣裡有一封簡訊。傳送失敗，菲利浦不知道我在哪裡。

37

當光線穿過角膜，會經由瞳孔落入黃斑，也就是視網膜上最靈敏的一小塊皮質，接著就形成畫面。嚴格來說，產生的其實不只是一個畫面。因為我們的眼球肌肉在眼睛觀看時並不是一直保持平穩的，而是以幾分之一秒的瞬間掃描一個物體，直到無數個影像碎片結合成一個完整的圖像。如此一來，神經刺激便會在我們的腦部裡加工，比對出我們認得的東西……真要定位的話，眼睛只是個視覺感官，也就是大腦的延伸工具罷了，而大腦也不是讓我們觀看事物用的，而是去詮釋它。然而此刻，在這個地下室中驀地向我腦部襲來的景象，是我從未看過的事物。我的腦袋裡沒有任何類似的資料畫面可以比對。我這輩子從沒有見過這麼可怕的事！

那個女人就像是具人體解剖展示品！唯一的差別是，那大面積剖開的軀體還是活生生的……我起初以為病床旁的人工呼吸器是令她被剖開的上身起伏不定的原因，但不幸的（老天，請原諒我如此希望她已經死去），她面具下的嘴還張著，插滿管子，沉重地呼吸著。

不可能是真的！不是真的！那只是幻覺而已……我明明就只是跟著盲女的幻覺而來的……

我眨眨眼，但是可怕的畫面依然揮之不去。病床沒有消失，人工呼吸器沒有消失，電話也……

電話？瀕死女人旁邊的桌上，放了一具電話是要幹麼？

我根據長髮跟胸部辨別出受害者的性別。但她的乳頭已經爛光了，很顯然她不是被綁架的女孩，因為體型看得出來並不像九歲的孩子。但是她缺了牙齒，更少了幾根手指和腳趾……完全沒

事情就發生在我按下傳送鍵，大概走到階梯中段的時候發生：動作感應器啟動了頂燈，位在客廳正下方的地下室突然亮得有如白晝。

真不巧。

當眼前燒灼的光線消褪，我看見的是一間牆壁粗糙的斗室。牆上的隆起讓我想起了酒窖。我不自覺的全身顫抖起來。

多麼希望能退回到剛才的黑暗中。

如果我沒有進來的話，就不會看到眼前的景象了。

雅莉娜走到走廊盡頭，站在半掩的沉重防火門前。湯湯站在她前面，用毛茸茸的身體推她的大腿，阻止她繼續向前走。

「等一下！」我追上她，馬上發現湯湯為什麼擋住主人的去路。門後是條十分陡峭的階梯，通往地下室。

「你聽到了嗎？」雅莉娜輕聲問。我第一次聽見她聲音裡流露出的恐懼。

「有！」

我不只**聽見**，還**聞到**了。噴霧罐一般的嘶嘶聲變大了，而死亡氣息也更濃了。

「湯湯感覺到危險。」雅莉娜說了廢話。我鼻子不用跟動物一樣靈，都知道這裡不對勁。

不對，你搞錯了。這裡什麼也不可能發生。我只不過是跟著一個盲眼神祕主義者的幻覺來到此地而已。

我把門打開。

我當然聽過那些赤腳走入地下室而遭遇斧頭殺人魔的白癡故事——他們都不聽從戲院觀眾的勸告，趁機逃走——因此我絕不可能走下階梯。就算我的職業好奇心正在驅策我、就算集眼者藏匿孩子的地方可能近在咫尺、就算蕾雅跟多俾亞正在等我們……

湯湯的行為很合理，我們不能身陷險境。這我也很清楚，至少一開始很清楚，直到我聽見一陣不像是人類發出的沉重呼吸聲……發出這個聲音的生物，現在馬上就需要我的幫忙！

「他媽的，那是什麼聲音？」雅莉娜的聲音聽起來更害怕了。

底下有人快要死了，我心想，趕緊打開手機傳了一封簡訊給菲利浦，告訴他我在哪裡。

我再度對雅莉娜感到吃驚，她太有自信了，居然膽敢探索如此陌生的地方。

如果我們看不見世間險惡，也許就不會感到害怕，我心想。也許她的殘疾反而是一件好事。不知者無懼。但我們沒看到的，難道就不**存在**嗎？

客廳不知道鋪著的是實木地板或是廉價的複合地板，當雅莉娜的靴子踩過，便發出輕微的刺耳聲響。我現在跟她一樣，聽覺比視覺敏銳得多。有個東西絆了我一下！說是桌子太低，說是花盆又太重，也許是藝術品吧，譬如一尊小塑像，或者是嘴張得開開，在富人家裡沾滿灰塵的醜陋陶瓷狗娃娃……接著我看見右前方與客廳相鄰的走廊上傳來了微弱光線。

天啊，我的方向感已經夠差了，連在空曠的停車場都會迷路，**而現在又來了！**

我走出身後的黑洞，才發現間接照射的黃色光源是從走廊另一頭傳來的。我的瞳孔現在一定張得跟硬幣一樣大，因此底下踢腳板上微弱的夜燈對我來說也很刺眼。

我不得不想起莎莉，我的胃糾結成一團。

莎莉，瘋狂、飢渴、直率、狂野、**被謀殺**的莎莉。那個瘋子殺了她，偏又選中我在他的遊戲裡當一顆無意志的棋子，幫忙找她的孩子。在我們相識的俱樂部裡有一間暗房，裡面漆黑無光，只放了一張乳膠床墊，人們可以在裡面跟陌生人做愛。與看不見面容的陌生人玩匿名性愛，可以說是某種愉悅境界，但我從未試過。不像絕望的莎莉，她願意嘗試生命中的各種可能。

我曾跟著她進入暗房，但是當我感覺到有個連性別都分不清楚的陌生人用手觸摸我時，我便馬上離開了。雖然暗房是全黑的，但是每當有人將入口處的簾幕拉開時，光線就會照到被黑暗吞沒的軀體，讓人產生對光影的模糊記憶……就像此刻雅莉娜腳邊的夜燈一樣。

向我襲來。汗水、尿液、蛋黃利口酒、反覆加熱的菜……全部混在一起，再加上油膩的頭髮和冷冷的屁味，形成一種酸甜的臭氣。祖母的房子就像是個封鎖這種氣味，用骨頭做成的瓶子，上面貼著骷髏頭標籤。在我的眼睛慢慢適應室內微光的同時，心裡不由得想：如果真有那種裝滿濃縮氣味的瓶子，一定有人在這間屋子裡打開了很多瓶。

「噢、噢！」雅莉娜呻吟著說：「這裡需要趕快通風一下。」

「有人在嗎？」我至少問了四次，但都沒有回應。

由於百葉窗拉了下來，外頭刺眼的燈光幾乎照不進來，令我感到不安和焦慮。我唯一能用來辨別方向的是身後半掩大門外的微弱光線。我摸索著牆上的電燈開關，但是打開以後，什麼事也沒發生。

「那是什麼？」雅莉娜走到我身旁，摸著房間中央的餐桌。黑暗對她來說不是什麼新鮮事，所以我想讓她感覺不安的應該是寒冷。

「這裡沒電，所以暖氣大概也不管用。」

「我指的不是這個。」

「不然呢？」

「那個嘶嘶聲……你沒聽到嗎？」

我屏住呼吸，側著腦袋，不確定雅莉娜指的是哪個方向，但我什麼也**沒聽到**。

「聽起來像是噴霧罐的聲音。」她低聲說。

湯湯也豎起了剛才懶洋洋垂下的耳朵，緊跟著雅莉娜走到了房間盡頭、黑暗深處。

38

倒數六小時又十八分鐘

亞歷山大．佐巴赫（我）

九歲的時候，我已經能搭乘柏林的大眾運輸工具，到自己要去的地方。我的母親給了我一項任務：每個星期天，為我祖母送午餐。祖母不喜歡來我們家，因為她不喜歡我父親，儘管他是她親生的。但她也只有在我帶著她最愛的食物去拜訪她時，才會喜歡我。

我覺得她在我們家唯一喜歡的東西，就是客廳裡的大電視。每年聖誕節，她都會用電視看「小公子」，但總在新年到來之前就睡著了。

每當我想起她，就會想起她在電影片尾時張開的嘴以及寬大下顎上的口水。我不很確定，但是我猜她沒來得及看到電影結局就過世了。想必她即使到了來生，還是會咒罵影片裡那個道林科特伯爵，她每次都錯過他神奇的煉金術。總之，我的週日任務只持續了半年，直到有一天她在廚房滑倒，不得不住進安養院為止。但這半年讓我體認到，死神並不是一種生物，不像恐怖故事裡所說的那樣是個收割者，而是一種氣味。

那是一種多層次的、隱蔽且到處滲透的氣味，包括廉價廁所清潔劑、排泄物，以及薄荷糖混合老人久未清潔的假牙味。每當祖母為我開門時，我就會覺得那股被我稱為「死亡氣息」的味道

多俾亞問自己是不是應該奮力逃脫？那會更快吸完這裡的空氣。但是他最後下定決心，別無選擇。

他憤怒地用那把鈍掉的螺絲起子，反覆敲擊著木板的同一處……

害。

該死，凱文、顏斯……你們到底把我藏到哪裡了？

多俾亞對著微腫的拳頭吹氣，就像他每次玩回家身上有受傷時，母親會做的一樣。他不由得想起七歲生日那天，祖父送給他一個世界上最蠢的禮物。他拆開包裝，拿出那個又醜又有大肚子的木偶。木偶可以從腹部轉開成兩半。他問祖父，那是不是要給蕾雅的？

啊，蕾雅。為什麼妳不在我身邊？我要拿這把鈍掉的螺絲起子怎麼辦？

「你要解救這些娃娃！」祖父嘶啞的聲音從腦海中響起，接著他便想起那個蠢禮物叫什麼了。當時，祖父講了一些俄國的事，還有……俄羅斯娃娃！他說俄羅斯娃娃在東方很流行，轉開一個娃娃之後，裡面還藏有另一個娃娃。

噢，天啊！我現在就在畫得五彩繽紛的俄羅斯娃娃裡。

或許每逃出一座監牢，就會進入另一座監牢。先是行李箱，然後是這個木箱。

那下一個是什麼？

也許是一口更大的棺材？依然一片漆黑，而且會再度吸不到空氣。

多俾亞咳嗽幾聲，蹲下的時候他覺得自己快要失去平衡了。在這個大箱子裡，做什麼都只是白費時間。

還有一點空氣……但空氣很快就要不夠了。

剛才在行李箱裡，他幾乎撕不破外面那層塑膠膜。現在，喘了幾口氣以後，胸腔再度出現那股壓力。而即使身處黑暗之中，沒有任何光線，但他還是眼冒金星。

那枚硬幣。

雖然他不能想像朋友們真的在他嘴裡塞了個東西，但是他不想思考其他的可能性。相較於陌生人，被自己的朋友惡作劇關起來要好多了。

嗯，硬幣是用來對付拉鍊的。還有什麼東西？

或許有鑰匙、打火機，或是手機。

有手機的話就太好了。

他可以打給警察或是媽媽，必要的話也可以打給爸爸，不過爸爸因為太忙，從來不接電話，而且……

等等。有一次，爸爸因為找不到手機很著急，他以為是我跟蕾雅偷拿的，還對我們大吼，直到媽媽在袋子裡找到才沒事。

在行李箱的外袋裡！

對啊，行李箱有袋子，也許……

多俾亞把行李箱拉到身邊，摸著外邊的拉鍊，一個個打開，終於在一只狹小的邊袋裡找到了東西。

一把螺絲起子？

他不敢置信地將那長型工具拿出來，摸著木製把手、鋼鐵以及鈍掉的尖端……接著開始哭。

我他媽的要怎麼用一把壞掉的螺絲起子打給媽媽？

這次他是氣哭的。他犯了錯，用拳頭揮打木板，聲音聽起來是空心的，但疼痛讓他哭得更厲

39

倒數六小時又二十分鐘
多俾亞．陶恩斯坦

多俾亞不知道自己睡了多久。他甚至不確定自己到底做了什麼，因為在黑暗中醒來時，感受到的是前所未有的倦意。

空氣，那是他的第一個念頭，因為他本來以為自己要窒息了。接著手肘碰到堅硬的木板。**不再是軟的了**，這是他的第二個念頭。監獄的牆壁不再軟陷，現在他相信自己躺在一口棺材裡。

他的手觸摸著硬板，不久後便摸到先前困住他的布料，摸起來像是防水外套的表面，或是在慶祝將臨期時不小心滴到牛仔褲上面的燭蠟。一塊輕薄而有彈性的布，旁邊有拉鍊……

等等，難道這是一只……

……**行李箱**？對，沒錯。他們把他塞到一個有輪子的黑色東西裡，就像爸爸每次出差時都會帶的那種。只是這個比較大，裝得下一個小孩。

可是我現在在哪裡？我剛才是在一只該死的行李箱裡！

好吧。這是個遊戲。顏斯跟凱文把我藏起來，但他們也給我東西讓我脫困。

我像打了高劑量的麻醉劑，緩緩站起，經過雅莉娜，走回到大門口。

雅莉娜緊抓著我的袖子，請我告訴她，究竟找到了什麼。我費了很大的工夫才能把整個過程解釋給她聽。她對我的說法沒有表現出任何懷疑，在我說到那段像警告的文字時，反而激起了她的探險欲望。

「我跟你進去。」她聽到我把鑰匙插進門鎖時說。

只是試試鑰匙合不合。當然啦，佐巴赫。那現在呢？打開大門以後，你要做什麼？

「妳留在這裡，如果我五分鐘內沒有回來的話，妳就趕緊求救！」雖然我深知雅莉娜絕不是乖乖聽話的人，但還是囑咐她留在原地。一個敢騎腳踏車的盲人，怎麼會怕漆黑的房子呢。

「喀」的一響，大門就往內開了。

用它，你……

「哈囉？」我對著面前的一片黑暗呼喊。

什麼都沒有。只有濃重、無法穿透而黑暗的寂靜。

就會死……

「那好吧。」我再度開啟我的手機，以備緊急情況時可以用來求救。接著走進大廳，後面緊挨著雅莉娜與湯湯。

這只是盲女在她的幻象裡看見的，一棟沒什麼了不起的平房。在這裡面能發生什麼大不了的事呢？

40

「妳有看到嗎？」我困惑地問雅莉娜。相較於我的混亂，她顯然被我的驚慌失措給逗樂了。

「說實在的，我一直問自己，我們兩個到底是誰看得見？」她回嘴。

「對不起，但是……」我的聲音發顫，不知道該怎麼解釋剛才發生的事。跑馬燈現在又播放完全正常且無害的歌詞……就算她能看得見，我也無法證明剛才發生的神祕現象。

「妳怎麼沒有待在原地？」我望著被解開鏈子的湯湯，嘀咕地問道。牠緊挨著主人，舔掉爪子上的雪。

雅莉娜促狹地微笑。「我不想在大冷天裡等上大半個小時，就為了讓一位好心的先生領著我去審問犯人。」

「在陶恩斯坦家那時才不是——」

我的視線停留在離雅莉娜不遠處，草坪上翻倒的赭色花盆上。

鑰匙就在花盆裡，

我跪下來掀起花盆，它「啵」的一聲離開了半凍的地面。幾隻被我打擾清夢的小蟲鑽進黑暗中，接著我就發現一只黑色的塑膠皮袋子。它掂在手中分量很輕，我摸到裡面只有一把鑰匙。

鑰匙就在花盆裡，用它……

「怎麼了？」

他給我們帶來幸福，大家喜洋洋。

我考慮要不要再敲一次門。正想要繼續跟著哼唱，但就在這時，眼前的歌詞忽然改變了。這次毫無疑問是真的。

鑰匙就在花盆裡，用它，你就會死……

我驚叫起來，搖搖晃晃地退後一步，撞到身後在黑暗中等著我的人，不由得驚叫的更大聲。

你看他不避風霜，面容多麼慈祥。

我走得太近，又犯了個錯：直視面板。發光的字就像烙鐵一樣燙傷了我敏感的眼睛。

雪花隨風飄，花鹿在奔跑，聖誕老公公，駕著美麗雪橇。

我趕緊別過頭去，抓起沉重的銅製門環敲門，發出短促而沉悶的聲響，我不確定裡面的人是否聽見，因此又用拳頭敲了兩下。

什麼也沒有。

既沒有沙沙聲，也沒有走路聲。沒有任何跡象顯示有人要來開門。

也許屋主睡了吧。我心想，說服自己可能只是找錯房子了。但前提是——真有對的房子。

叮叮噹，叮叮噹，鈴聲多響亮。我在心中跟著哼起來。真不敢相信，這旋律靠著跑馬燈上短短的歌詞就立刻跑進腦海裡了。

雪花隨風飄，花鹿在奔跑，越過⋯⋯

我怔了怔，腦中的鈴響忽然中斷。我剛才唱了什麼？**越過了墳墓**？我問自己，怎麼會唱出這麼可怕的歌詞，接著又再看跑馬燈，直到那段歌詞出現：

越過了森林，穿過了山腰，跟著和平歡喜歌聲，翩然地來到。

很正常啊。**嗯**。

我敢發誓，有一刻我真的看到改編過的歌詞，但現在一點影子都沒了。

我想一定是我疲倦而流眼淚的雙眼搞的鬼。這也難怪，過去幾天我都沒什麼睡，清醒的時候還得一邊逃亡，一邊追蹤一個瘋子。

概能想像得出這讓我看久了就偏頭痛的燈光奇景。難怪附近的住戶都模仿平房主人，把百葉窗通通拉下來。

「妳提到籃框跟可樂，但是沒講到麋鹿跟聖誕老人。」

雅莉娜聳了聳肩。「這些我都想不起來了啊！」

我向籃框走近一步，它的綠框反射出聖誕節前夕的燈光奇景。它看來出奇地新，就像是昨天才裝上去一樣。

「現在呢？」雅莉娜在我身後問。完整的雪花落在她的假髮上，亮晶晶的。

我請她在車道上等我，試著打開在前院的護欄。

護欄如我所料是關上的。在一般情況下，我會按門鈴，不過此處既沒有門牌也沒有電鈴，因此我從欄杆間伸手轉動內側的把手。我轉向雅莉娜，向她保證我很快就會回來，接著便往屋後的小路走。

大門是一塊厚重的木板，由外往裡看，應該有更堅固的鋼條。該地區常見的監視攝影機裝置在牆角，以斜角往下拍攝，有如要撲向獵物的猛禽一樣，捕捉每個斗膽踏上門墊的人。約莫胸口的高度，裝了一片細長的顯示板，看起來就像是在樂透站的櫥窗裡或廉價賭博遊戲機上裝的那種，只不過 LED 面板上的紅色字幕並不是顯示累積獎金，而是讓我眼睛感到吃力的知名聖誕歌詞。

叮叮噹，叮叮噹，鈴聲多響亮。

我走近大門，試圖尋找門鈴，但白費工夫。平房背面的百葉窗也全都拉下來。

偷窺。

站在聖誕老人前面，也不會有人想到被挖出來的眼睛。

雅莉娜命令湯湯在她身旁坐下，雙腿冷得打顫。

「跟我描述你看到了什麼。」

跟妳描述？我的眼神飄忽不定。

該怎麼跟一個盲人解釋這裡的景象呢？我想，我要更正先前說過「西區的人慶祝節日的方式比較保守」這句話。

這棟平房的主人看起來像是個有錢的十歲孤兒，他把錢都砸在聖誕裝飾品的專賣店：一串鹵素藍燈繞著屋頂，向下延伸到簷溝，下面擺了一尊真人大小的聖誕老人，揹著雪橇作勢要往煙囪爬。他穿著的白色大衣，是可口可樂公司的廣告天才想出把他染成紅色之前的原始模樣。

那還只是一小部分。整座前院都是麋鹿、發光的雪人，還有東方三哲的裝飾，只差沒有耶穌和馬槽了。不過我懷疑，它們可能埋在雙車庫旁的柴火間。車庫的門就跟百葉窗及前院小門一樣，灑了人造雪。此外還有……

……監框！

它就位在雅莉娜描述的地方：在車庫旁邊，而不是前面。

「讓我用字謹慎一點：住在這裡的人，一定是電力公司的白金用戶。」

雅莉娜對所見事物的記憶，似乎比視力正常的孩子來得多。也許是因為她從三歲以後就再也沒有新的畫面以取代腦中的影像。總之，她還記得加州的聖誕節，所以我不需費力解釋，她也大

41

雖然這間平房可能是這一帶最矮的房子，但從遠處就可以認出它來了。

我們所處的街道是條鵝卵石小巷，十分偏僻，燈柱上甚至還掛著競選海報。某個競選助理忘了把那個傻笑著、繫著領帶、有博士頭銜的人像從燈柱上拿掉。從九月開始，每個轉進這條路的人都會看到那空洞的標語：我們的未來會更好。

我問自己，是不是有條法律，強迫那些最沒沒無聞又最醜的政客把他們的肖像印在卡紙上？又問自己，這個星球上真的有人會因為一張競選海報而去投票嗎？也許我應該在這場風波過後，建議報社做一下調查。

如果我有辦法的話。

我們把車停在角落，而不是停在法蘭克給我的地址前。每走近那幢平房一步，我就越確信我們會把時間花在這裡。

「我不相信妳描述的是這間房子。」我對雅莉娜說。她正等著湯湯在路樹邊尿完尿。

「怎麼說？」

「這房子太搶眼了！」我半閉著眼睛，看著我呼吸的氣息在眼前化為白煙。

引人注目經常是最好的偽裝。不久前，利希騰哈德有一間雙層公寓被洗劫一空。小偷的手法只是開了一輛搬家用的貨車罷了。看到搬家工人扛著一台電漿電視上貨車，根本沒人會想到這是

「每條柏林街道、每個該死的角度，」他愉快地說著，我又聽到了鍵盤聲。「我看這些街景就像親臨現場、開車經過一樣。」

「儘管如此，還是要花上幾個小時吧？」

「如果像我們一樣幸運的話就不用。可疑的地區主要都是公寓或是連棟房屋，陶恩斯坦家的別墅在這一帶就是少數的例外。」

「還有多少？」我焦躁地問：「有多少間獨棟的房子？」

我看了一下時速表，發現因為激動而超速了三十公里。

「二十七間。不過其中只有九間是平房，而且具備有你新朋友說的那種車道……」

他語調始終上揚，像是在一長串的故事以後，要指出最後一個重點。

「……其中，只有兩條車道有籃框！」

「你現在是在耍我嗎？」我在驚嚇片刻之後問。

「你聽過 Google Earth 嗎？」他饒富興味的反問。

啊，那就很合理了。

我加速，把雨刷增強一級，卻把擋風玻璃弄得更髒了。大雪約莫是硬幣大小，但還不夠濕潤，刷不掉污垢，反而讓我看不清楚。

跟我現在的狀況可真像！

我腦子裡的情形，就跟被破爛雨刷刷過一樣。

越想釐清現況，眼前的景象就越模糊。使我不得不去求助於侯特醫生治療的幻覺，正在影響著我。即使我的醫生認為，那些幻覺不是因為精神錯亂，但它們還是讓我無法專心，而且我居然忽略了最簡單的調查工具……

就像 Google Earth。

「免費版就已經很好用了，」法蘭克興奮地說：「只要放大，你甚至可以用他們的衛星地圖，在花園草坪上找到你弄丟的鑰匙。」

他因為自己誇張的說詞而笑起來。「但還有更好的，我們編輯室還有——」

「街景模式。沒錯。」

Google 派了裝有特殊相機的車輛在世界各個城市穿梭，使用者得以按個按鈕就能看到3D街景。不久前，許多法律學者還在爭論這個計畫產生的隱私問題，但 iPhone 已經安裝了，我工作的報社也使用了一段時間，所以法蘭克大可以挨家挨戶尋找每個符合雅莉娜敘述的房子。

「如果我說錯的話，跟我講一聲。雅莉娜不是說，我們應該要找一幢有車道的獨棟房子，因為集眼者在犯案後把車停在車道那裡？」

「對。」那是雅莉娜最後一次看到的影像，若是法蘭克現在沒有說，我還真忘了。

「好，假設那個心理變態在謀殺後確實去某間房子找汽水來喝，那他當天開的車應該是隔天被開罰單的那輛，對吧？」

「對我來說，你的假設有點太多了，不過我還跟得上。」

假使雅莉娜的幻覺與事實一致的話，我們現在的線索就有房子跟車主。

「嗯，我想，如果凶手不想引人注意的話，就不會超速。根據雅莉娜的說法和我的推算，其中間隔不會超過四分鐘。以惡魔山為出發點，時間夠讓集眼者離開交通冷清的地區。那一帶都是學校、遊樂場、運動場和幼稚園。」

「很好，你把我們要搜尋的範圍縮小到幾平方公里了。」

「精確來說，是半徑五點六公里的範圍。不過其中有很多森林區或農地，」

我聽見法蘭克敲鍵盤的聲音。「然後還有很多私人花園、野外休憩區，還有森林小徑之類的……相關房子的總數加起來，不會比一趟馬拉松經過的還多。」

「但是你跑完啦。」我笑道。

「沒錯。」

我看見面前的人行道忽然出現公車停靠區，趕緊緊急煞車。雅莉娜在後座抱怨我的駕駛風格，顯然她費了一番力氣才沒讓湯湯從座位滑下去。

「老天，你到底在想什麼？我要找聯絡人才行啊，但是我的聯絡人全在睡覺了！」

我的聯絡人可沒有。菲利浦正把我列入通緝名單，全力逮捕我。

「好，法蘭克，我再試試能不能說服菲利浦。」

「你還是別這樣做比較好。」

「為什麼？」

「因為我可能早就找到你在找的東西了。」

綠燈了，我有一點暈眩。後面的車主直按喇叭。我再度睜開眼睛，要過好一會兒感覺才不像隔著一層薄紗看世界。

「什麼意思？」我問道。

法蘭克連車牌號碼都不知道，怎麼可能查到車主是誰？

「調查。」他簡短回答道。我可以聽見編輯室裡有許多電話在響。

「如果要說我有什麼能耐，那就是進行調查了。相信我。」

接著他壓低聲音。「但問題是，你有多信任你那裡的女版史提夫．汪達。」

我向後照鏡瞥了一眼。雅莉娜跟湯湯在後座，我就像她們的司機。現在我們的距離剛剛好。

「她怎麼了？」我輕聲問。

我們開過一條寬廣的林蔭道，它的路名讓我不情願地想起，這是往高速公路的方向。至今我還沒有確切的目的地，但有個聲音告訴我，保持移動比較好。我想大概是本能所致，讓我把車開往我的船屋。

42

倒數六小時又三十九分鐘
亞歷山大．佐巴赫（我）

我們一路開車經過許多綠燈，在一處工地旁因紅燈而第一次停下時，我感覺頭痛的症狀變得更嚴重了。

幸好我有先見之明，在砸碎藝廊玻璃前，將法蘭克原本停在雅莉娜家門口的老豐田移到附近小巷。如果我沒這樣做，它早就被拖吊走，不然也會因為鑑識小組認為是我砸破櫥窗而將它扣押。畢竟我已經私底下告知菲利浦，如果他再繼續忽略我提供的線索，我就得自己進行調查了。**一個盲女雙眼看見的線索**。

然而坦白說，我的雙眼目前也不是最佳狀態。眼淚流個不停，紅燈的光線不停跳動。我額頭直冒冷汗。雖然很希望那只是感冒前兆，但我還是擔心有其他原因。

「你還需要多久？」我問電話那頭的法蘭克。

「查罰單？在這大半夜？」

我看向儀表板上的時鐘，低聲咒罵。十一點五十分。再十分鐘就是我兒子的生日，但恐怕陪他慶祝的不是他爸，而是急診醫生。

那好。妳就把這封信交到那些廢物的手裡，然後靜候我找時間給妳寫下一封信。別擔心，不會太久的。

不會超過七小時。因為我最多只需要半天時間來處理屍體。

是自大狂的徵兆。但我不想取笑追緝我的人。我不需要人氣。

相反地，我希望你們別再寫那些關於我的狗屁報導。從妳給我的封號開始就夠蠢了。你們就像群飢腸轆轆的流浪狗，我丟出一塊肉，你們就衝上去。我真討厭妳跟那些無能的探員們，輕易就上了我的當。這只是個簡單的把戲，但你們卻把我歸類成偏執的性犯罪。這跟戰利品一點關係都沒有。我不是個蒐集狂。我是個遊戲玩家。我玩得很公平。當我把角色安排好、設定場所、開始倒數，一切都照規則來。母親、孩子、倒數計時、藏匿處——我設定了劇本，遊戲的每個階段都照著走。我讓每個尋找的人都有同樣的機會來結束這場遊戲。即使他們離目標只差一步之遙，我也不會故意留下錯誤線索誤導。即使遊戲正刺激，我也不會加入延長賽。但我得說，我不是個公正的人，偶爾我會介入，但是只針對我的對手。如果沒有我的協助，妳是永遠不會明白真相的，因此我寫這封信給妳。也就是說，我要更正你們關於我的謊言。

我不是瘋子，不是禽獸，也不是心理變態。我照著計畫走，我的遊戲是有意義的。如果妳經歷過我的遭遇，就會感同身受。也許妳不會贊同我的犯行，但妳至少可以體會。

我打賭妳現在正在搖頭，心想「真是個徹頭徹尾的瘋子」，默默推斷把我的話登在頭版能夠帶來多少利潤。不過如果我說，事實上我犯案有其他動機呢？妳還會大搖那顆髮型差勁的頭嗎？我想不會。

妳想相信我，對吧？妳想要相信，我不單只是壓力太大的心理變態，而是有合理動機的人。

親愛的盲目的泰雅．貝格多芙，因為這會是一篇報導，所以妳迫不及待想知道，為何我會玩世界最老的遊戲。捉迷藏！

集眼者的第一封信，由匿名帳戶傳送的電子郵件

收件人：thea@bergdorf-privat.com
主旨：真相

盲目的貝格多芙女士：

寫這封信給妳，可能跟那些被我綁架的孩子們，奮力想要及時逃出那個受困處一樣可笑。

我試圖洗刷貴報加諸在我身上的污名，但是沒有成功。這點我很確定。我也知道這封信接下來會在很多人顫抖的手中流傳，就像妳的手一樣，像追蹤到這個發信帳戶的工程師的手一樣。當然也會有讀這封信但不會顫抖著雙手的人，比方說心理學家跟語言學家。他們會逐字分析信中的遣詞用字，甚至連分號也不會放過。不過請妳可別把這封信給亞德里安．霍佛特看。要是他哪天能夠進國家足球隊踢球，我才相信他能找到我。妳稱為報紙的東西，在我看來只是輕薄的衛生紙，你們說他是「超級犯罪剖繪專家」，但他甚至看不出我這封信第一句話給的線索。我雖然寫孩子「們」，但只有「那個」藏他們的地方！這是個一體適用的答案：只有一個藏匿處。警方和它的距離，大概跟我的陽具到瑪丹娜的陰戶差不多（我得配合貴報社的腦殘記者降低水平）。妳就省下要給輪椅先生的五百歐元酬勞吧，他會跟妳說，我像「索命黃道帶」[16]一樣在運用媒體，

16 Zodiac，電影名。由大衛．林區（David Fincher）執導，敘述一個連續殺人狂，其犯案前後都會致信媒體，附上密碼來解釋殺人動機及預告下一宗案件。

酒保看著我搭在他肩上的手，接著直視我的眼睛。等我鬆手，他才開始講話。「利奴斯一直很氣那傢伙。不過不是因為被撞到，也不是因為在人行道上找錢找了半小時。」

「不然呢？」

「是因為那傢伙把車停在殘障車位。」

塞殘障車位。

我按了按後頸，壓了頸椎旁治偏頭痛的點。這招是我從一個神經科醫師那裡學來的。

看來有效。

「利奴斯真的是個好人，腦子可能壞了，但心眼還是好的。」

「嗨罰單。」

我轉向背後的聲音來源。利奴斯正咧著嘴笑，站在門邊，將拳頭上舉。雅莉娜在他身後。

「嗨罰單！」

「對對對，這樣你就開心了吧。貴死那王八蛋。」

老闆右手的手指比了個圈，做出猥褻的動作。

「什麼很貴？」我問道。忽然覺得自己很愚蠢，竟然要一個古怪的酒保來翻譯一個瘋子講的話。但就在這瞬間，我忽然明白利奴斯剛才在講什麼——

罰單！

集眼者拿到了一張罰單。

有罰單就可以辨明他的身分了。

罵那個跟利奴斯吵架、踩到他吉他箱的混蛋。」

吉他箱破。

我看向雅莉娜，她單膝跪在地上撫摸湯湯。她點點頭向我示意，她想的跟我一樣。

時間和地點都符合，那就是錄影帶裡的男人。

「他一整天賺到的錢都散落在人行道上。一小時後，利奴斯就跑來買醉。」他向著坐在桌邊，搖搖晃晃的音樂家點點頭，「結果就變這樣啦！」

「我要去哪裡找那個雅思敏？」

「我看起來像是什麼鬼祕書嗎？我又不跟客人約時間。她有時候每天都來，有時候三個禮拜都不出現。」

好極了。

我才正覺得我們在這死胡同裡浪費太多時間，就響起一陣拍手聲。房間裡除了利奴斯以外的人都嚇到了。

「塞殘障車位！」利奴斯又開始用雙手敲擊撞球桌台邊。

「塞殘障車位！」

「好啦，我知道啦。」老闆轉身。「來吧，利奴斯，給你來杯咖啡，廚房裡可能還有一些香腸。」

顯然對老闆來說，對話到這裡結束。我請雅莉娜稍等我一下，接著在老闆回到吧台前趕上他。

「剛才利奴斯說了什麼，你知道嗎？」

「你剛剛給他看了什麼？」老闆把眼鏡拿掉，把鏡架咬在嘴裡。他離我很近，我甚至聞得到他呼吸中的臭味。「可以讓我看看嗎？」

等我想到畫面裡那個人跟我很像時已經太遲，我早把手機遞給老闆了。他只隨意看了一眼。

「利奴斯旁邊這個人是個騙子，」我說：「昨天監視器拍到他們兩人撞在一起。」我編了一個無傷大雅的故事。「我們覺得，利奴斯可以給我們更多線索。」

「那請問你們是？」

他清醒的目光在我跟雅莉娜身上來回遊走。我從牛仔褲口袋掏出記者證。「我們要寫一篇那個騙子的報導。」

酒保大笑起來，接著指向雅莉娜。

「嗯哼，那麼這位盲女一定是你的攝影師囉？」

我錯過反駁的時機，覺得自己落馬了。但是老闆似乎無所謂。

「好吧，其實也沒差。反正重點是：你們不是畫面上那人渣的朋友。」

「不是。」雅莉娜跟我異口同聲說。

我把記者證收好，將手機拿回來。接過手機時，上面還留有酒保濕漉漉的指印。

「好啦，那我就跟你們說說你們拍到的那個混帳。」

「你認得他？」

集眼者？

「不認得。不過昨天下午，大概四點左右吧，雅思敏有來。她氣得像個被騙的流鶯一樣，咒

「你還記得這個人嗎？」我問。利奴斯聳肩聳得更大力了，額頭上突然出現忿怒的抬頭紋，開始拉扯所剩不多的頭髮。

「渾帳扒我皮！」他說。接著又重複這無意義的字眼好幾次。

「你知道那是什麼意思嗎？」雅莉娜問。

「我哪知道，我又不會說茫話。」老闆笑了。

「吉他箱破！」利奴斯看起來非常不悅。如果我沒誤會的話，他扯下了一撮長髮塞到嘴裡。

「他在講他的吉他，對吧？」

「有可能。要說有誰能翻譯他講的話，那就只有他的同路人了。」老闆又再看向雅莉娜，最後停在湯湯身上。「但她也瘋瘋的。她叫雅思敏・席勒，以前是利奴斯待的瘋人院的護士。她常在吧台嘮叨個沒完，說想要搞個樂團之類的，但誰相信啊？總之這個雅思敏跟我說，利奴斯只是把很多字混在一起。他的腦袋就像調酒器一樣。」

他又笑起來。

利奴斯的眼神依舊無光，我不禁自問，他到底知不知道我們在談論的人是他。

「像他就很常講『渾帳扒我皮』，一定是跟混帳有關係。」

「他人生裡大概碰過很多混帳吧。」雅莉娜插話。

利奴斯將頭轉向她。「吉他箱破！」他像是想要確定有人能瞭解，但現在唯一專注於傾聽的，大概就只有湯湯。牠盯著利奴斯的方向喘氣。

15 影射作者費策克的另一部小說《摧魂者》。

的結果。

「索菲要殺病人。」我站到利奴斯面前，他意味深長地說。[15]

我看著他削瘦的臉龐，試圖跟他四目相對，但他的眼睛渾濁得像雅莉娜一樣，我才明白那也是我以為他已經死掉的原因之一。

「他怎麼了？」

「這個嘛，我剛才跟你的朋友講過了。」老闆說，但是似乎很樂意再講一次。他顯然很喜歡有聽眾。「利奴斯曾經很紅，跟很多不同的樂團登台過，據說還去過溫布利球場。」

利奴斯同意地點點頭。他點頭的方式就像人們談論輝煌過往，彷彿榮光還未褪去一樣。

「不過他的經紀人敲他竹槓，只給他毒品，不給他錢，最後這個可憐的傢伙不但破產，還整個瘋掉。不知道他是注射還是吃什麼，總之過量了，在一場演唱會後人就垮了，而且後來他講的話只有他自己聽得懂。」

「你們要怎樣，哈？」利奴斯流著口水，好像在證實他的話。

「總之他在綠林區瘋人院待了一陣子。不過相信我，從那裡出來之後，他就瘋得更厲害了。」

我走向利奴斯，他還坐在撞球桌上，不過搖搖晃晃的看起來有點危險。

「你能聽得到我說話嗎？」我問道。

他聳了聳肩。

這下可好。除了對我吐口水，他什麼也不會。

我靈機一動，讓他看我手機上的照片，也就是他跟那個陌生人起衝突的畫面。

43

「你們要怎樣？」

那個不久之前脖子斷掉、胸口有一灘血跡，躺在綠色枱布上的死人，現在端坐在撞球桌邊淌著口水。此外，他也做了一些一般來說遇害之人不會做的事，比方說呼吸和講話——即使我聽不懂他在說什麼。

「我可以睡！」

我的視線轉向雅莉娜，她拉了一張椅子坐在桌邊不遠處，湯湯趴在她腳邊打呵欠，幾秒後利奴斯也做了一樣的事。

「我以為他……」我頓了頓，揉一揉眼睛。頭痛突然發作，比先前更強烈。雖然撞球桌上方方形吊燈的光線跟燭火差不多，但我還是不應該直接注視它。我覺得光線很刺眼。

「我以為他死了。」我終於講完整個句子。當我看向酒保時，五彩的光環在眼前閃動。

「死了？胡扯。利奴斯睡覺的時候都睜著眼睛。如果你仔細觀察，這不是他唯一的特色。」

我點點頭，沿著桌邊走，手在綠色檯布上移動。

我慢慢瞭解，剛才那些讓我驚慌的東西，完全是我搞錯了。他胸口的污漬由來已久，大概是打翻的啤酒或是體液，但絕對不是上半身流血。而帶血的口水，則是嚴重但不致命的牙齦問題。

至於那股腐臭味，似乎是他正常的體味，混合了屎尿、汗液和垃圾，顯然是在柏林街頭長期生活

不過，我並不是演員。

「你會惹禍上身。不久前你只是用寫的，但現在你陷入……」

我身陷其中。麻煩如影隨形地跟著我。就在這裡！

「……那會毀了你的，亞歷山大。我不認識那個盲女，但是我感覺得出來，她正在把你牽扯進去，而你會再也無法脫身，你懂嗎？」

「我懂。」我說，一方面是因為她誤打誤撞講對了，事實上我覺得自己就像快要溺斃的人，在泥沼中越是用力，就陷得越深。而另一方面，我現在一定得掛斷電話不可了。

「……遠離那些負面能量，不要惹禍上身，不然有一天你會毀滅的。回家吧，來慶祝尤利安生日。」

妮琪講完就掛了電話，把我一個人留在瘋狂裡。那就是我的人生。

以及雅莉娜、湯湯和老闆。

還有一個在我走進撞球室時對我眨眼的死人。

「一個盲女？」

我閉上眼睛。我真是哪壺不開提哪壺，這簡直像是寄給妮琪一張祕教儀式的邀請卡。一旦引發她的興趣，她就會問個沒完。

「她是個靈媒，對吧？」

「忘記我剛說的話吧！」

我走向大門，從裡面把大門反鎖，好讓其他人不要進來蹚渾水。

「聽好，蘇洛。我現在講的話很重要，你有在聽嗎？」

「親愛的，我不能再講下去了。」

房裡有根球桿掉到地板上，接著我聽到雅莉娜咕噥著什麼，而妮琪在我耳邊說：「我知道你不相信很多無法解釋的事，那也沒關係，不過……」

「我現在真的——」

我看向撞球室，老闆從我的視線消失。

「你一定要離她遠一點。」

「什麼？為什麼？」

我現在什麼也聽不見了，雅莉娜或老闆的聲音都消失無蹤，只剩我在吧台區沉重的呼吸聲。於是我展開行動。

「我跟你講過多少次了！」妮琪還在嘮叨，但是聲音變成了背景雜音。就像電影裡演員在冒險犯難時總會播放的不祥配樂。

「我應該要叫急診醫生來嗎？」妮琪居然會講出這麼合理的話，讓我很驚訝。

我聽見雅莉娜在房裡說話，酒保跟著又笑起來。

「好，就這樣做。」雖然我覺得有點誇張，不過還是保險一點比較好。「不過不要請私人醫生，他們只會找一些白癡來，勸妳試試針灸什麼的。」

我漸漸寬心。尤利安生病了，不過聽起來不很嚴重，而且他媽媽破例沒有想到找巫醫。

「你對針灸有什麼意見？」她問。

「沒有，只是要急診時，我不會第一個想到針灸。」

或是尤利安長年患的病。

我的聲音發顫，但妮琪似乎沒聽出我話裡的怒氣。慢慢地，剛才在房間裡發現的那具屍體又回到我腦海中。

「欸，蘇洛！」她叫了我的小名。我好久沒從她口中聽見這個稱呼了。「你到底有什麼問題？」她嘆了口氣。「為什麼我們講話的時候，你都這麼尖酸刻薄？」

我到底有什麼問題？我憤怒地把手機換到另一隻耳朵。**妳想知道我到底有什麼問題？好，我就跟妳說**。

「我現在很生氣，女人。因為我正在追蹤一個變態，而那個變態似乎要把他犯的案都賴到我身上。唯一能幫我的證人是個盲女，她聲稱她能夠看到過去。這就是我的問題。」

除此之外，幾公尺外的撞球室裡還有一具腐敗的屍體。

我再度望著門內。老闆寸步不移，意味著我講電話的時候，他並沒有走近雅莉娜。

啊，該死。是妮琪！

現在絕不是跟我老婆講電話的好時機，但我不小心按到接通電話，所以她正在線上。「我終於打通了，謝天謝地，我幾小時前就一直在找你了。」

她聽起來很害怕，我有一種不祥的預感，覺得自己的處境比這間酒吧的室內裝潢更慘。

「尤利安他不舒服。」

拜託不要。

在那個瞬間，其他一切都變得不重要了。當自己的骨肉有危險時，雅莉娜、湯湯、老闆，就連那具屍體都不算什麼。電話訊號變差，我只能斷斷續續聽見妮琪的話，我一言不發地離開房間。

「他怎麼了？」我在手機螢幕顯示訊號滿格以後問道。

「他在咳嗽。我擔心會越來越嚴重。」

我的胃糾結成一團。

「有發燒嗎？」

「有，我覺得有。」

這是什麼意思？從什麼時候開始？溫度計顯示的是攝氏溫度還是妳在猜想？

我壓抑住自己嘲諷的挖苦，畢竟我才是那個在兒子生日前一小時還沒到家的人。這樣也就算了，我還跟一個盲女、屍體以及顯然腦袋有洞的老闆待在一起。

「我上次量的時候，體溫是三十八度九。」她說。

「算是發燒邊緣。」我稍微寬心地說。體溫有點高，但不到發高燒的程度。

44

倒數七小時又二十四分鐘
亞歷山大・佐巴赫（我）

他死了。

這是我的第一個念頭。第二個念頭則是：把雅莉娜、湯湯跟我帶進這個沒有窗戶的小房間的酒保，為什麼在撞球桌上躺著屍體的情況下，還能笑得出來？

我們找的那個男人橫躺在綠色枱布上，腦袋懸在左側中袋和底袋之間，眼睛睜大，嘴角有紅色的痰絲，胸口有一灘擴散開的血跡，看來有一陣子了。

「什麼東西在發臭？」雅莉娜作嘔問道，她用手捂住口鼻。

「我、我不確定，但是我覺得……」

「他很慘，是吧？」酒保滿意地笑。我倒退一步，踩到他的腳。我開始回想我們在酒吧裡摸過什麼東西，這一宗謀殺罪是不是又要栽贓到我頭上？接著我就開啟手機。

「什麼都別碰！」我對雅莉娜喊道，輸入手機密碼。

手機響的時候，我正想報警。震動訊息顯示有未接來電，以及正要打進來的電話。

「喂，亞歷山大？」

多俾亞一直聽見自己在大叫，但其實只是他吸氣時的咕嚕聲。

他用手肘撐起自己，頭部可以自由轉動，整個上半身都可以著地。

他貪婪地吸氣，雖然還是很稀薄，但顯然比剛才悶在袋子裡面要好過多了。

但在狂喜過後，他感覺到比幾分鐘前更苦悶了。

我在哪裡？

他在剛才裝著他的東西裡掙扎。

他脫離了第一層監獄。

那現在呢？

他試著站起來，用兩隻腿撐著身體，但沒幾秒人就沒有力氣了，接著頹然跌倒。

他在新環境裡依然什麼都看不見，什麼都看不見。不管身處什麼地方，都跟先前一樣暗。

一片黑暗。什麼都沒有變。

除了新的監獄比較高以外，一切都沒變。但他現在可以完全站起來了，而且牆壁也不再是軟的……多俾亞心想。接著，他的腦袋就撞上了木板。

他屏住呼吸，用最後一點力氣挪動瘦弱的身體。

接著他試著用汗濕的手指將兩個拉鍊頭往相反的方向扯。

沒問題。

太屌了，他心想，將拉鍊拉得更開。拉鍊就像冰刀一樣滑過去。

多俾亞又想歡呼了，但是他的精神才剛剛振奮一點，就馬上因為頭上的塑膠膜而洩氣。

好消息，壞消息。好像贏了，又好像輸了。

他拉開拉鍊，但是沒有打開那層塑膠膜。它顯然密封，所以裡面的空氣才會越來越少。

他用食指戳那層膜，感受它陷下去，但是沒有破。就像黏在鞋底的口香糖，會扯出絲，但不會斷。

多俾亞淚水盈眶。他啜泣著喊媽媽。

不喊爸爸！那個老鬼。只叫媽媽。媽媽現在應該要在這裡才對。

他用絕望的力氣抓住頭上那層膜的兩側。

這是個袋子！我在密封的袋子裡。

……把它往反方向撕開。

一次、兩次，他試了第三次，嘶吼聲壓過了輕微的嘎吱聲。

他媽的，真的！

牆不見了！忽然間就不見了。他看不見，也感覺不到，但聞得出來。因為空氣……

……不一樣了。

管它是什麼！

他會窒息，而且流汗致死。

哈！

多俾亞竊笑起來。**流汗致死**。好詞，比屎尿齊流好多了。

「喀」的一聲。

多俾亞吃了一驚。

喀。

先是刺耳的聲響，緊接著是最後輕輕「喀」的一聲。

多俾亞用手肘撐起身體，用腦袋去頂上面的軟牆。他又搞丟拿來當螺絲起子的硬幣，不過那是小事。而且也不能止住他的笑聲。

他的笑越來越大聲，最後變成歡呼。

我做到了！

他一開始只是聽到，但現在可以感覺得到：門鎖彈開了，鬆垮垮地掛在鏈條上。多俾亞的手指顫抖著，但這次他開鎖時沒有滑掉。他摸索著門鎖的圓孔，確認有兩個洞。那是兩片薄薄的金屬，尾端有個孔，就像時鐘上的指針一樣，可以反轉……接下來一切都很快。

多俾亞知道那是一條拉鍊，平行橫跨於頭頂上的牆。由於拉鍊的帶子藏在摺邊底下，他以為自己摸到的只是個沒意義的接縫。可是那其實是……

……出口？

的文章。文章裡的傢伙咬自己的舌頭以生出更多口水。

多俾亞用力咬舌。什麼爛招，一點用都沒有。

他不禁咳嗽，因此又滑一跤。

該死的螺絲。該死的黑暗。該死的克萬特太太。

他媽的，口水乾了。無限增生的只有疼痛。舌頭發疼，觸感就像皮革一樣，而他的腦袋就像當時在水下待太久一樣隆隆作響——只是為了那本愚蠢的蒐集冊。

他算過，自己轉了四次，說不定有五次……接著，他用來轉螺絲的那枚硬幣就滑落了，而他在摸索硬幣時昏昏睡去。不知道自己在無窮無盡的黑暗裡睡了多久，如果不是頭痛得要命，他甚至不確定自己現在到底是不是醒著。

多俾亞再度把硬幣插到縫裡，又轉了半圈。

真討厭，我怎麼會如此汗流浹背？硬幣一直從手指滑掉，但嘴巴卻乾得像……像什麼？他忽然覺得詞窮了，腦袋轟轟作響，累得找不到合適的譬喻。

像屎尿齊流一樣，他想，但完全不合理。

多俾亞聽到歇斯底里的笑聲時嚇了一跳，後來才意識到，那是自己發出的聲音。

他舔掉上唇的汗水，知道自己做錯了。就像那個船難的故事一樣，有人喝海水，卻越喝越渴。他當時還想，為什麼救生筏上的人不喝自己的血？

不過這主意大概跟他撬開門鎖的方式差不多一樣爛。

他出不去了！也不可能打開這個鬼東西！

45

倒數七小時又二十六分鐘
多俾亞・陶恩斯坦

他們有一次打賭，看誰能在水裡待最久。就在學校的游泳課後——他們本來應該去洗澡的——凱文拿他整本「帕尼尼世界盃足球冊」當賭注。

多俾亞乾嚥了一口氣，接著貪婪地吸入周遭黑暗中越來越稀薄的空氣。他不由得想起喝奶昔的吸管。現在連呼吸都變得吃力了。

以帕尼尼世界盃足球冊當賭注呢！

老天，凱文的那本幾乎都蒐集完了。

當時他們就為了這個賭注潛到水裡。

他、顏斯和凱文。

那時……

事實上應該換個說法。凱文、顏斯和他。或是把顏斯擺在第一位。

不能把笨蛋擺在前頭。多俾亞把硬幣重新插到螺絲縫裡。**「笨蛋從來不跑第一個。」**

這句話是從克萬特太太那裡學來的。克萬特太太是他的德文老師，他們曾讀過一篇關於船難

「……我們耗盡物資，像寄生蟲一樣，把這個星球的價值給吸乾，每天把堪用的東西給丟掉。我那蠢姪子光是去年就換了三支手機。那是誰的錯？」

「流行。」我說，感謝他給我機會接話。現在我跟他的頻率一致，甚至覺得他所言甚是。這個心理有缺陷的酒吧哲人開始深得我心了。

「好啦，你們要點什麼？」他問，

「兩杯琴湯尼。」我說：「還有，我們想跟這個人聊聊。」

酒保吃驚地看著我隔著吧台遞到他面前的手機，接著把眼鏡扶正。

「我這手機用四年了。」我撒了個謊，好堵住他的嘴。

「仍然拍得出很好看的照片嘛。」他點頭稱讚。

我微笑問說：「你認得這個男人嗎？」

「利奴斯？當然認得。」

利奴斯？我轉向雅莉娜，很高興自己遵照她的提示。「你知道哪裡可以找到他嗎？」

老闆笑得更開懷了。「就在那裡面。」

他用頭示意破酒吧最外邊的一扇門，門上有兩支撞球桿交叉著。

「我可以跟他談談嗎？」

「你請便吧。但恐怕你來得太遲了。」

「太遲？」我疑惑地看著老闆，他的微笑消失無蹤。

「來，我們進去吧。不過可別怪我沒先警告過你。」

「哦。」我在他說話的空檔義務性地附和一下，不過他似乎沒有要結束這番話的意思。

「結果呢，過時的東西會怎樣？我們經常只因為一點小刮傷，就把堪用的東西丟掉。」

他用手拍了吧台。「這座吧台有六十年了，見證過多少事情。杯杯瓶瓶，就連腦袋都曾在這裡被砸破過。」

他得意忘形地大笑。「在這裡，有人喝酒、打架、睡覺、打炮。」

我從眼角餘光瞥見雅莉娜在微笑。

「這當然不是柏林最好的吧台，但它好用得很，可以再撐六十年，店裡其他東西也是。」

他雙手一攤，好像電影裡父親對兒子說「這一切將來都是你的」。不過在這裡，「這一切」指的是髒兮兮的窗簾，幾樣赭色傢俱和上面鋪著的磨破的墊子，老舊的彈珠台，以及價值不到兩千歐元的烈酒。

「這裡沒有一樣東西是壞的，我幹麼整修呢？」

也許整修一下，我們就不會是這個時段店裡唯一的客人了。我心想，不過我知道他是什麼意思。

「**高級酒吧傢俱**，是個肺癆室內設計師建議我買的。**夜總會沙發**，大家可以坐著休息一下。它們可都是當紅的單品。」

我想不起來上次看到如此令人作嘔的酒吧是什麼時候了。

「那種有人在喝酒時把腿伸到你面前的酒吧，他媽的到底有什麼好？」

我暗地裡偷看一下手腕上的錶。酒吧距離藝廊只有兩條街。

46

倒數七小時又三十一分鐘
亞歷山大．佐巴赫（我）

一定是哪個低能的公關告訴芭莉絲．希爾頓，拍照時要側臉、收下巴，然後做作又風騷地對鏡頭眨眼微笑。而酒保現在就用類似的姿態站在吧台後：右手撐住身體，上身與吧台平行，頭部側轉九十度。打從我們踏進酒吧開始，他懷疑的目光就一直盯著我們不放。他戴著一副無框眼鏡，鏡架滑到鼻翼，更加強了他鄙視我們的感覺。

「嗨，芭莉絲。」我這樣開場，然後意識到應該開個更好的玩笑來緩和氣氛才對。他面無表情，我不禁懷疑他到底知不知道這個女飯店繼承人。

雅莉娜顯然對這間破爛酒吧很熟，摸了張椅子坐下。我想緩和氣氛，不過在我點東西以前，店長就先開了口，「我跟你們說，是什麼讓這個世界徹底毀滅的。」

如此的開場白可沒有比我高明到哪裡去，我心裡暗忖，但是乖乖閉嘴。我的經驗告訴我，要從老闆口中得到資訊，就算他講的話多麼無腦，也不能打斷他。

「流行，」他對我們解釋，同時意味深長地點頭。他無神的目光飄到雅莉娜的牛仔褲上。「就是該死的流行讓我們走向毀滅。」

破而且顯然大了一號。

「欸，不行，我不能繼續把妳牽扯進來。」我對她的轉變有點疑惑。她一下子從左派嬉皮變成鄰家鄉村女孩了。

「廢話少說，難不成你覺得我會獨自待在這裡？」

她堅定地離開寢室，走向大門口，速度快得我幾乎趕不上。

「走吧，湯湯，又要出門囉！」她走到衣帽間時喊道。她不顧我的反對，打開櫃子，摸索假髮，很快就決定戴上一頂金色短馬尾假髮。

接著，她幫湯湯繫好鏈子，拿了一件絨毛襯裡的燈芯絨外套，打開大門。她全程緊閉著眼睛，看起來就像在夢遊一樣。

「這真是瘋了。」我喃喃自語。

「可能吧，」她穿上外套，豎起衣領。「但如果我們繼續待在這裡，警察很快就會找上門，」她拉著繩子，讓湯湯領她走到走廊，動作感應器啟動天花板上刺眼的泛光燈。「我就不能帶你去找剛才看到的那個街頭藝人了。」

由於他既沒向左也沒向右看，所以沒注意到乞丐斜放在路上的箱子。他顯然是一腳踏了進去，因為硬幣突然散落在人行道上，一個身形削瘦的年輕人憤怒的出現在畫面裡。

「妳的病患在跟一個流浪漢吵架。」我解釋。

「那個流浪漢長怎樣？」她問說。

「一般高度，黑色的亂髮，但不多。他手中還拿著一把吉他。」

「我認識他。」

我轉向她。「他是誰？」

「一個街頭藝人。每隔兩天會在這裡表演，我總是會給他一點錢。雖然說，我從沒聽過有誰唱得比他更難聽。」

「妳有印表機嗎？」我的問題才出口，就對自己愚蠢的問題感到生氣。

「沒有。我也沒有 PlayStation。」

我們兩個不由得笑了出來。至少雅莉娜還保有幽默感。我從外套口袋掏出手機，匆匆裝上電池，切到飛航模式，這樣菲利浦才無法追蹤我的位置。

如果他們沒有一開始就追蹤我的話。

我把螢幕拍下來。我試了三次，才勉強有兩張能用而且沒手震的照片，一張拍那個街頭藝人，另一張則是拍那個跟我很像的陌生人。

「你拍好了嗎？」我聽到雅莉娜在身後問。我轉過頭去，她已經穿好衣服。她穿著有皮革補丁的牛仔褲、紅棕格紋的木工襯衫。她把襯衫下襬在腹部處打了個結，搭配一雙牛仔靴，鞋跟磨

47

我好一會兒才鎮定下來，不再聽到血液砰砰流動的聲響，手指也恢復知覺。

「我看不見他的臉。」我說實話。那個人模仿我微微前傾的走路姿勢，以及我的穿著，還戴著大衣的帽子。

但我從來不戴大衣的帽子。就算下雨也不戴！

我倒帶又快轉，試著找其他畫面，但都沒有更好的角度。那人離櫥窗太遠，從畫面裡完全沒辦法判斷他的身高跟體型是否和我一樣。

但是他穿著我的外套、我的牛仔褲和我的鞋子……

我的胃糾結成一團。看到螢幕上那粗略的身型，讓我有某種不安的既視感。

「我不知道那是誰。」我說，有一種做偽證的感覺。

「但至少證明他來過。」雅莉娜說。她要不是覺得冷了，要不就是出自於某種理由改變了主意，總之，她走到敞開的衣櫃前，用平靜而正常的動作拿出幾件衣服。

「沒有，那只是證明了有人在那個時間點從妳家出來而已。」

我倒帶看看，希望那個男人會不小心看向鏡頭，但他沒有。或許是為了防止大雪吹到臉上，他身體前傾，低著頭，視線看著下方走路。但就在他消失在攝影機鏡頭前，發生了一件事。

相撞。

我不可置信地看著眼前的畫面，眼睛都忘了眨。直到雅莉娜跟我說話，我才發現，剛才那段時間我一定是整個人都僵在電視機前了。

「結果呢？」她問：「你看到什麼了嗎？」

該死。不可能啊！

我試圖找個合理的答案，卻覺得口乾舌燥。

「你認出了什麼嗎？」

「有。」我沙啞地說著，不想洩漏真相。「沒有……我是說，我不知道。」我無助的結結巴巴。我說了謊，我確實看到什麼，但此刻卻不能對雅莉娜說真話。我第一次慶幸她看不見，因為這樣她才不會知道，畫面上那個穿著綠色外套和「Timberland」靴子的人，跟我認識的一個人很像。

跟我很熟的人。

那個人就是我自己。

「我沒有選擇。我剛才打電話給菲利浦，問他要不要看看可能錄到集眼者的影像檔。」

「結果呢？」

我嘆了口氣。「他說，他不想把時間浪費在我聲東擊西的計畫上。」

我抬頭看雅莉娜，她正坐在床邊。她很瘦，即使沒特別縮小腹，腹部也只有一道皺摺。

「所以我得自己看才行啊。昨天那傢伙是什麼時候來找妳的？」

集眼者。

「三點過後沒多久。」

「那麼妳什麼時候讓他走的？」

「幾分鐘而已。」

「他就那樣走了？」

「對啊，我也嚇到了。他一定注意到什麼異樣。拜託，突然看到那些畫面，我嚇得都快要拉出來了。我跟他說偏頭痛發作，請他離開，他馬上就走了。很奇怪吧？他連錢都沒有要回去。」

我把硬碟的時間設到下午三點十分，希望不會差太遠，不然又要浪費無謂的時間了。

三點十分？我想了一下。那時我在報社車庫裡，正舒舒服服躺在富豪汽車的後座。本來只是想小睡片刻，不過因為前一天晚上失眠太嚴重了，一直睡到五點鐘開會前。

幸好硬碟只錄下了攝影機運作時的畫面，我只花幾秒就找到確切的時間點。我一直搞不懂這個裝置究竟跟藝術有什麼關係，不過倒是想到，只要我能夠擺脫嫌疑，就要賠償藝廊。

如果我能夠洗刷罪嫌的話。

雅莉娜用快速而堅定的腳步走下迴旋梯，打開從客廳到院子的門。

湯湯跟著我們下樓，逕自躺在客廳沙發旁邊。

「妳不穿件衣服嗎？」我問。我們站在房間裡，不難看出這是她的寢室。我訝異裡頭也擺了許多鏡子，甚至天花板上都有。

「幹麼穿？」她反問著，用平靜的步伐走到床對面的落地窗。

「妳赤身裸體啊。」我說，心裡暗忖。**我也是個男人啊**。

「我的暖氣很暖啊。」她說。

她彎身解開 DVD 播放器的連接線，一時之間，我不知道該往哪裡看，才不會被當成偷窺狂。我不能理解為什麼她要穿環或刺青，也不能理解她為什麼要把頭髮剃光，還剃出了迷宮的圖案，這些東西完全不在我的最愛清單上。

莎莉曾經跟我解釋過，性愛和痛苦只有一線之隔，但我從來不能體會愉虐癖好。現在呢，也許她說對了，到頭來，不只疼痛，就連死亡也和性欲有著強烈的交互作用。我說不上來為什麼，但即使我現在必須專心擺脫變態連續殺人犯的罪名，腦子卻想在此刻撫摸雅莉娜赤裸的肌膚……

而且要躲避警方的通緝！

提醒我專注下一步行動的，並非是我的理智，而是想起莎莉時的悲痛感受。

雅莉娜站起身，示意我到電視機前。我只花了一會兒工夫就把硬碟式記錄器接上去。

「你非得打破藝廊的櫥窗不可嗎？它的主人是個很和藹可親的藝術家呢。」

雅莉娜把搖控器遞給我，我切換到 AV 端子頻道。

她把剛才讓她受驚嚇的事情前後大概說了一遍。「他說『別再玩下去了』，指的應該是他變態的捉迷藏吧？」

緊接著她又問道：「你呢？你怎麼又回來了？」

「我要借用妳的電視。」

她把右耳轉向我，比了個手勢，表示正專心聆聽。「要幹麼？」

我跟她說了藝廊攝影機的事。「它錄下了從妳家門口進出的每個人。」

「所以呢？」

「它接到硬碟式記錄器上。」我隨意指著放在走廊盡頭櫃子上的東西。

「一個記錄器裡大概存有一百七十二小時的畫面，搞不好更多。」

「該死！別告訴我，剛才就是你觸動警報器的。」

「路磚並不是毫無用處的東西。」我試著在聲音裡加上一點微笑，「好了，警察大概再不久就要挨家挨戶查問了，很快就會問到妳這裡來。」

她搖搖頭，深呼吸，看來減輕了些生理上的緊張感。

就算她沒說，我也感覺得出來，我在這裡讓她感到平靜許多。

「我一定是個白癡。」她開始行動。

我趕緊跑到櫃子旁，拿起沉重的盒子尾隨著她。打破櫥窗玻璃時的傷口已經不再流血了。

這個家明亮得出乎我意料。沿著欄杆經過浴室，走到連接開放式廚房的客廳裡，我這才發現裡頭有兩層樓。

「還會有誰？」她對我大吼。「那個王八蛋有刀，那把刀就是他用來……」她沒有說下去，但是不言可喻。

我打量著她的身體，看看集眼者有沒有傷害她。可是我看見的是一個年輕女子略嫌纖瘦但不減女性嫵媚的胴體。換作其他情況，我一定會覺得這場面很吸引人——不對，即使在眼下的情況，我仍然覺得很吸引人。我趕緊拋開腦中的念頭。

「他人呢？」我想走進去檢視房間狀況。外頭那該死的警報聲終於停了。

「省省吧！」雅莉娜在我身後說：「他走了。」

「妳怎麼知道？」

「因為湯湯沒反應了。」我望著走廊盡頭，傳來一陣水聲，我想那裡應該是浴室。而湯湯擺出一副人面獅身像的姿態，用尾巴敲著地板問候我。

「牠覺得沒有危險了，而且陽台的門也敞開。我想，那傢伙是從消防梯跑了。」

我走到浴室門邊，穿過飄到走廊上的氤氳水蒸氣，朝著雲霧裡窺探。

什麼也沒有。

除了一個快溢出水來的老舊浴缸以外，沒什麼不尋常的地方。

我關掉水龍頭，試圖拔掉浴缸軟塞，卻燙傷了手。走出浴室前，我在燈光刺眼的梳妝台看見美妝用品，不過現在也不是驚訝的時候。

「他想怎樣？」我問。

「說服我們停止。」

48

倒數八小時又十七分鐘
亞歷山大．佐巴赫（我）

她開門的時機很準確，只要再一下子，那笨重的東西就會從我的血手中滑落。我走上階梯，身體狀況和從藝廊偷來的玩意兒的重量，都讓我負擔沉重。

雅莉娜讓我進門時，一言不發，全身顫抖。

「發生什麼事了？」我放下硬碟式記錄器以後，她語氣平淡地問。但這個問題應該是由我來問吧？

她一絲不掛地站在我面前，而且也沒有作勢遮掩，那已經夠讓人目不轉睛了。門邊櫃子上的假髮，說明了她的頭髮為什麼會忽然消失不見。

我本能地想握住雅莉娜的手，但她卻退了一步。

「別碰我！」她輕聲說，舉起雙手作勢防衛。

「妳怎麼了？」

「剛才他在這裡。」

「誰？」

房間裡迴盪，緊接著，一道陰影從她身後飛到另一張床上。

沙沙聲。聲音來自掀起的被單。有人敲枕頭。有人在呻吟。

雅莉娜握住床上的手。在白色漿硬的亞麻被單上，皮膚顯得更脆弱黯淡。

病床上女人的胸部緩慢起伏。有時候，心臟看起來就像是在考慮要不要繼續跳動一樣。

接著她俯身撥開老婦人額頭上的髮絲，親吻一下。

臨走前，她又按了按那女人的手臂。

接著，大概就在遠處響起火災警鈴時，她轉向床頭櫃，調整了一個小小的方形物品……

一個相框。

照片裡的影像既不是她父親，也不是他母親，那就只有可能是小孩了。可能是男孩或女孩，但照片上的陰影讓她無法辨識。她只能認出雙眼……正確來說，是一隻眼睛，而另一隻眼睛被遮住了。

也有可能根本不存在。

她轉身望著敞開的門，警鈴變得更大聲了。周遭的世界暗了下來。

閃電中出現了黑色的碎片，畫面裡捲出一股撲天蓋地的黑暗……

——就在這時候，雅莉娜醒來了！被七層樓底下藝廊的警報系統及門口急促的敲門聲給喚醒。

49

雅莉娜·額我略夫（看到的畫面）

房間很暗，那女人不是獨自一人。可以聽到床上有另一個呼吸的聲音。除了她和女病患以外，房間裡至少還有個瀕死的人。

死者。

毋庸置疑。

消毒水的氣味並沒有覆蓋死亡的氣息，腐爛的呼吸、長褥瘡的皮膚以及分泌物的味道。

「我回來了。」她聽見自己用一個男人的聲音低語。

快速。上氣不接下氣。沙啞。

那婦女有著她母親的雙眼，但並沒有反應。話說回來，她的臉上戴著透明的面具，又怎麼會有反應呢？

雅莉娜看不清楚旁邊的影子，可能是由於她不認得那具儀器，因為她三歲前沒看過它，但也可能是她想不起來了。

房間裡有個像電子鬧鐘的聲音響起，但沒人理會。

身後的門發出聲響，光線變亮了。有人拍手。「真高興你能再過來看看她！」女人的聲音在

接著她便跌倒了。
跌到地板上。
跌到畫面深處。

險的地方，像是障礙物、坑洞、地鐵入口、井口……

但這些東西不會出現在我去廚房的路上。

「過來，讓我過去。」她說。想把湯湯拉到旁邊。但牠做了從不曾做過的事。

牠開始狂吠！

受到威脅的叫聲混雜著浴室水流的單調聲響，營造出一種幾近催眠的氛圍。

該死，發生了什麼事？雅莉娜感覺身體和湯湯一樣緊繃。因為她忽然聞到湯湯顯然聞了很久的氣味，一股改變她熟悉家裡氣息的味道——濃烈的男性香水味。

肉桂。丁香。酒精。

中年男性鬍後水的濃烈氣味。

「哈囉？」她對著喧譁的寂靜輕喊。而當她感受到耳垂邊的呼吸時，差點因為恐懼而嘔吐。

「別再玩下去了。」一個偽裝的聲音在她耳畔低語。

那個宛如從虛無中出現的男人，溫柔地——感覺反而更恐怖——將手搭在雅莉娜裸露的肩上。她感到臉頰上有一片冰冷的金屬擦過。

她轉了一圈，但是撲了空，感到更加無助，深深吸了一口氣，想要大叫，但事實上只發出了喉音而已。她的雙手胡亂揮舞，逆時針方向旋轉，失去平衡。她跌倒時撞翻了櫃子上沉重的花瓶。水晶玻璃從一公尺高的地方砸到她的腳背，使她痛叫出聲來。

眼前充滿了光，感到一股難以忍受的疼痛。

光亮。閃電般的。就像曝光過度的照片……

化妝，只是那該死的眼線筆，她這輩子是用不上了。

她彎身將脫掉的衣服集中放好，走進浴缸，打開水龍頭，用辨色儀檢查手上拿的上衣是彩色或是白色的？「白色。」一個明亮的電子聲音說。該儀器照射光束落在她的衣服上，並根據反射的數值判定顏色……她覺得那是除了網路之外，這個世界最棒的發明。

盲人也在乎白色衣物是不是跟其他顏色的衣服一起洗，在乎白上衣有沒有染到綠色的污漬。

她又確認襪子和內褲的顏色，並丟進馬桶旁對應的籃子。接著再度回到走廊，並把浴室的門關起來。浴缸的水聲會妨礙她摸索到廚房幫湯湯倒狗食的行動。

不過她用不著去了。沒走兩步，她的腳就碰到一個溫暖的東西。

軟軟的東西。

「怎麼啦？」她問。笑著輕輕推了湯湯一下，但湯湯沒有退縮，身體反而繃得更緊。

「你怎麼啦？」

雅莉娜向右移了一步，好讓湯湯先過去，但湯湯卻緊跟著她移動。

「你一點都不餓嗎？」

她彎腰想摸牠的嘴，但牠沒有像平常一樣舔她的手。

「怎麼了？」

牠一動也不動，很專注。因為牠……

雅莉娜打了個寒顫。

湯湯受過訓練，牠會保護主人不出意外。牠的課程花費兩千歐元，目的是要防止雅莉娜去危

不到一秒的時間也好，如此她就能證明，自己每天觸摸描繪的模樣是否正確。

她知道，在大多數男人的標準中，她的胸部太小，甚至不需要穿胸罩，但她的乳頭似乎彌補了這點，因為她至今的愛人都花大半時間在搓揉、擠壓或吸吮它們。男女皆然。幸好除了腳以外，乳頭也是她的性感帶。

雅莉娜的手指滑到腹部，摸一摸臍環，又滑到臀部。

「如果妳是一輛車，那妳一定是六八年的福特野馬（Ford Mustang）。」有一次約翰曾開玩笑說。她經常光著身子在他面前走動，純粹只是因為她不穿衣服比較自在，而且在約翰面前，她不必偽裝。「有稜有角、精簡但優雅。」

她對那車沒有什麼想像，卻把這話當作是甜蜜的讚美，尤其她父親早年也總是開福特汽車。

啊，約翰。

我真傻，他正在跟朋友度假呢，而且是去越南自助旅行，現在沒辦法打電話給他，在他耳邊大哭一場。而伊凡住在紐約，她思索著紐約現在是幾點，然後心想：伊凡接到姊姊的電話會有什麼反應？在她搬到德國以後，自然就與他失去聯絡了。他們都喜歡對方，毋庸置疑，每年的生日卡跟聖誕卡也都是出自真心，但那也是他們與對方僅有的音訊往返了。**我們的生理基礎不同，我無法與他分享我現在經歷的恐懼。**

雅莉娜轉身走進浴室。她在超市選購亮度強的鹵素燈泡。約翰來過夜時，總是抱怨說那是「審訊時用的輻射線」。不過對她而言，那些東西只是重現她對光線的模糊記憶罷了。此外，那盞燈能指引她方向，讓她在化妝時不至於離梳妝台太近。她最好的朋友曾向她示範過怎麼正確的

會看見。以前，她曾在一個學生派對裡拒絕了向她求歡的同學，衝動的他甚至揍了她的臉，直到她警告他不要再玷汙妹妹以後，他才放開她。她馬上報警，但是在那個青年被發現在頂樓上吊自殺前——沒人相信她——還不忘再強暴妹妹一次。

走廊變寬了，周圍變亮了，她便站住不動。

她一如往常轉向牆壁，用手指摸著平滑的表面，而光源來自她總不關燈的浴室。

不分晝夜。

大多數的訪客都會對她燈火通明的房間以及數不清的鏡子感到驚訝，也會詫異地問她，為什麼客廳掛了一張兩公尺見方左右，主題是荒廢的美國淘金城市的照片？那是因為她的前男友有一次跟她細述麥克・哈塞爾（Michael von Hassel）的這幅傑作時，她甚至感覺到，自己可以聞到廢棄大廳的塵埃。而現在每當有訪客驚訝地站在照片前面，詢問這是哪個藝術家巧奪天工的作品時，她都可以**聽見**畫面。

至於鏡子，那是因為雅莉娜喜歡它們在指尖冰冷而完美的觸感。而且她也喜歡「反射」，那是她能辨別明暗的證據，也是她在經歷爆炸以後，唯一能與世界上其他人接軌的事物。她家經常有許多視力正常的訪客。

她脫下褲子、內褲和襪子，一絲不掛地站在鏡牆前面。

一陣風吹過她的腳踝，她起了雞皮疙瘩。她摸著頭，食指在頭皮的迷宮圖案上緩緩移動，那是她要求美髮師照自己的意思剃出來的痕跡。接著手指從後腦勺一路滑到頸部，感覺到刺青的部位一陣疼痛。她離鏡子很近。在愚蠢的願望中，她想看看自己身材的輪廓，那怕只有一次也好，

女王，或是綁著髮辮的天真鄉村少女……

今天的我要當個漫畫龐克，她心想。她在長廊上一件一件脫去罩衫。她的樓中樓公寓是老建築的六樓和七樓，要搭電梯才能到。以前沒有安全感的時候，她總是會搭電梯到樓下的工作室，不過後來就改走狹窄的迴旋樓梯了。

雅莉娜摸了一件上衣放到肩膀上，光著上身走去浴室。就像大多數盲人的家裡一樣，所有東西都有固定的位置。桌子、椅子、櫃子、花瓶……清潔工也被吩咐不能移動傢俱，而且要把地板上的碎屑打掃乾淨。雅莉娜喜歡赤腳在實木地板上走來走去，不過她不喜歡踩到東西。

今天真是諸事不順，她心想。不是因為沒人相信她，也不是因為她為了白跑一趟而回絕了幾個病人。

而是因為我不能幫助那個孩子。

落地鐘輕輕的聲響讓她知道，自己走過了工作室接待區的扶手。

或是那些孩子。

她思索著，為什麼她只看見一個孩子（那個男孩），害怕的想著女孩或許已經喪生了。那不是第一次，她看見的事沒有百分之百與現實相符。也不是第一次，她對自己的天賦產生懷疑。

她看見的事經常只會持續幾秒鐘。短短的片段間，她會看見犯案過程：沾滿血漬的床單，她父親的手臂緩緩勒死一個年輕人，或是母親的手將老鼠藥摻在嬰兒粥裡……令人痛苦的畫面總是突如其來，不是在她碰到每個人時都會出現。因此她猜想，只有在遇到有巨大負面能量的人時才

登上加州小鎮的地方小報……然而，當然，她的申請被校長拒絕了，不過他准許可以由視力健全的朋友幫助她完成義工工作。直到今日，雅莉娜還是深信她一個人就可以完成工作——她聽得出車輛是不是朝著她開來，更重要的是，她能判斷得出車子是在加速或減速——那是大多數人完全無法想像的事。

雖然有些盲人受過行動訓練，不需要陌生人協助也能行走，但總是會有其他人不經詢問就握住他們的手，想扶他們過馬路。

許多人覺得盲人會想觸摸陌生人的臉，以辨認對方是誰，但那只是愚蠢好萊塢三流電影裡的劇情。

我和其他人不一樣。

雅莉娜放下背包，接著脫下假髮辮，放在櫃子上，旁邊還擺著其他假髮。她將它們稱之為「面具」。

多年前，她無意間在電視上看到一則經證實的報導（沒有盲人會說「**聽電視**」），知道哪種髮型會給人什麼感覺，以及髮型如何顯示出一個人的個性。在描述罪犯的時候，人們最先想到的就是頭髮。頭髮越顯眼，人們就記得越清楚，心理學家因此推論說，人們最先注意到對方的頭部，尤其是頭髮。難怪許多中世紀的姓氏和外號都跟頭髮的顏色、形式及姿態有關。就像**克勞斯**、**侯特或哈博**之類的。

十九歲時，雅莉娜第一次把頭髮理光，她的朋友們對她及肩的黑色假髮都十分吃驚。從那時起，她前前後後擁有大概五十張不同的「面具」，可以隨興打扮成金髮的科技娃娃、黑髮的 SM

50

倒數八小時又二十五分鐘
雅莉娜·額我略夫

到家了。她住處的味道，是數小時以來首次讓她感到平靜的事物。熟悉的氣息混合了不同的房間味道：幾小時前煮好的咖啡香還殘留在空氣中，還有她名貴的香水味和幫傭使用的廉價清潔劑氣味。今天是星期四，她不在的時候，清潔工來打掃過客廳裡蒙塵的書，取而代之的是洗好衣物的香氣。

雅莉娜深呼吸，露出微笑。

她破例沒有抽菸。

「來吧，小傢伙，準備吃飯囉。」

她解開湯湯身上的套圈，然後跪下來拉開靴子的拉鍊，同時小心判斷家裡是不是有別人闖入？她深呼吸了幾次，才脫掉外衣。

別人。

她一生都在努力不要讓別人對她有特殊待遇，不管是在幼稚園或是學校，更別說是後來職業訓練的時候。她的願望就是當個普通人，甚至申請過擔任學校的交通義工。她是個奇葩，還因此

「那好吧，謝謝你跟我談話。」雅莉娜做了結尾，但我仍沒理會她。

我重新測試攝影感應器，以釐清疑惑。我再度往右走，電視上又出現我的畫面。

「雅莉娜，集眼者昨天是什麼時候來找妳的？」我屏氣凝神地等待她的回答，但現在她卻成了不回話的那個人了。

我回頭望向大門口，只見雅莉娜跟湯湯已經不在那裡了。

剛才法蘭克戴帽子的地方。

就在櫥窗前。

雅莉娜在她租屋門口前等著，正要把鑰匙插進鎖孔中。

「妳怎麼了？」我心不在焉地問，人往櫥窗走近一步，簡直要貼上玻璃。真空管電視上剛才還是測色板的畫面，現在卻換成了一個滿臉鬍鬚的黑髮男人側臉，他愚蠢地對著藝廊裡的隱藏攝影機揮手。我看見了**我自己**！

「我口渴……」雅莉娜回答。我轉向她時，她溫柔地微笑，筆直的姿態和緊閉的雙眼，看來像個年輕的女孩，希望在與愛人道別時親她一下。我轉過身，呆呆盯著螢幕上的我的臉。

不是幻覺。

在那對年輕情侶經過藝廊時，電視畫面就已經改變了。而剛才法蘭克轉身的時候，我才意識到這點。

這個裝置藝術在拍攝路人！

「所以現在呢，明星記者先生？你要上來喝點什麼嗎？」雅莉娜問，顯得有點不耐煩。

我扶住後頸，驚訝地發現頭不痛了，接著想起不久前吞下的那顆偏頭痛藥。從我在螢幕上出現的角度來看，攝影機應該裝在斜上方才對。很快的，我就在左上角的藝廊天花板尖角處看見了閃爍的 LED 燈。

於是，我向左邊跨開一步、再一步，直到從攝影機的鏡頭前消失為止。不過兩秒鐘，螢幕上又恢復了下雪的樣子。

我拍拍他單薄的肩膀與他道別。

「不過別跟泰雅多說什麼。離電話近一點，我需要你幫忙時會打給你。」

跟雅莉娜道別後，法蘭克像個軍人一樣敲敲不存在的鴨舌帽，步履蹣跚地離開。

我看著手錶，開始計時。根據警方透露給媒體的消息，陶恩斯坦家的孩子是在清晨被綁架的。莎莉的屍體則是九點左右在後院被丈夫發現，而碼錶正巧在九點二十分開始自動倒數。

既然集眼者一定早就離開現場，我也不用考慮那個變態是幾點造訪平房。

……如果真有其事的話。

我搖著頭，視線跟著法蘭克，見他走到下個路口的計程車招呼站。我現在的疑慮是，必須再檢驗一次雅莉娜看見的影像是否為真。

法蘭克走了幾公尺後再度轉身，將頭髮上的雪甩掉，拉起外套的帽子。

那是個關鍵時刻。

如果他沒有這樣做的話，也許這瘋狂的故事就可以告一段落了。我可以在去向菲利浦自首前，先開車去看看兒子，而我的人生也會往另一個方向發展。但是就在我的實習生停在藝廊櫥窗的那一刻，一切都變了。

我的下一步。我的命運。

我的人生。

我著魔似的朝法蘭克跑過去。但他不再轉身，走到下一個十字路口。

「……跟你說一下，我要走了。」我聽到雅莉娜說。她以為我還在車子前，不過我已經跑到

51

雅莉娜在發抖，我不確定是不是因為冷。

「我走進廚房。」

所以門是開著的，不然就是她有鑰匙。

「妳是去那裡找東西喝嗎？」

「嗯，一瓶可樂。」

「妳知道那個瓶子是什麼樣子？」

「紅底白字。每個盲人都知道可樂長什麼樣子。」她笑著，把湯湯拉近自己一點。

「還有一個罐頭。邊櫃裡放了四罐，我就拿了一罐。」

「然後呢？」

她聳了聳肩。「沒有然後，其他的我記不起來了。」

我的視線移回法蘭克身上，他正出神望著雅莉娜的唇。

我利用她說話的空檔，交代他盡快回報社去。

「噢，拜託！」他失望地嘟囔，「不要現在啦，正是緊張時刻呢。」

「抱歉，小子，但現在編輯室一定跟地獄一樣。在這種時刻，我最愛的實習生如果正巧不在報社的話，一定會有人注意到的。」

她以生硬的動作在背包裡翻找，最後終於找到她要的東西。那東西發出了一下聲響，接著她取出了一串鑰匙，每一把都配有不同形式的扣環，她一支一支摸，拿了一把中等尺寸的鑰匙。

「所以妳大概走不到五分鐘？」我估量了一下。

她點點頭。「大概三分鐘左右吧。就像我說的，我很渴。」

「入口是什麼樣子？是往院子還是租屋？」

「不是，不是。我講得不對，應該說是車道，就像加州一樣，可以把車直接開到車庫去停的車道。」

「所以那個車道是獨棟住宅的囉？」

「對。」

「是連棟房子中的一棟嗎？」

她搖頭。「是獨立的。不過很小。我覺得是一棟平房，不過不太確定。」

我想了想。「妳還看見了些什麼？有什麼特別醒目的特徵嗎？很新還是很舊？是什麼顏色？籬笆、百葉窗、屋頂是什麼樣子？」

她搖了搖頭。接著忽然停頓下來，緊緊閉上雙眼說：「籃框。」

「在那裡？」

「在入口的地方。不過不在車庫上頭，而是旁邊的一棵樹上，與鄰居土地的交界處。」

「好，雅莉娜。妳站在車道上，眼前是一棟附有籃框的房子，可能是陶恩斯坦家的一角……」

我向前走一步，宛若伸手可及。「後來妳做了什麼？」

「我不知道我是怎樣。」雅莉娜說，語氣聽起來很洩氣。「除了疲累以外。」一會兒後，她輕聲說：「我口渴了……」她張開嘴，好像想要繼續說什麼。但下一刻她看起來又在思考其他事情，表情忽然僵住，不發一語，驚恐地下車。

「發生什麼事了嗎？」我追上她，重複我的問題。法蘭克也下車，隔著車頂望著我們。她似乎腦海中突然閃現某個念頭，現在則很想擺脫它。她對湯湯比個手勢要牠乖一點，接著把背包拿到面前，拉開拉鍊。一對年輕情侶依偎撐著傘竊笑走過我們身旁。我問她說：「妳剛才在想什麼？」

就在妳說口渴以後。

「想到昨天的影像。當時，我為了喝點東西而停下來。」

昨天。在案發以後！

我的胃糾結在一起。

「我先前就想跟你說這件事，但你跑到陶恩斯坦家去。」

「在哪裡？妳在哪裡停下來？」

「在一個入口。車子應該沒有開得很遠。」

「妳怎麼知道？」我問。「我以為，妳在看見的事情裡沒有時間感。」

「我一直覺得很累，精疲力盡。」

因為你扛著孩子，把他丟進了後車廂……

「而且我的背部濕透了。我在流汗，那種感覺就跟慢跑完一樣。我知道休息一陣子之後會是什麼感覺，但一直都在流汗。」

方辦案的案例。其中有個案例你一定也很熟……」他看著我，又脹紅了臉頰。「就是雇主協會會長，漢斯・史雷亞被謀殺的案子。」

「怎樣？」

「你記得一九七七年《花絮報》的頭條新聞嗎？」

「謝謝你噢，我還沒那麼老好嗎！」

「靈視者看到史雷亞的被囚禁處……」他露出勝利的微笑。「這是標題。《明鏡周刊》也有報導。《明鏡周刊》甚至專訪了當時荷蘭靈媒傑哈德・柯謝。在IGGP的記錄中，緝捕行動第二週就有特勤組的探員、心理學家和軍方官員來請他幫忙。」

「軍方？」雅莉娜問。

「它們有心理作戰部。」

湯湯對雅莉娜搖尾巴，但她只是摸摸牠的後頸。這可憐的傢伙顯然還要再等等。

「柯謝的介入被大眾知道後，讓聯邦調查局很丟臉。但兩年後，警方的心理學家證實，那個靈視者給了具體的指示，說史雷亞被藏在艾爾福市利卜勒區的大樓裡。那位心理學家說，如果當時有人跟著柯謝給的線索，就可以營救史雷亞了。」

「那不過是個都市傳說而已啊。」我反駁。

「那不是唯一的案例。一九九〇年代初期，有一百多個靈媒協助巴伐利亞警方辦案。全國還有更多人呢……」

法蘭克轉向雅莉娜。「妳不是唯一的案例。」

空管電視，播放著被白雪覆蓋的測色板。不管那是什麼藝術，都讓我更厭倦聆聽法蘭克的鬼扯。

「一九二一年，維也納甚至設置了犯罪讀心術研究單位，不過只有幾個月就是了。」

「他怎麼會知道這些啊？」雅莉娜問。

「他腦子裡沒裝垃圾郵件過濾系統。」我解釋道：「他記得所有讀過的東西，省去我帶著他採訪時做筆記的麻煩。」

我在前座伸展四肢，腦中想著該如何讓法蘭克跟雅莉娜盡快離開，好抄捷徑去胡多夫。

去看妮琪。

我看著儀表板上的時鐘。

離午夜還有兩小時。

還有去看尤利安。

還有兩個小時就是我兒子的生日。

即使沒準備禮物，但我至少要在被菲利浦抓去餵魚以前，替尤利安慶祝一下。

「德國的第一宗案例是一九二一年，法蘭克福的選舉預知夢者，敏娜．施米特……」法蘭克滔滔不絕地說著。在他看來，雅莉娜是個有趣的聽眾。雖然湯湯一直用鼻子頂她的手，但她並沒有要離開車子的意思。

「她在海德堡兩個市長接連遇害以後，夢到他們屍體的確切位置。」

「純屬巧合。」我打起呵欠。

「有可能。不過弗萊堡心理學及心理衛生研究中心，簡稱 IGGP，他們有一堆靈視者協助警

52 倒數八小時又三十九分鐘

在接下來的路程裡，法蘭克輪流糾纏雅莉娜跟我，問我們無數問題，逼我將過去幾個小時內發生的事都跟他大概說了一遍。從和雅莉娜在船屋的相遇開始（但就像以前到侯特醫生那裡看診一樣，我隱瞞了藏身處的具體位置），講到倒數計時額外的七分鐘，以及闖入托馬斯·陶恩斯坦家但一無所獲。

他對雅莉娜子虛烏有的證詞的反應，倒不像我那樣心存懷疑。

「你相信她？」我不確定地問。在她的陳述一切落空後（除了倒數計時的事以外），我現在其實只想兌現我的承諾：盡快把她送回家。我第一次被不可解釋的現象蒙蔽了現實，但現在已經沒有任何興趣再追尋那些幻象了。

「利用靈媒來辦案由來已久。」法蘭克說，試圖逃避正面回答我的問題。我們到了布倫街，從第二車道往維恩山的公園開去。

「一九一九年，萊比錫犯罪調查部門的主委恩格爾布萊希特，做了個實驗，讓有讀心術天賦的人偵辦一樁虛構的案件。」他繼續他的長篇大論。我們把車停在兩間明亮但空無一人的藝廊入口。一間藝廊閃爍的燈泡上，掛著一輛沒有坐墊的腳踏車，而另一間則放了一台塗裝成粉紅色的真

我越是和這個在各方面都表現得非比尋常的盲女相處，就越是看不透她。她講話有條不紊，讓我理解到視障世界裡讓人著迷的地方。她在那個世界中生活，而我對盲人的世界幾乎一無所知。另一方面，她還跟我說了連妮琪聽到都會吃驚的超自然天賦……我下了個結論：雅莉娜或者是個發瘋的怪人，或者是個極有天賦的演員。

也有可能兩者都是。

後來當我回想起車上的那一刻，意識到即將發生的事，對於當時的我於事無補的那些想法，不由得笑了出來。

然而，那是個窒息的、不安的笑，就像吐血一樣。我必須笑，是因為我當時如此認真的思考，還以為自己掌握了命運。但我可笑的帶路，到頭來可能不是引領我們去雅莉娜位於普蘭策堡的住處，而是直奔死亡。

我其實既虛弱又迷惘，但卻以為自己緊握著方向盤，殊不知，集眼者早已接手控制一切。大概再幾個鐘頭左右，我就會發現自己即將承受可怕的苦果……

和電話簿。至於我那輛富豪的後車廂裡，連三角形警告標示牌都沒有。

「我不知道德國的狀況如何，不過在美國，許多機構，裡面的盲人都是無依無靠的。視力正常的孩子一旦有挖鼻屎、扮鬼臉、丟積木之類的行為，大多會被制止，但看不見孩子獨處的時候，就算舉止奇怪，也根本沒人理，而且照顧他們的常常也是盲人，或者根本不在乎。」

她撫摸湯湯的頭，湯湯正在她腳下打盹。牠就像打仗的軍人，只要一找到空檔就要睡一下。

「人一旦習慣揉眼睛和搖頭晃腦，就很難戒掉了。大部分的正常人都覺得，這種表現是盲人的常態，所以在你挖出鼻屎給他們看的時候，即使他們覺得很不舒服，也不會有人說些什麼。」

她大笑起來，湯湯驚訝地抬起胖嘟嘟的頭。

「我很幸運，打從幼稚園就有個好朋友一直在我身邊。約翰。他總是糾正我表現得奇怪的地方。譬如說，當我專注的時候，看起來就像是生氣的樣子，或者偶爾會不自覺的轉動眼珠，讓跟我講話的人感到緊張……約翰就好像是我的鏡子一樣。」

我不自覺地看了後照鏡一眼，而法蘭克則是轉過身去看她。

「他教會我姿勢和表情，還教導我所有機智談話的策略把戲。」

雅莉娜身體再度向前傾，噘起嘴，淫蕩地舔了上唇，接著輕佻地眨眼，歪著頭，朝下做出恭順的姿勢。

法蘭克看了她的那套表演，不由得笑了起來。

「我還從他那裡學會了如何調情。」

這是說謊嗎？

院工作，每個星期六都會參加一個盲人團——如果我說得太直白的話，我很抱歉——不過跟妳相比，他們看起來就是……」我注意到他想說「癡呆」，但是在我乾咳示意以前，他自己就修正了用詞。「……很特別。有些人會搖頭晃腦，有些人會揉自己的眼睛。大多數人的面孔看起來都像面具一樣。我是說，他們完全沒表情，就像打了肉毒桿菌。而相較之下，妳……」

「我怎樣？」她的兩隻手肘撐著前座椅背，身體向前傾。

「妳默默向我點頭問候，在我跟妳第一次講話時，妳還會挑眉。現在妳微笑和撥弄頭髮的樣子，看起來很酷。」

「謝謝，」她說，笑得更開懷了。「我有練習過。」

「什麼？」

「姿勢跟表情。我覺得，那是太早失明的人會遇到的問題。我的父母在意外發生以後，為了要不要把我送去啟明學校而大打出手。當然，我每年都會去參加盲人營隊。不過其他時間我都在公立學校上課，跟看得見的朋友在完全正常的遊樂場玩。不過我們之間當然有差別，我使用專用電腦，可以在課堂上打字。騎腳踏車的時候，我前後都必須安插朋友，好讓我能夠根據她們的聲音辨別方向。不過我可是能騎著自己的腳踏車前進喔……雖然我經常摔倒，不過同學很快就對我這個小瘋子見怪不怪了。我總是在校園裡被鷹架或其他障礙物絆倒，但我一點都不氣餒，馬上就站起來。」

她再度退回座椅。只有退休的人才會有這種車，椅背有棕色的護套，後座還有紙捲。我願意拿整年的薪水打賭，置物匣裡可以找到蓋了許多印章的保養手冊，還有緊急狀況時能使用的文件

「沒關係。」雅莉娜漠然回答。

我把頂燈關掉，有好一陣子，除了引擎單調的噪音，以及輪胎在柏油路上的摩擦聲以外，沒有別的聲響，而雨刷刺耳的聲音不時打破沉默。

「我是說啊，現在我想起妳當時使用手杖了。」法蘭克又開始說。

我們經過恩斯特侯特廣場，沿著六月十七日大街往前開。

「天啊，妳當時的態度毫不猶豫。媽的，當妳從我身邊快速走開的時候，我還把妳當成是哪個沒禮貌的傢伙呢。」

「我當時很生氣。」

「感覺得出來。」

「只是，妳是怎麼辦到的？」他問：「昨天妳跑下警局台階，今天又不用別人幫就自己上了我的後座。」

「我只是瞎了，又不是半身不遂。」

法蘭克脹紅了臉頰，就像挨了一記耳光一樣。「抱歉，我沒有冒犯的意思。」

「沒關係。你不會比其他人更誇張。」

雅莉娜的聲音有點苦澀，她自己似乎也察覺到了，因此接下來的聲調又回到平常的感覺。

「你用不著擔心。我這一生都在練習怎麼欺騙別人。比方說我在夜店跟別人調情的時候，經常和朋友打賭，賭跟我搭訕的人要到什麼時候才會發現我看不見。」她笑著說。

法蘭克似乎湧起了好奇心。「妳知道嗎？」他興奮地說：「我服替代役的時候，在一間安養

53

「是嗎？」雅莉娜繃緊著上身。她脫掉三件罩衫中的一件，漫不經心地丟到身旁。我又看見她罩衫領口底下的刺青。我心想，一個盲人怎麼會想要在自己皮膚上刺東西？

「妳就是昨天在警局門口和我撞個滿懷的那個瞎眼蜥蜴！」

「法蘭克！」我清了清喉嚨。

「妳撞上我以後，頭也不回的就走了。」

他切換車道。

「法蘭克！」

「……就好像沒長眼睛一樣。」

「法蘭——克！」

「怎樣？」他困惑地問。

「她是視障人士。」

「別跟我說……」他匆匆回頭一望。「真的嗎？」

我們兩人點點頭。雅莉娜張開雙眼，露出兩顆暗淡無光的眼球，角膜看起來就像牛奶瓶的玻璃一樣。

「我、我完全沒注意到……」他結結巴巴說。

回車道上。

「不會吧！」法蘭克的視線回到前方，他打開了我們頭頂上的車燈，再度望著後照鏡。

「怎麼了？」我跟雅莉娜異口同聲地問。

窗外開始飄起雨來。

「我知道妳是誰了！」法蘭克說。他把雨刷開到最小，雨刷橡膠磨擦的聲音就像是用指甲刮黑板一樣。「我想，我們昨天見過。」

她若有所思地猶豫著，然後把頭轉向窗邊，緩緩搖頭。

「沒有嗎？」我問了先前在別墅問過的問題。當時她死心的把手從陶恩斯坦的肩膀上拿開。

「沒有。」

「沒畫面？沒有光線？」

我思忖著自己是不是真心期待這個盲女能給我別的回答。

「我沒認出他來。」她說。

「……嘿，哈囉？有人在家嗎？」法蘭克換了車道，瞥了我一眼。「有人可以跟我解釋一下，到底發生了什麼事嗎？」

「但妳也不能完全肯定不是他，對不對？」我繼續問。

「我不能排除凶手是誰。」她大叫。「你可不可以別再問那些愚蠢的問題了？我的意思是，你先是打電話給我，要我去森林裡找你……」

「那不是我，那是——」

……是某個想要假扮成我的人。但是為什麼呢？就算要讓我當集眼者的替罪羊，又為什麼要把事情搞得這麼複雜，甚至把這個發瘋的盲女塞給我？

「……然後，在我千辛萬苦到達以後，」雅莉娜繼續說下去，「你又不記得自己請我到那裡。你想把我趕走，又把我帶到另一間房子，要我觸摸遭綁架孩子們的父親……而且，你跟昨天那些警察一樣幾乎不相信我。」

「警察？等等！」法蘭克轉向後座，車子因此險象環生地往右滑。我抓住方向盤，把車子拉

「你跟——」他正要開口，我急忙打斷他，悄悄往雅莉娜的方向示意。

「謝謝你這麼快就趕來。」

法蘭克心照不宣地點點頭。「我得找個適當的時機，才能從編輯室無聲無息地消失。」他忍住呵欠，但掩飾不了臉上疲倦的神情。工作造成的睡眠不足，讓他有很重的黑眼圈，也讓我想起自己某天喝了整夜酒以後照鏡子的樣子。在編輯室待了幾個月，就把原本像麵包袋上小孩畫像的青年，變成一副網路成癮的樣子：沒洗頭、沒刮鬍子、衣衫不整（他鞋子上沒鞋帶，羽絨外套下只穿一件褪色的「流行尖端」上衣），如此才得以全神貫注地工作。我懷疑如果他有女朋友，能不能夠忍受他在半夜兩點半回家，不是為了睡覺，而只是為了趕快洗個澡，繼續做完我的採訪任務。

「容我順便介紹一下，這是雅莉娜・額我略夫。」我轉向後座。「她就是我跟你提到的證人。而她身旁的是湯湯，她的導航器。」

「很高興認識妳。」法蘭克朝著後照鏡瞥了一眼。「我是被老闆牽扯到麻煩事裡的白癡。」

「歡迎加入。」雅莉娜說。

我舉起雙手。「大家別緊張。我又沒被判刑，也沒被通緝，只是有嫌疑而已。按照德國法律還不必去自首，所以現在我們都沒有罪！」

「除了非法入侵民宅以及你教唆我刑求以外……」

「你刑求陶恩斯坦？」法蘭克不可置信地喘氣。我不理會他的問題。

「妳只是觸碰了他一會兒而已，雅莉娜。」

我試著不要被聽見，但眼角餘光注意到自己失敗了。法蘭克正揚起眉毛盯著我看。不過至少雅莉娜在後座沒聽到什麼。

「我會跟你說，是因為你們的調查方向錯了。也許那個父親知道孩子在哪裡，你懂嗎？陶恩斯坦有動機，而我沒有。他的妻子跟其他人有染，而且他認為孩子不是他親生的。」

「你馬上告訴我你在哪裡！」菲利浦的聲音變了。怒氣從電話那頭竄出，如果我沒有誤會的話，那聲音聽起來冷酷無情，就像我毀了自己在他心裡的最後一點清白。

「我在路上。別費心找我的富豪汽車了，我把它停在庫倫路上，鑰匙還插著。」

我看著法蘭克，他正在打方向燈，準備切入提歐多侯斯廣場的圓環。我的那輛富豪車齡肯定比他這輛破車少個十年，但是看起來卻沒有它那麼新。除了法蘭克的奶奶偶爾會開出去兜風以外，這輛豐田其他時間可能都停在車庫裡。儀表板上完全沒有刮痕，里程數才一萬兩千公里，腳踏墊在每次開回來後都仔細清理過。置物匣上貼著精美的格言：

及時行樂

一日之計在於晨

只要努力，就可以輕易預告未來

我給菲利浦最後一個忠告，「你不用調查我的汽車輪胎痕了，我跟集眼者無關，你什麼都找不到的。」

「我現在真的是受夠——」我掛掉電話前，聽見他還在講話。

我接著轉向法蘭克。

雅莉娜跟我在陶恩斯坦的別墅等了很久，實習生正巧在菲利浦接電話時到來，因此我們盡可能悄然無聲，在不問候對方的情況下，趕緊搭上我們新的逃亡車。

「你在哪裡？」謀殺調查小組長以命令的語氣問道。他想知道我的位置。

「你問錯問題了。建議你問個好一點的問題，譬如說，為什麼陶恩斯坦寧可喝個爛醉，卻不幫忙找他的孩子？那張DVD可以給你些提示。」

我嚴重懷疑陶恩斯坦跟集眼者有關係，不只因為雅莉娜看到幻象的都不對，既沒有木造倉庫、現場離惡魔山也很遠……我猜，倒數計時的事大概也只是歪打正著而已。

菲利浦改變策略，開始使用拙劣的說服技巧。「來警局吧。我保證我們會公平對待你。」

「你在浪費時間，別把力氣花在我身上。你們得審問那個丈夫。」

我吞了口水，感覺眼淚就要奪眶而出。

莎莉，他媽的……

「聽好了，菲利浦。你一定要相信我，我跟你站在同一邊。所以我現在要跟你說清楚，我背負的是什麼，好嗎？我因為信任你才說的，以離職同事的身分。」

為了克制自己的情緒，我將副駕駛座的窗戶打開一點，讓冷風吹到臉上。「陶恩斯坦的老婆有外遇，對象不只一個。」

我接著輕聲低語，車聲與風聲幾乎吞沒我的話語。「我也很瞭解她。」

「怎樣，所以呢？這是笑話嗎？你跟露西亞．陶恩斯坦有染？」

「不是，至少不是你想的那樣。」

54

倒數八小時又五十二分鐘

亞歷山大・佐巴赫（我）

「在他的別墅？」

「對。」

「被綁住？」

「對，用延長線。」

「你根本是在耍我！」

菲利浦的聲音因憤怒而顫抖。我聽見警局典型的忙亂喧鬧聲，混雜著電話鈴響、嘈雜的人聲、關門聲，以及無數電腦鍵盤的敲擊聲。聲響異常響亮，聽起來比較像早上十一點的辦公室，而不是晚上。不過顯然每個能派得上用場的人都在警局執勤，畢竟集眼者的遊戲時間，大約都設在午夜十二點以前。

「你們該看看他客廳裡的 DVD。」

「你少在那邊指揮我該做什麼！」菲利浦在電話那頭大吼。

我把電話拿開耳邊，示意法蘭克在下一個十字路口左轉。

生們。如果你認為我是在浪費你們的時間，那我很抱歉。」

他正想從衣帽架上拿他的喀什米爾大衣時，大門驀地打開，一個年輕女子衝了進來。

「不好意思！」她說話上氣不接下氣，焦急地吹開了覆在額前的金髮劉海。

「什麼事？」菲利浦惱怒地問。

「佐巴赫……」她脹紅了臉，只說出三個字。

菲利浦全身緊繃。

「抓到他了嗎？」

「沒有。」她把手機遞給他。「但他打來了。」

「你是說？」

「沒錯，被綁架的孩子大概都不是父親親生的。」犯罪剖繪專家推著輪椅的輪子輕輕前後滑動。

「因此父親討厭孩子。也正因如此，不忠的妻子才會遇害。」教授的話對菲利浦混亂的思緒來說，猶如醍醐灌頂，他站起來抓著後頸說：「集眼者成了復仇者！」

「沒錯！」霍佛特繼續來回移動輪椅，模樣像個開心的孩子。「凶手懲罰妻子的不忠，扮演烏拉諾斯的角色，將那些可憎的私生子藏到地底深處。我們於是又有了搜索的依據：被害者被囚禁在地下碉堡或是地下室裡，不會是在地面或是高樓上。」

「噢，多謝你的建言，讓我們的搜索範圍縮小了好多啊！」休勒也站起來，鼓起的肚子遮住了褲腰帶，讓人看不出他有沒有繫皮帶。

「你可以在這裡浪費時間尖酸刻薄地挖苦我，或者你也可以去查查那些家庭是不是有不為人知的出軌狀況。也許那些被害的女人都跟集眼者約會、生孩子，而我們的連續殺人犯就像烏拉諾斯憎恨獨眼神族一樣，憎恨著那些孩子。」

「也許我現在該去廁所抓個屁股。」休勒說，做了個拋東西的手勢。

「我受夠了這些狗屁不通的神話，我要人間的證據。畢竟我們現在確實有個嫌犯，他顯然有足夠犯罪知識，而且在現場留下了錢包證據。」

霍佛特露出電視上的標準笑容，將輪椅滑到大門的衣帽架前。「是你們想聽我的理論的，先

55

倒數八小時又五十五分鐘
菲利浦．史托亞（謀殺調查組組長）

集眼者所挑選的小孩，都是被父親否定的。因為那些小孩就像希臘神話中的獨眼神族一樣，是禁忌關係的產物。

菲利浦在腦海裡重複教授剛才說的話。跟休勒一樣，他對這個學識豐富的人有些反感。他故意這樣說，以暴露聽者的無知，好促使他們繼續問下去。

「那是什麼意思？」菲利浦最後幫休勒發問。

「烏拉諾斯是蓋婭的兒子。」

「等等，大地老媽搞上了自己的小孩？」休勒歇斯底里地狂笑。

「她沒受孕，孩子就出世了。不過當時的希臘人對這種事不以為怪。例如宙斯，他也跟自己的女兒親熱過。現在這種事當然是個禁忌。」

菲利浦若有所思地搖搖頭。「我們調查過被害者的家庭背景，並沒有亂倫的跡象。」

霍佛特伸出食指說：「我所謂的禁忌關係不是指法律層面的東西。以集眼者的角度來看，只要外遇就是禁忌。」

「幫你什麼忙？」她問。

我執起她的手，緩緩帶她走到椅子邊，讓她站在陶恩斯坦正後方。

「妳說過，妳是從肩膀開始按摩的。」

「現在是怎樣？」陶恩斯坦回過頭來，想要看身後究竟發生什麼事。

「是啊，」雅莉娜承認。「但是——」

「去你媽的！你到底都在跟誰講話？」陶恩斯坦不停地拉扯著緊縛住他的繩索，顯然他剛才一直沒有發現雅莉娜的存在。

「那麼妳就再做一次吧！」我對她說。**證明給我看，妳說的是真的。請妳再看一次集眼者的過去。**

我把她的手擺在陶恩斯坦的肩膀上。「請妳碰觸他，然後告訴我，妳看到什麼。」

沒有囑咐她，無論如何都別去地下室？」

「**天哪，我怎麼會這麼傻？一切都太遲了**。**無論如何別靠近地下室……**」

我拋出這個問題以後，觀察陶恩斯坦臉上表情的變化。我在第一份工作中訊問了上百人，第二份工作也訪談了許多人，可以察覺人在談話時的情緒。但我發現陶恩斯坦沒有任何詫異或驚訝的神情。他到目前為止的反應只有迷惑和挑釁。

「地下室？什麼鬼地下室？」

他不自覺地說中了問題的重點。先前的被害者都是在較高樓層遇害，因此對於犯罪現場，提醒妻子別去地下室一點意義也沒有。如果雅莉娜看見的情景真有其事，那只可能跟莎莉的死有關。

「我才沒說到什麼鬼地下室！」

陶恩斯坦呼吸粗重，顯然是在吞口水，他咳嗽起來，整個身體都在顫抖。

好。**沒什麼好問了**。**B計畫的時間到了**。

我轉向雅莉娜。「妳得幫我一個忙。」我附耳對她說話，不讓陶恩斯坦聽到。我們距離很近，聞得到她怡人的香水。雅莉娜後頸的汗毛豎起，好像被我溫暖的氣息觸碰到似的。我注意到她罩衫滑落時，領口露出的刺青。

在我看出那歪曲的字跡是什麼意思以前，她彷彿感受到我的目光，不自覺地拉高衣領。那個刺青的字看起來像是「恨」（Hate）。

他氣喘吁吁，似乎必須費極大力氣才能好好說話。

「好，她打給你的。」

到目前為止，事情與雅莉娜描述的一致。

「她說了些什麼？」

讓我差點墜入情網的女人在死前說了些什麼？

「她……」他吞嚥口水，「……歇斯底里。我幾乎聽不懂她的話。」

「她有提到捉迷藏的事嗎？」

「什麼？」他一副不可置信的眼神。

他試著回答我的問題，但是試了三次，才講出一個像樣的句子。「沒有、沒什麼捉迷藏，只是因為孩子不見，所以她在哭而已。」

「你呢？」雅莉娜在後頭問。我有點訝異她會主動說話。我想，這個男人的聲音是不是引發了她的注意。

「對啊，你跟她說了什麼？」我重複她的問題。

陶恩斯坦低頭不語，好像快睡著了，可是在我抬高他的下巴以前，他不知哪來的力氣又抬起頭來。

「……冷靜點，賤人，那些搗蛋鬼又不是第一次亂跑。」

我深呼吸，把手擱在他肩膀上，凝視著受傷而憤怒的男人茫然的雙眼。我想為他侮辱莎莉而揍他，卻又很同情他。婚姻失敗，兩個人都要負責，而他必須為他的過錯付出高昂的代價。「你

我鬆開雅莉娜勾住我的手，走向房間中央的椅子。我用延長線把陶恩斯坦綁起來後，就將他丟在那裡。這絕不是個好主意，只要菲利浦知道我和其中一名被害者有染（不會有人相信我們在雜交俱樂部碰面，居然保持著柏拉圖式的關係），這個被綁住的鰥夫就會變成我的大麻煩。

我把椅子拖到他旁邊，把他的臉推轉向雅莉娜。這時候，他呻吟起來。

「你把他的嘴巴塞起來？你瘋了嗎？」雅莉娜在我身後問。

才沒有。侯特醫生說我正常得很。

「我只是不想讓他在我去接妳的時候，把鄰居們全都叫出來而已。」

我跪在他正前方，頭部還是比他高出一截。他的額頭汗水涔涔，眼神看來比剛才清醒一些。

「陶恩斯坦？」我聽見雅莉娜在我身後問：「老天啊。你在刑求遭綁架孩子們的父親？請你馬上帶我走！我不要跟這件事有瓜葛！」

「誰說是刑求了？」我對著陶恩斯坦說：「你聽好。我們現在來打個商量。我把你嘴裡的東西拿掉，但是你要保持安靜，可以嗎？我問幾個問題，但我不想從你的嘴巴裡聽到答案以外的聲音，你懂嗎？」

陶恩斯坦點點頭，我便拿掉他嘴裡的手帕。他嗆的咳個不停，好一會兒才靜下來。

「很好。」我整理思緒，一步一步訊問是否真有像雅莉娜在船屋時說的那樣，陶恩斯坦曾撥電話回家。

「你昨天回家前不久，是否曾打電話給你太太？」

「她……」他得先喘一口氣才能開口說話。「是她打給我的。」

「我們來這裡要幹麼？」雅莉娜問。

「找答案。」

我和集眼者的命運似乎被一條看不見的線串在一起，一分一秒，越纏越緊。儘管我無法接受得用這種殘忍的方式才知道莎莉的真名和她死亡的事實，因而哀毀逾恆，但仍然不能就此離去。我需要確定發生了什麼事。所以回到車上，說服雅莉娜陪我到陶恩斯坦的別墅。

「我聞到菸、酒和汗臭味。」她猶豫地說著，緊握著起居室的門把，另一隻手則勾著我的胳臂，就在戒菸貼片的位置。「還有什麼其他的東西嗎？」

是啊。還有什麼東西。

我輕輕鬆開雅莉娜握住門把的手，帶她走進擺設精緻的客廳，裡面依然只有投影機的光線。方才我中斷了影片，不想再看到那些不忍卒睹的畫面。那些影片告訴我：我失去了生命裡一個重要的人，而且永遠喚回不來了。

我清了清喉嚨。陶恩斯坦抬起頭，低聲嗚咽。

「他是誰？」雅莉娜怔怔站著。當陶恩斯坦的呻吟聲變大時，她把我的手握得更緊了。「這個人怎麼了？」

「他沒事。」

「那他為什麼不說話？」

「因為他的嘴巴被堵起來了。」

確切地說，是被他外套裡的手帕堵起來。

56

倒數九小時又十一分鐘
亞歷山大・佐巴赫（我）

「這樣不對，」雅莉娜悄聲說。她呼吸急促，眼球在緊閉的眼皮裡不安地轉動。「我們不該這樣做。」

「別擔心，」我希望她沒聽出我的絕望。「不會很久的。」我想要帶她去那個房間，但是她推開我的手。

我懂妳的感受，我很慶幸她看不到我的紅眼眶。

我也不想再回去了。然而現在不是為了工作。現在是為了我個人。

莎莉的死把我嚇呆了，沒想到要提防她的先生。我不知道他手中怎麼會突然有武器，而且老實說，我也沒有搞清楚為什麼他最後沒開槍。

不用是心理學家也能猜得到，受命運捉弄的人，在最失落孤獨的時候，會想用上膛的手槍來做什麼。可是喝了那麼多，假如陶恩斯坦想舉槍對準自己，酒精也會令他失去力氣，更不用說射殺我。但在那恐怖的瞬間，我們都嚇得呆若木雞，面對面站著，他的槍最後從手中滑落，掉在沙發旁的地毯上。

「那些獨眼小孩後來怎麼了？」休勒很想知道答案。

「被希臘諸神裡地位最崇高的宙斯救了出來。獨眼神族很幸運得到宙斯贈予的閃電和雷。」

「你真是知識淵博啊，教授，可是——」

「在你的想法裡，有沒有我們可以應用的地方呢？」菲利浦趕緊接著發問，免得休勒又講出什麼不禮貌的話。

霍佛特自負地微笑，顯得神采奕奕。如果此刻他從輪椅上跳起來，菲利浦也不會太意外。

「我大膽的說，我不只有一套理論。我會給你們一個非常重要的起點。」

霍佛特意味深長地停頓一下，此刻只聽見老舊暖氣微弱而持續的聲音。「集眼者所挑選的小孩，都是被父親否定的。」

「怎麼說？」兩個探員異口同聲的問。

霍佛特露出一副好像話說得太直白，有失體面的表情。不過他還是詳細解釋，「因為那些小孩就像希臘神話中的獨眼神族一樣，是禁忌關係的產物。」

況不對。我覺得是『集眼者』這個名字誤導了我們。他不是在蒐集。」

「不然呢？」

「我想把他稱為『轉變者』。他在製造一種狀態。他改變了孩子的本質，讓他們變成庫克羅普斯。」

「庫克……什麼？」休勒坐回椅子上，靠著椅背晃來晃去。

「你們可能對『獨眼神族』比較熟悉？他們是神話裡的怪物，最大的特徵就是只有一隻眼睛。」

霍佛特用舌頭潤了潤上唇。菲利浦不由得想起了蜥蜴。

「你們一定對希臘神話很熟，」教授望著休勒沾沾自喜地微笑，接著繼續說：「儘管如此，還是容我離題一會兒。」

他將卡拉的照片放回原處，闔上檔案。

「最有名的第一批獨眼神族，是烏拉諾斯和蓋婭的孩子。蓋婭就是大家熟知的大地之母。她與天空之神烏拉諾斯生了三個獨眼神族。但是烏拉諾斯很討厭他們。他甚至……」霍佛特頓一頓，加重語氣說：「……把孩子藏起來！」

「藏到哪裡？」菲利浦原本猶豫是否要浪費時間聽霍佛特的廢話，不過這個半身不遂的教授倒是引發了他的注意力。

「地底深處。」教授說：「他將孩子藏到塔塔羅斯，比冥王黑帝斯的地府更深的地方。」

菲利浦不自覺地點頭稱是，休勒也表示讚賞。「我想你確實看出了些端倪來。」

桌上打開。「但多虧這些殘缺不全的屍體給了我們一絲線索。」

他將檔案轉個方向，讓菲利浦和休勒看看被害者屍體的可怕照片。

要是我能忘掉這些童屍和空空如也的眼窩就好了，菲利浦對教授戲劇性的手勢感到憤怒。

「線索？」他不耐煩地要教授講得具體一點。

「每個凶手都有一個目標。平常人可能無法理解，但這目標確實存在。在集眼者的案例裡更是顯而易見。」

「那還用說！」休勒嚷嚷著，對檔案發脾氣。「他有虐待狂又有戀童癖，虐待小孩可以讓他發洩情緒。」

「不對。屍體上並沒有虐待的痕跡，這要怎麼說？」好為人師的霍佛特搖頭。「就算是性侵，也不能說明為何他要挖掉左眼，對吧？」

教授看著休勒，問題顯然是針對他而去，但菲利浦接口回答。「凶手想遮住被害者的雙眼，大多時候是種象徵性的行為，意圖扭轉已經發生過的事。他們無法忍受自己的罪行，於是讓被害者代替自己蒙住眼睛？」

「如果是這樣的話，集眼者就會把兩隻眼睛都給挖出來。」霍佛特反唇相譏，高舉第一張被害者卡拉的照片給兩位探員看。菲利浦壓住別過頭去的強烈渴望，和教授黝黑的眼四目相接。

「所以……他是在蒐集戰利品？」休勒問。

霍佛特興沖沖地咧開薄薄的雙唇。「戰利品、紀念品，或是獎勵——在廉價犯罪小說裡，被害者身體的某個部分失蹤的時候，犯罪剖繪專家都會先這麼猜。」他用力搖搖頭。「但在這裡情

57

倒數九小時又十七分鐘
菲利浦．史托亞（謀殺調查組組長）

霍佛特表演得很好，他又露出了在談話節目裡會出現的標準自負笑容。即使他身有殘疾，看起來仍然是個快樂的人。他很開心可以教導菜鳥警察，用自己的理論解釋連續凶案的動機以及先後順序。菲利浦想，自己是不是也該找個時間冷靜下來，把職場經歷出版成書？現在連白癡都能出自傳，還在書展辦簽書會、照相。在解決這些鳥事以後，他為什麼不利用這些經歷來增加收入？更何況，自己好歹也算是個公眾人物！

「我們大可推斷，在凶手成長的重要階段發生了影響甚鉅的事，可能是什麼創傷……看來，凶手小的時候常常受到虐待。」

「是啊，集眼者自己也是個受害者。那是犯人的一貫藉口。」休勒奚落。他站起身，把暖氣溫度調降一點。在沒有窗戶的警局會議室裡，幾乎不可能設定剛好的溫度。夏天時，強力放送的冷氣總是凍得讓人發抖，而在冬天時，太熱的暖氣則讓人頭痛。

「沒錯。幾乎每個罪犯者都是出自有問題的環境，那種訊息對我們來說並沒有什麼實質上的幫助。」霍佛特拿起輪椅旁的公事包，放到大腿上。他俐落地打開，取出一疊厚重的檔案，擱到

「媽的，你就是那個搞新聞的。從前射殺過一個女人，現在又殺了我老婆！」

陶恩斯坦湊近我，我甚至聞得到他混合了威士忌和菸味的臭氣。

「就是你！是你幹的！」

我退了一步，望著螢幕，找到了最後一片可怕真相的拼圖。

她的照片至今都沒有登出來，可能是因為被綁架的孩子更需要社會關注，而且在沒有集眼者更新的消息曝光之前，媒體會先留著不登……不過也有可能只是因為在過去的幾個小時裡，我沒看到照片。

該死，我太專注在自己的事情上！

那女人從浴缸裡站起來。她放下高高盤起的長髮，落到胸前遮住小巧的雙峰。當她對鏡頭微笑時，我認出她來了，影像有如拳頭重擊一樣，榨乾我的靈魂裡僅存的快樂。

拜託，老天啊，這不是真的！我心想，終於明白「她」為什麼不接我的電話。我們再也不能在那不三不四的場合碰面、再也不能親密的對話了。

我們再也不可能相愛……

我既想痛哭又想大吼，但無論我怎麼做，一切都不會改變。

莎莉死了。

而她的丈夫拿槍指著我。如果他開槍的話，我很快就會步入她的後塵了。

「但你難道不想要我幫忙找尋孩子嗎？」

「找蕾雅？找多俾亞？去死吧。」起初我以為是我聽錯了，但是他緊接著又重複一次，還吼了一聲。「那兩個雜種！他們不是我的！」

他任由遙控器掉到地上，倏地從椅上站起來，一隻手撐著椅背上，搖搖晃晃地站著，直視我的眼睛。他的樣子感覺就快崩潰了。

「不是我的種。你懂嗎？」

不，我不懂。老實說，我到此刻仍然什麼都不明白。然而真相在幾秒後朝我襲來。與此同時，陶恩斯坦也慢慢瞭解到一切。

「媽的，我知道你是誰了。」他沙啞地說。語氣還有點猶豫，但他緊盯著我不放。不安的感覺漸漸升起，那應該是他被酒精蒙蔽的心在作祟。陶恩斯坦的輪廓變了，酣睡的身體也開始變得緊繃。

「我昨天找到你的錢包，看過你的證件。」

我點了點頭，不是因為同意他說的話，而是我腦中的拼圖逐漸成形。

現在我知道，為什麼在陽台上聽到影片中女人的竊笑聲時，會感覺到如此心煩了。我也知道，為什麼我從未跟陶恩斯坦見過面，卻對他的個性感到熟悉……因為我聽過無數關於他的描述，記憶裡存有他的各種負面印象，與現實完全吻合。就連他用來咒罵的字眼聽來都很耳熟。

「**露西亞是個婊子……那兩個雜種！他們不是我的！**」

「你沒有別的事好做了嗎？」我問他。

他抓了抓凌亂的頭髮，怔怔望著我，我不確定他是聽不懂我的問題，還是在打量著出現在客廳的不速之客。

「你想怎樣？」他愣了好一會兒才問。我環顧四下，想判斷廚房是在哪個方向，好倒杯咖啡，讓這個男人恢復精神。

「我們得談談。」我開門見山地說。

「談什麼？」他咆哮以對，眼神疲憊，下巴淌著水。

「談談你是否知道誰殺了你太太。」

你是否在她遇害前跟她通過電話？你是否曾經警告她別去地下室？

「露西亞是個婊子，」他氣喘吁吁地說：「她是個臭婊子！」

我的身體退縮了一下，彷彿陶恩斯坦用那惡毒的字眼賞我巴掌似的。

「她到處亂搞，你看！」他抓起茶几上的遙控器。以他的狀態來說，能這麼精準地把音量調大實在是很不尋常。呻吟聲無疑是浴缸裡的兩人所發出來的。

「我的屋子！」他咕噥著說：「這是我的屋子！我的浴室！我的老婆！」他歇斯底里地笑起來。「就連該死的攝影機都是我的。但是那個王八蛋……」他對著螢幕做了個低級的手勢，那男人毛絨絨的臀部剛好佔滿整個畫面。「……不是我。」

「你聽著，你的婚姻問題與我無關。」我試著平撫他的情緒。

真的與我無關。我是循著一個盲人的幻覺才來的。

58

托馬斯・陶恩斯坦轉向我時，我立刻認出他來。他昨天下午出席記者會，請求社會大眾協尋他的孩子們。他現在穿著的是跟記者會時一樣的西裝，不過看起來他好像昨晚是穿著那件米色雙排釦西裝睡覺似的，衣領皺巴巴的，渾身多處斑點污漬，和這位擁有柏林最大連鎖清潔企業的商人很不搭配。

不過他個人的穿著，還沒有整個場面情景來得那麼突兀。

我剛進來時，陶恩斯坦並沒聽見。直到我乾咳兩聲，叫他的名字，他才反應過來，笨拙地試著從安樂椅上起身。

不過他是白費力氣。半瓶波本酒使他全身乏力。

「有事嗎？」我站到他面前，他喃喃地問。從他醉醺醺的眼睛裡，反映出醉漢遲鈍的挑釁意圖，似乎想找個人大打出手。

「我也想問你相同的問題。」我看著螢幕。畫面越來越清楚，浴缸裡的女人轉過身來，腦袋大約在男人臀部的高度，雙手扶著他的屁股……到目前為止，影片還沒有出現什麼在下午時段不能公開播放的內容，不過也不能說這部片不傷風化。自己關起房門看色情片當然不算違法，即使你在幾個小時前才成了鰥夫、骨肉還落到一個瘋子的手上也一樣。

是不違法，不過很不對勁。

出乎意料的，大門無聲地朝著客廳方向開啟，讓我的好奇又有了更站不住腳的藉口：**如果不把事實挖掘出來，我就不是個好記者。**

小時內找不到孩子，他們都會被殺掉。

投影機又在螢幕照射出更刺眼的光束，攝影師不再只拍攝死氣沉沉的浴室水龍頭。毛巾不見了，從新的拍攝角度可以看見浴室角落的浴缸，一個女人正背對著攝影機坐著，頭髮高高盤起。

在我了解畫面為何讓人如此心煩之前，有個裸男背對著攝影機入鏡，幾乎佔滿整個畫面。原本聽來輕浮的竊笑聲，在男人踏進浴缸開始按摩女人肩膀後，變成獨特的聲氣。他微微前傾的姿勢讓人不禁覺得，光是撫觸肩膀並不能使他滿足。

我忽然覺得自己很下流，像偷窺狂一樣闖入了陌生人的私生活裡，只差一步就會讓他無法回到正常的生活。我以前也曾覺得自己很齷齪。在婚禮前，妮琪加班忙到不可思議的程度，當時我很害怕她腳踏兩條船。她整夜都把手機留在走廊的鞋櫃上，我拿起來，不知道該不該偷看她的簡訊。事隔多年，即使我對她的忠誠度依然有疑慮，卻慶幸當年自己沒有偷看。行事光明磊落比什麼都重要。但現在讓我尷尬的是，我在人家家庭慘劇的現場，神經緊繃地經由客廳的窗戶，偷窺屋主在大螢幕上欣賞性愛自拍的影片。

我走到陽台門邊，躑躅不前，就像當時打開妮琪的手機找尋訊息選單一樣。但我知道，今天必須要跨越界線。

促使我到此地的，有可能只是一個盲人的幻覺，我心想。**雅莉娜可能只是個怪人，而這個父親跟他孩子的失蹤，一點關係也沒有。**

我試著轉動冰冷的門把，還以為大門會上鎖。

有什麼東西在發臭。

59

沒有木頭。倉庫的建材只有金屬和塑膠，但是確實有個橫門。我思忖著那是不是意味著，雅莉娜看到的情景至少在這點上和事實吻合？但陽台落地窗後閃爍的燈光隨即讓我分了神。

為了不被當成侵入者，我大剌剌地直接走向別墅。若鄰近的人不經意往窗外望，比起自信大步走過草皮的人，鬼鬼祟祟蹲在建築旁邊的模樣，應該更引人側目吧。

我走到窗邊，躲在牆後，透過窗簾窺視別墅內部，接著馬上更正了心中的懷疑。沒有手電筒，也沒有入侵者。我在倉庫看到那閃爍不定的燈光，來自於固定在客廳天花板上的投影機。除了螢幕的影片以外，沒有其他光源。

我看不出U形沙發上有沒有觀眾，在看著什麼……

……是啊，看著什麼呢？

我眯起雙眼，但壁爐上方的螢幕灰濛濛的。過了一會兒，螢幕上出現採光不良的黑白片，畫面很模糊，必須得用想像力才能看出是間寬敞的浴室：有兩個臉盆、馬桶、浴缸和淋浴間。不知道是誰有意或無意在攝影機前放了個東西，大概是條毛巾吧……總之，浴室的影像不見了，陶恩斯坦家的客廳再度暗下來。

我聽見竊笑聲時，正思索下一步該怎麼辦。雖然有雜音，而且隔著窗戶，但聲音仍然大得很突兀。歡笑不應該屬於這裡，不應該屬於妻子被殺、孩子被綁架的男人的客廳。而且如果在幾個

沒問題。我沿著柵欄走，看到花園的門沒關好。應該說，它本來有關好，但有人從外頭推開門閂，所以門半掩著。

怎麼可能？這可是犯罪現場呢。

就算所有證據都保存好了，也不應該如此通行無阻啊。

我驚訝地用鞋子推開門，看著地面。

面前一路延伸到倉庫的足跡，應該是不同的人留下的。衝進森林找孩子的父親、警察，或是鑑識小組，他們忘了門有沒有關好。就算雪地裡有新的單方向的足跡，也一定有個無關緊要的解釋。

除非是陌生人留下的。他正拿著手電筒照射別墅一樓，站在距離花園拱廊大概二十公尺處的位置。

的故事當真了？我背倚著車身，思索下一步該怎麼做。前院只有道矮籬笆，輕輕鬆鬆就可以跨過。對我來說，不算是多嚴重的阻礙。

「我實在不想抱怨，」雅莉娜在我身後說：「但是現在都快九點了，我還沒回家。湯湯餓了，而且牠等等就要大便了……」她笑起來。「我也是。」

「妳在這裡等一下，不會太久的。」

「你要去哪裡？」我聽到她喊，但是我已經穿過窄巷和車庫，跑到森林前。走了幾公尺，左轉拐進一條小路，那是行人和自行車道，路旁是私人土地的後院籬笆。我走了十步就停下腳步。

昨天我曾站在這裡，在大雨裡。倉庫近在咫尺，它的斜屋頂上現在覆蓋著厚厚的雪。就在幾公尺遠，露西亞·陶恩斯坦陳屍在草地上的位置被封鎖線圍住，而鑑識小組在陳屍地點搭建的臨時帳棚還沒有拆掉。從我的距離看不出來倉庫門扉有沒有上封條，但我想應該是有的。

「那是一間木造倉庫，而非鐵皮搭蓋。我是從觸摸中判斷出它的材質。我把門閂推到一旁時，手指還碰到木屑，而且在走進倉庫時聞到了樹脂的味道……」

我瞇著眼睛，但是在黑暗中根本看不出雅莉娜關於倉庫的描述是否正確。

然後呢……

我搖一搖粉刷著綠漆的金屬柵欄，它底下用混凝土固定，防止野豬從下面穿過去，上頭則是呈波浪形向外彎，要爬上去不容易，但是並非不可能。我正把腳舉起來想要爬時，就聽到噹啷一聲。我把腳放柵欄時，又聽到那聲音。我轉到右邊，再搖了一次柵欄以確保安全。

「我們來這裡幹麼？」她一臉睡眼惺忪的樣子。

「來看看妳是不是到過這裡。」

我打開駕駛座的門，冷冽的風吹進車裡。湯湯在後座豎起渾身的毛喘氣。

「你是說，你想要確認我是不是真的在影像中來過這個地方？」

沒錯。任何人都可以指責我的行動瘋狂！但我就想知道，這個盲眼女人是不是真的目睹了凶案。

我下了車，迎面強風吹得我忍不住流淚。我望著森林小徑，它沿著幾座運動場直接通往惡魔湖公路。

沿著路走就會到惡魔山。

我想起雅莉娜的描述，問她說：「妳到山頂花了多久時間？」

「**我們開了好一陣子上坡路，經過幾處轉彎……**」

「不知道。」她說：「你在作夢的時候會有時間感嗎？」

沒有。不過我在夢裡也不會綁架小孩。

我抬起頭，在灰濛濛的天色裡遠眺惡魔山大概的方向。山頂以前是垃圾場，是座森林和草原盡皆荒蕪的垃圾山，二戰時堆滿了被轟炸的房屋瓦礫，但現在是柏林人的風景遊覽區。大家會去散步、放風箏或滑雪。我思忖著白天時從山頂遙望，是不是可以看到陶恩斯坦家的花園？在黑暗中我看不清楚，但就算有望遠鏡，惡魔山的距離也實在是太遠了。

喂，你在想什麼啊？你這個白癡。我在心裡問自己，轉身面向別墅。**難不成你把那盲女瘋狂

名單上的車子。

「你幹麼不直接投案？」法蘭克問說。「我是說，如果你什麼都沒做，你不會有事吧？」

問題是，我沒辦法解釋自己為什麼會出現在現場，也不知道錢包怎麼會掉在那裡，更不知道該怎麼說明，為什麼會曉得倒數計時的事。

「我反問你：如果忽然有個證人來找你，宣稱她看見集眼者上一次犯罪的情景，你會怎麼辦？」

「你要我吧！」

我沒有告訴法蘭克說，我的證人是個盲眼女靈媒，正坐在我身旁，一路上疲憊地把頭倚在窗上。或許到船屋的那段路程比她所宣稱的更辛苦。

「拜託，這可真是世紀奇聞！」

可不是嗎，你也不會相信這故事的……

「把你的車子開來給我。」

法蘭克嘆了口氣。「嘿，那車是我奶奶的。她的豐田上要多了一處刮痕，她就會殺了我！」

「沒問題啦，法蘭克，我會小心。我們十分鐘內碰面。」我把車開到路底，掛上電話。

「我們到了。」我把前輪開上充滿灰泥的人行道，就停在別墅門口前。昨天早上托馬斯・陶恩斯坦就在這裡的花園發現小他十四歲的妻子露西亞的屍體。這棟漆成乳黃色的車庫，是用磚頭和茅草蓋的，它也是整條街上唯一沒有燈光的建築。一片漆黑。就連門牌燈也沒打開。

雅莉娜伸展四肢，打了個呵欠，接著解下她披披掛掛罩衫袖子上的手錶，打開錶面的蓋子。

「你是說案發現場？」法蘭克聽起來不如剛才起勁，大概是不太想幫我跑腿。

「就是那裡。」

「這次又要我帶什麼啦？」

「你的車。」

「拜託，告訴我你現在不是認真的。」法蘭克乾笑，「你現在是在逃亡，對吧？」

「沒有啊，我只是想要謹慎一點而已。」

「就算你什麼都不說，我也不是白癡好嗎？我知道為什麼泰雅和其他主管都聚在會議室——警方在通緝你。他們不知道要把這件事壓下來還是公布它。」

佐巴赫成了嫌犯。我們的明星記者和集眼者之間到底有什麼關聯？

我彷彿看到頭條新聞出現在面前。我知道泰雅會把「逃亡」放到前頭。即使報社形象的損害以及民事訴訟費用會影響到營運……這是說，如果後來我能控告報社毀謗的話。

如果我能夠證明自己的清白的話。

「難怪我得對泰雅大媽發誓，只要你打電話來，就要馬上通報她。」

「別這樣做。」

「放心啦，我跟你是同一陣線的，什麼都不會說。但是我也不會因為你的車過熱就把我的車借你。」

他倒是提醒了我，我像白癡一樣，忘了把車牌掛回去。到現在為止，我的運氣多過我的理智。如果我想利用他們抓到我前僅剩的時間，行動就必須機靈一點。為此，我需要一輛不在通緝

60

倒數九小時又四十一分鐘
亞歷山大．佐巴赫（我）

這是森林邊緣沉睡的住宅區，沒有任何殘留的跡象顯示此處在幾小時前發生了樁殘酷的凶案，就好像新雪不只覆蓋了屋頂、大街和前院，也遮掩了恐怖的罪行。如果不是我知情的話，或許會以為這裡是世界上最安全的地方。在這座社區，父母為他們孩子取的名字都很平常：湯比、索亨、諾密、拉斯亞文、芬恩……就算擺在IKEA的型錄裡，也不會有人特別注意。大人在籬笆邊討論最好的草肥是什麼。儘管到處掛滿垃圾袋，但還是有鄰居讓家裡的狗在農田或道路上隨地大便而不清理……當家長的，希望小孩不要踢足球，而是去上鋼琴課。此地去年最大的醜聞是齊卡登路舉辦社區派對時，老貝克帶著一個二十一歲的年輕亞洲女生出席。但現在則是凶案！我用步行的速度開車，望著燈火通明的窗口。有些家裡已經做好聖誕節的裝飾了：手繪的胡桃鉗、木槽、單色的串燈。這裡就像貧民區，屋頂上沒有閃閃發光的聖誕老人，車庫前也沒有鹵素燈泡串成的馴鹿。西區的人們慶祝節日的方式比較保守。

……而且相當無聊。如果有人問我，我會這麼說。

「我們庫倫路見。」我對著手機說。

準備審問他。

「請你下結論吧。」他請求教授，邊注視著手錶。

剩不到十小時了。

「集眼者想藉由凶案達到什麼目的？」

規律而熟練。我們可以由此推斷，凶手曾在幾年前引人注目過。」

比方說，當年在一座橋上槍殺一名女子？

「我有疑問。」菲利浦在教授談話的空檔問道：「集眼者有可能是因為創傷而犯案嗎？」

霍佛特猛點頭。「我敢打賭，凶手一定有心理疾病。可惜到現在他都沒留下可用的 DNA 記錄或指紋，我們別無他法，只能用傳統的方式來鎖定嫌犯，也因此凶手的動機成了關鍵問題！」教授笑得像在上電視節目一樣，雙手舉高彷彿投降。「從這裡開始，我要拋下學術的基底，投身推理的領域。」

對休勒來說，這就像結束比賽的哨音響起，他作勢要挪動龐大的身體，從椅子上起身。但菲利浦示意，要他的搭檔再忍耐一下。他也想離開這裡，主要原因在於十小時前吞的藥已經逐漸失效，必須再次服藥才行，但眼下還得多等一等。

我必須先確定我們的偵辦方向是對的。

休勒認為凶手已經確定，菲利浦則不然。他沒想過，那個離職同事有可能是他職業生涯所見最殘忍的連續謀殺案凶手。只是，佐巴赫忽然出現在案發現場，雖然他身上的口袋都被連身防護衣給蓋住，但他的錢包卻在那裡被尋獲，再加上他知道凶手的事，眼下只有他嫌疑最大……可是他雖然知道倒數計時的具體時間，卻沒有提到以溺斃作為犯罪手法，確實是個矛盾點。

休勒認為那是「神經病的伎倆，正常人的腦子無法理解」。但對菲利浦來說，這樣下結論太過輕率。不過他當然還是支持通緝佐巴赫的行動，畢竟佐巴赫後來跑掉了。此刻正有人在搜索他的住處，也發出對駕駛汽車的通緝令，要找到他只是時間問題。所以，現在菲利浦得把時間用來

攤了攤手，一副滿不在乎的樣子。

「先生，我不是來這裡完成你們的工作的。我不是探員，你們才是。」他對上菲利浦的眼睛。不用他說，菲利浦也知道，如果警方沒辦法找到集眼者監禁且殺害孩子的地方，就算是最好的犯罪剖繪，到頭來也是白搭。

「而且我手邊也沒電腦，沒辦法滿足你們的胃口，按個按鈕就跑出相符的凶手檔案。」霍佛特補充說：「我只能給你們一片拼圖，把它放到合適的位置是你們的工作。」

菲利浦惡狠狠地看了休勒一眼，請教授繼續說。不過他並不需要別人請求。如果要說霍佛特喜歡什麼，那就是與別人分享他淵博的學識，且前提是別人不插嘴發問。

「回到你剛才關於凶手職業的問題……」霍佛特盯著單調的天花板上看不見的一點，臉上露出思索的表情。「我現在能說的只有：集眼者肯費心思計畫，而且他的職業大概凡事都照表操課，有明確的進度。他習慣在一定的時間點結束一件事。」

菲利浦不得不想起佐巴赫在編輯室辦公桌上的咖啡杯，上面寫著：**創意沒有工作時間，只有截止期限**。

「而且凶手至少具有基本的醫學知識。」

菲利浦勉強點頭。被害者眼睛被挖出的手法稱不上專業，但是也不業餘。凶手注射麻醉藥的劑量拿捏得剛剛好，效力直到倒數結束才解除。沒有外傷，這點說明孩子在被淹死時是沒有意識的……菲利浦試著以此安慰自己，不過沒什麼效果。

「總之，他早就不用費心去計畫接近被害人，」霍佛特繼續說：「不然的話，過程不會那麼

犯，想要知道專家的意見。

「霍佛特教授，上次你說我們應該要朝一般類型方向，找比較低調而且不常露面的人？」

「是啊。可別把他想成漢尼拔了[14]。那只是作家筆下的產物，跟現實的落差大概就像我跟跨欄選手那麼多吧。」

霍佛特輕敲輪椅邊緣，也只有他為自己的幽默哈哈大笑。

「連續殺人凶手是社會的輸家。我們不該找那種出類拔萃的英雄，而該找那種跟命運搏鬥的人——我稱為少數特殊份子——外表看起來不起眼，但內在卻深不可測。」

菲利浦寫下毫無意義的筆記。「他有可能是個記者嗎？」

霍佛特聳了聳肩。「連續殺人犯有可能從事各種職業。在加油站上班，也有可能是公車司機或律師，在超商搬貨的人，或是公務員……」

教授對菲利浦的搭檔使了個嘲弄的眼色。

「甚至有可能是警察。」

休勒悶哼了一聲，轉向他的同事。

「好了，菲利浦，我看我們待在這裡也只是浪費時間。這位大叔的學問，大概跟我推算星座運勢的程度差不多吧。」

這些不敬的話激怒了教授，但是他並不隨便發作。他的手肘撐在輪椅的扶手上，對兩位警察

14 漢尼拔・萊克特，是湯瑪士・哈里斯（Thomas Harris）小說中的虛構人物。

61

倒數十小時

菲利浦·史托亞（謀殺調查組組長）

「根據好萊塢公式，連續殺人犯會比平常人聰明，不可能是非裔美國人，極少為女性。」亞德里安·霍佛特教授坐在輪椅上，看起來跟電視上完全不一樣。他一絲笑容也沒有，灰髮分線得亂七八糟，也沒像每次上談話節目時一樣打著黑色領帶。他到現在還沒刮鬍子，大概是因為今晚的觀眾不會買他的書——《連續殺人犯與我》已經盤踞暢銷排行榜一年多了。

「他們只殺同種族的人，而且通常都是美國菁英，那些據說是奠基於 FBI 研究的鬼東西什麼的，都是狗屁。」

休勒坐在菲利浦左邊，忍不住打了呵欠，菲利浦對他使了個警告的眼色。休勒認為犯罪剖繪只是一個把戲，但菲利浦不同，他信任這個六十歲同事的能力，他在其學術生涯親自訊問過無數連續殺人凶手。

比佐巴赫還多。

私底下，菲利浦覺得這個半身不遂的心理學家很難搞。就工作來說，他的能耐無庸置疑。即使他們上個星期見面時收穫不多，但他對以前的許多案子都助益匪淺。現在他們終於鎖定了嫌

「你有什麼打算？」雅莉娜感覺到方向突然改變之後問我。

「我們繞個路。」我打了右轉方向燈，切到高速公路。

也許集眼者不是一個人在玩這場變態的捉迷藏。

要找出答案，只有一個方法可行。

吼，仰頭哭泣……」

她閉上眼睛，但沒能忍住眼淚。我們前方有輛小型越野車，它紅色的煞車燈光落在雅莉娜的臉上，臉頰流下的淚水很像是濃稠的血珠。

「天哪，他一直用雙手抱著頭。但因為隔得太遠，我聽不見他喊什麼，但是……」

「但是？」

「他忽然和我聯繫。」

「怎麼聯繫？」

我們接近高速公路三菩提交流道，我決定繼續往史泰克里茲的方向直行。

「那個男人站起來，朝我的方向看。」

「等等，」我摸著脖子。「他知道妳在哪裡？」

「對，我有種不真實的感覺，好像我們是共犯一樣。畢竟我離他很遠，而且當我嚇得放下望遠鏡時，只看到一個小點，再也看不清他。」

「但他看見妳了？」

「我覺得是這樣。」

我太陽穴底下的疼痛感又加劇了。偏頭痛藥到現在一點用都沒有。

莫非集眼者和陶恩斯坦，也就是被綁架的小孩的父親，他們有什麼關聯？

我們經過亞福斯交流道，往夏洛登堡的方向開。我看後照鏡確定後面沒車，於是踩了煞車並且調頭，盡快飛車前往波茨坦大道。

照鏡確認自己的臉部有沒有受什麼皮肉傷，不過倒影中看見的，只有我父親微笑的臉。然後，我跟著旋律的拍子敲打方向盤……」

她嚥了口水。「媽的，我最恨的就是明明是那混帳在傷害別人，但我所能看到的卻總是我爸的臉。」

在某個片刻，除了引擎的軋軋聲之外，車裡沒有別的聲音。我們往柴倫村的方向前進，開過一條無人的大街——這是一場難得被柏林人認真看待的暴風雨警訊。

「後來呢？」我在紅綠燈前停下時追問。

「不知道。從這時候開始，影片有缺漏……喔，我還知道，我們開了好一陣子上坡路，經過幾處轉彎，最後我把車停下。」

「妳做了什麼？」

「什麼也沒做，就只是站在那裡眺望。」

「眺望？」我繼續開車。

「對。我手中突然出現一個重物，大概是個望遠鏡或類似的東西。總之，眼前的景物忽然拉近而清楚起來，接著我看到幾百公尺外的山下發生什麼事。」

「妳看到了什麼？」如果不是事實，我無法相信自己正認真地追問盲人看見什麼。

她轉向呼呼喘氣的湯湯，撫摸牠毛絨絨的後腦勺。「我看見一輛車衝出街道，在上坡前猛然停下。有個男人從車上跳下來，跌倒在地，他四肢匍匐在地，沿著覆滿大雪的鵝卵石路爬，然後消失在一棵樹後面，緊接著，又從倉庫那裡現身。我看見，他在我丟棄他妻子屍體的位置張嘴大

意思嗎？」

不，我不懂。我現在什麼都不懂了。我不知道妳為什麼會在這裡，我也不知道自己怎麼忽然就成了史上最殘忍凶案的頭號嫌犯！

我沒有回答，又下了車，把怒氣發洩在被我推到路邊的樹幹上。

該死，我本來是想來這裡避風頭，遠離那些不知怎麼陷進去的蠢事。**結果現在比先前陷得更深了！**

我把手上的污漬抹在牛仔褲上，重新回到車上。車裡充斥著香菸和潮濕的狗味。

我恨不得按住雅莉娜的肩，把真相從她身體裡搖出來：**誰把妳送來這裡的？妳究竟想要我怎麼樣？**

然而心底有個聲音警告我，如果想從謎團中理出頭緒，這是下下之策。

她的那些畫面一定其來有自，畢竟，就連菲利浦也證實了倒數計時中的關鍵細節。

「讓我們從頭來過。」我把車開到街上。「妳看見的畫面就像是一部電影，而影像在妳把男孩放進車裡後就沒了？」

「不是。」

「不是？」

我轉向她。雅莉娜又將雙眼闔上，看起來十分平靜，就像在睡覺一樣。

「後面還有其他的片段。譬如說我能清楚記得我是怎麼上車的，發動引擎，廣播響起。」

她咬著下唇，接著繼續說：「那是**怪人合唱團**（The Cure）的歌曲『**男孩別哭**』。我先用後

前進，專注看路，不被枝枒或其他的聲響給干擾。這裡到處都是在冬日森林裡覓食的野豬，而湯湯不受雄豬、狐狸或其他野生動物的影響，一路引領著我們平安回到車上。

「就像電影一樣。」雅莉娜脫離我的保護，自己上了車。我發動引擎，回頭看她從背包裡取出一塊手帕，把背包丟到湯湯坐的後座上。她用那塊手帕先擦拭濕掉的臉，再笨拙地擦乾被雪弄濕的頭髮。

像電影一樣？

我緩慢倒車，沒開幾公尺，就下車去把擋路的樹幹推到路邊去。她一直耐心保持安靜，顯然在等我回應她的說法。

「那是什麼意思？」

「我是說我看到的插敘畫面。我把它想像成一部電影，只是沒辦法快轉或倒帶。」

「那妳怎麼想起那些記憶？」

「沒辦法，我做不到。」

我們開到一處荊棘叢前，那表示尼寇斯克路的路口近了。我踩了煞車。「我不懂。剛才妳明明鉅細靡遺地描述，集眼者把男孩放到後車廂前所做的每一件事。」

雅莉娜點點頭。因為老舊暖氣需要一點時間才能讓車裡熱起來，她用雙手環抱上身取暖。

「不知道為什麼，我只能清楚記得一開始看到的影像，接著就像老電影磨壞掉一樣，畫面變得模糊不清，東缺一場戲、西缺一場戲……奇怪的是，有時我會在幾天後想起那些遺漏的片段。我不知道為什麼會這樣，一切都是自然發生的，但我不能自發的想起那些漏掉的畫面，你懂我的

62

倒數十小時又十九分鐘
亞歷山大．佐巴赫（我）

我挽著雅莉娜的手，領著她走過階梯跟和狹窄的木橋離開船屋。戶外的風勢小了一點。她說：「我不知道我把男孩帶到哪裡去了。」

她真瘦。這是我們近距離接觸時，我的第一個想法。儘管穿著的罩衫厚重，我依然能夠感覺到她身材的纖細，只消用兩根手指就可以圈起她的手腕。走出船屋時，我們駐足了一會兒，好讓我先調整手電筒光束的焦距。就在光束掃過她的褲腳時，我注意到她膝蓋下緣的位置，有一道卡了污垢的裂縫。我在半暗的船艙時沒發現到它，想必是來時因跌跌撞撞而弄出來的痕跡。

「如果我知道那男孩藏在哪裡的話，就不用大費周章跑來這裡找你了，」她說。我盡可能地走在她身邊，不過小徑太窄，幾乎做不到。「而且也可以向警方證明我沒有瘋。」

離河堤越遠，樹林就越密，風雨幾乎無法穿透，但雪從我們頭頂的枝枒落下，遮住了前方危險的冰封小徑。有兩次我差點跌倒，還有一次我來不及將手電筒對準前方照明，害得雅莉娜被粗大的樅樹枝打中臉而跌倒。我不禁自問，究竟要有多強的意志力，才足以讓一個盲人走這樣的路、冒這樣的險？即使她身旁有一隻受過專業訓練的導盲犬，這條路走起來一樣困難。湯湯緩慢

……沒有鑰匙孔，而是一道縫，不過很直很平滑，像個凹槽，把指甲放進去剛剛好，就像個大螺絲一樣。

好，集中精神！有沒有鑰匙孔都沒差，反正我也沒鑰匙。但要是螺絲就好解決多了。也許只要把它鬆開，然後……

他咳嗽起來。不知怎麼的，裡面的空氣越來越少。

……然後光就會透進來，我就可以把這鬼袋子或布什麼的撕開，好好呼吸。

不過要怎麼做呢？要怎樣才能把這東西上的螺絲鬆開？

他把拇指指甲放到凹槽裡試轉，結果在第四次嘗試的時候弄斷指甲流出血了。

可惡，我需要一把螺絲起子或刀。

他歇斯底里地笑起來。

廢話，顏斯跟凱文最好會想到給你留一把刀來割破這玩意兒。

多俾亞又開始咳嗽，他突然明白自己為什麼會汗流浹背、喉嚨灼熱，而且感覺越來越虛弱——**這裡的空氣快被我吸完了，可惡！如果我不快點找到個什麼堅硬的東西塞進那個凹槽裡，遲早會窒息……等等！**

他閉上眼睛試著調勻呼吸。

堅硬的東西。

他想起剛才塞在嘴裡的那枚硬幣時，手指又開始感覺刺痛。一小時前，因為感覺作嘔，所以他把那枚珍貴的硬幣吐落在黑暗中。

完雪球大戰之後，雪融在手上的感覺一樣。

幸好牆壁不是濕的，聞起來也沒有汽油味。他們沒有完全按照影片的安排進行。

至少到現在為止。

忽然他摸到了一個冰冷的東西……一小塊金屬，懸掛在布袋棺材邊緣，大概位於肚臍的高度，大小就像父親總在週末時灌油的 Zippo 打火機。

媽的，感覺就像是個 Zippo 沒錯。

不過那一定不是 Zippo。因為那種打火機有蓋子可以掀開，還附有可以轉的打火輪。

而且打火機不能掛在布邊上。

多俾亞屏住呼吸，才不會因為喘息的雜音分心。他摸索異物上緣，觸碰到一處彎曲的把柄時，就知道手中是什麼東西了。

這是個鎖。小小的、銅色的，是我用來鎖腳踏車用的那種鎖。

他因激動而咳嗽，但還不能確定自己的發現意味著什麼。不過，可惡，至少這是個發現。在這個遊戲裡，他第一次掌握了些什麼，而事實上，這把鎖或許可以幫助他逃離這裡。

這是個測驗嗎？你們是拿我當白老鼠嗎？

多俾亞不耐煩地搖動著銅鎖，往反方向猛扯，但什麼事也沒發生。

不要用暴力！母親的聲音響起。他採納了她的建議，小心摸著那塊鎖，忽然間，他又不確定那到底是不是把鎖了，因為……怪了，鑰匙孔呢？

凱文老把鑰匙孔稱作**屄**。

不對。帳篷沒那麼深那麼黑，而且牆壁摸起來不平滑，質感也不像橡膠或塑膠，觸感更粗，像是粗糙的地毯、壁紙，或是……

或是個袋子？

多俾亞不由得又開始抽泣，他忽然想起從前顏斯在下課後播放的恐怖片。顏斯家裡很有錢（**爸爸老是說，他家靠汽車玻璃賺的錢，多到可以拿鈔票來擦屁股**），因此他是班上第一個擁有最新 iPhone 的人，還用手機下載了很多影片。

顏斯拿到 iPhone 的第一天，就把大家聚集到體育館，驕傲地放了一部電影的片段：一個裸體少女被幾個年輕人裝進袋子裡，她極力掙扎抵抗，但終究還是被塞了進去，袋口緊緊捆起。起初多俾亞跟其他人一樣大笑，因為那裝少女的袋子看起來就像是一群蛇在布袋中扭來扭去。但當叼著菸的男人冷笑著把汽油淋到袋上時，他就笑不出來了。他獨自溜出體育館，回到校園裡。

也許因為我是個膽小鬼，沒有把影片看完，他們就想對我做一樣的事。

「好啦，你們贏了！」他在漆黑中大喊，想像凱文和顏斯正努力憋笑，不讓他聽到的樣子。「快把我放出去啦。」

沒有回應。

他死命用雙拳頂起頭上覆蓋的布袋，感覺汗水從額頭上滑落，呼吸急促，就像跑完四百公尺一樣。但就連跑步時，他也沒像剛才那麼喘。

在這裡除了害怕以外，我什麼也做不了。

多俾亞吸了吸鼻涕，然後深呼吸，用手指觸碰身邊的軟牆。他一直覺得手指刺痛，就好像打

現在真想把皮膚從身上撕下來啊，痛死我了！

他將右手彎曲成獸爪狀，貼在左手手腕上，約莫在動脈的位置，然後深呼吸……

只能揉，不能搔。

糟糕，指甲深陷在肉裡！當搔癢感減緩時，他忍不住因放鬆而大聲呻吟。這爽快的感覺甚至讓他暫時忘卻喉嚨的乾渴。不過一切都只是暫時的，到了後來，他幾乎無法停止搔癢，而那股鼓脹的灼熱感又湧上來，簡直跟這片伸手不見五指的黑暗一樣，快把他逼瘋了。

「哈囉？」他叫了起來，卻被自己的聲音給嚇到。

鼻音很重，還哭得沙啞了。

他不想哭的。等一下朋友們把他放出去後，會發現他便溺在褲子上，那就太糗了。頂多再撐個十分鐘左右，顏斯跟凱文就會覺得這個惡作劇很無趣……當然啦，這是個討厭、低級、爛透了的惡作劇。

不然你想怎樣啊？你這個屎孩子，別再哭了。

凱文老愛拿他爸媽藥局裡販售的的迷姦藥炫耀。現在他們可能是把他當成試驗品，順便報一箭之仇吧。

一定是因為先前游泳課的時候，我把凱文的內褲藏到女生更衣間裡。但那件事情還滿好笑的啊，不像現在這樣……

黑暗中，多俾亞試著伸展四肢，手肘碰到牆壁。他赫然發現手肘陷入壁面。那些白癡是把他關在帳篷裡嗎？

63

倒數十小時又四十分鐘
多俾亞・陶恩斯坦

監牢的牆壁是……**軟的**？

多俾亞揉一揉手指，確認沒有被自己的錯覺給迷惑。此刻他全身感官只剩下一個感覺：口渴。他不知道自己失去意識多久了，應該有幾個小時，甚至幾天……上次喉嚨有類似的灼熱感是在新年的時候，他吃了一堆洋芋片，然後渴得要命。不過那時候也沒有像現在這麼難耐。

而且我的手也沒有幾乎要炸裂的感覺。

他不知道是什麼讓自己醒過來的。是無法忍受的乾渴，或是手臂鼓脹的疼痛？後者的感覺好像枕著手臂整整壓了一個禮拜。

流了一堆汗，多俾亞不知用了多少時間（**感覺比上老黑特爾老師一小時的數學課還要久**）才翻身倚著黑暗深淵的邊緣，好讓手臂不必承受體重的壓迫。當血液流到痲痺的雙手時，他忍不住搔抓灼熱感的位置：他的上臂、臂彎以及手腕。特別是腕部，那感覺就像以前在鄰居花園裡找足球時，被該死的蕁蔴叢刺傷一樣。

「**你只能揉，不能搔。**」他想起母親的警告。**該死，媽媽，這招就連對付蚊子叮也沒效，我**

「請稍等一下。」我揉了揉脖子說。而雅莉娜放下手杖，拾起從我身邊輕輕走過的湯湯身上的導盲鞍。我雖然擺出攔阻的手勢，但她看不見，所以我抓住她的罩衫袖子。

「幹什麼？」她轉向我。我們非常靠近，甚至可以聞到她身上柔和的香水味，如我預想的一樣輕而不澀。

「如果你根本不相信我，為什麼還要浪費時間在我身上？」

我想用一段冗長的說明來回答這個合理的問題。我想告訴她，我訪問過許多人，一開始我不相信他們的言詞，但後來發現，聽取他們的說法並不是浪費時間的行為，尤其她的遭遇那麼特別……但我的視線忽然模糊，眼睛就像盯著閃爍螢幕數小時之久一樣的疲勞，再加上偏頭痛，感覺更糟了。我只能問一個問題以驗證雅莉娜的說詞真假與否。「告訴我，妳把男孩帶去哪裡了？」

「我不知道，好嗎？」

湯湯抬起頭，警戒地注意到主人聲音裡隱含的怒氣。

「昨天我去警察局的時候，那裡的人也是用這種該死的口氣盤問我，就跟你現在的態度一樣。他們都把我當成瘋子在看，搞得我即使回到了家還很不爽，好像全世界都在整我。所以整個晚上我都在電視前面一邊喝酒邊一看艾德格．華勒斯的老電影[13]逃避現實，直到睡著為止，結果今天早上一個蠢蛋又吵醒我，叫我到這個荒郊野地來……」

她不悅地哼了一聲。「發生了這麼多事，我還蠢到千里迢迢跑來自取其辱。」

「我能相信妳嗎？」我問。

「媽的，反正你就是覺得我在說謊。但如果我是故意瞎掰的話，會如此破綻百出嗎？」

她說的對。聽來奇怪，但是的確是事實。她不知道被綁架的女孩的疏漏，反而加強了證詞的可信度。假如雅莉娜想要讓自己的證詞聽起來更可信，就不會這麼大意，忽略了第二個被害者的存在。

不過那也有可能是我還不理解的計畫中的一部分。

「信不信由你，我只是把看見的情況說出來。」雅莉娜背起了背包。

我也起身，但忽然因為頭暈而一陣不穩。我的頭痛到了吃一般成藥也控制不住的程度，幸好車輛副駕駛座上還有些偏頭痛藥。

---

13 根據英國作家 Edgar Wallace 的作品改編而成的一系列電影。

死掉的女人還要瘦小。」

「還活著嗎？」

「我覺得還活著……我覺得，那是個小男孩，因為他聞起來跟我哥伊凡一樣。可惜我記不得他的臉了。不過小時候我們一起洗澡時，我會聞到他身上有廚房和泥土的香氣，那是我一輩子都忘不掉的氣味。每當我想起小男孩時，都會聞到那樣的味道。」

也有可能是妳綁架他的時候。

「可以描述他的長相嗎？」

「沒辦法。你應該知道，我所能記得的只有我爸媽的面孔。」

我為中途打岔而道歉，並請她繼續說下去。

「我把小孩帶到車上。車輛停在森林邊的草地上。我覺得時間應該是清晨左右，日出以前。一切忽然變得很暗，我以為畫面已經結束。可是又看到後車廂亮起紅燈，我把男孩裝進去。」

「女孩呢？」

「什麼女孩？」她看起來一副很吃驚的樣子。「我完全不知道。」

「什麼？」我困惑地問：「這次集眼者綁架的是一對兄妹，報紙都有寫。」

「如果你忘了的話，那我再說一次：我讀不了報紙。」

「但還有廣播跟電視啊！」

「對喔，還有網路呢，真是多謝你提醒。」

「嗯哼，那妳應該知道，警方在找的是**兩個**失蹤的孩子。多俾亞跟蕾雅，一對龍鳳胎。」

以前，我不過只是列為證人，還不在他的通緝名單上——但從雅莉娜出現以後，很多事情我就不那麼確定了。我的問題在於：現在還沒有足夠訊息讓我能夠判斷下一步該怎麼做。

「現在外面太危險了。」我如實說：「隨時都可能有大樹枝砰的一聲掉落，我想再多等一會兒，等天氣好轉些再走。」

她停下撫摸湯湯的手。「那好吧。你還想知道什麼？」

妳是怎麼知道這船屋的？

妳跟集眼者有什麼關聯？

妳真的看不見嗎？

「就從我們剛剛中斷的話題開始吧！」我選這個開頭，也是為了重新整理自己的思緒。**謀殺的話題。妳扭斷了那女人的脖子、把屍體拖到花園裡……**

「接下來呢？」

「你是說，在我把碼錶塞入那女人手中後嗎？」

她臉上似飄過一陣陰影，閉上雙眼，抿著嘴唇，專注地回想著。

「……我走進倉庫。」她緩緩說，好像把往事從記憶裡翻找出來不是容易的事。「那是一間木造倉庫，而非鐵皮搭蓋。我是從觸摸中判斷出它的材質。我把門閂推到一旁時，手指還碰到木屑，而且在走進倉庫時聞到了樹脂的味道。」

她稍歇片刻，右手緊張地捏著左手拇指。

「倉庫地板上有一團彎曲的東西，乍看起來像張舊地毯，但那是另一具身體，比躺在草地上

莉娜看不見，但是她說話時不正視著我，還是讓我有種被忽略的感覺。但很快我就明白，她這樣做是有原因的，因為她要用耳朵聽我說話。

「我得趕緊餵湯湯吃飯了，而且我自己也什麼都沒吃，如果能現在回家就太好了。」

「我只剩一個問題。」我連忙開口，但其實完全不知道該從何問起。

妳怎麼會得知倒數計時的事情？沒人可以看見過去，所以妳是怎麼編出這荒謬的故事？還有，為什麼非得要讓我蹚這渾水？

雅莉娜抬頭輕笑。「你剛開始把我當成闖空門的，現在又覺得我很重要。」

我盡可能讓自己的聲音聽起來誠懇一點，「純粹是記者的興趣。」

她挑了挑眉毛。而她臉上的表情和身體姿勢的改變，讓我覺得莫名煩躁。

事實上，她只能用表情跟手勢溝通。據我所知，快樂、悲傷，甚至是在贏了接力賽跑後高舉雙手，都是天生的行為表現。但厭惡、哀愁、作嘔，或像此刻雅莉娜臉上的緊張不耐，它們有什麼程度上的不同呢？一個克侯依茲肯（Kreuzkölln）的水果小販曾經要我在他看起來悶悶不樂時提醒他一聲，因為他大多數時候其實只是專心，而不是在生氣。從那次對談以後，我就推斷表情是一種經由觀察的學習結果。但雅莉娜用了許多非語言的表達方式，一般盲人不太可能做到這點。

如果是這樣的話，她就不只是在集眼者的內容上撒謊……

「我們不能在回程的路上討論你的問題嗎？」她問。但即使我覺得這個提議很合理，還是搖了搖頭。我也很想盡快離開此地。雖然菲利浦追蹤我通話位置的可能性不高——畢竟在這通電話

64

倒數十小時又四十四分鐘
亞歷山大・佐巴赫（我）

我中斷跟菲利浦的電話，回到船艙時，驚訝地發現雅莉娜還在那裡。不過也對，她沒辦法溜到甲板上，不知不覺地從我身邊走過。

在風雨飄搖的黑暗裡。跑到寒冷的外頭。

但經歷了剛才幾個小時裡一連串難以解釋的事件，就算她瞬間消失，也不會讓我太驚訝。

她怎麼會知道那多出來的七分鐘？

當我踏進溫暖而帶有霉味的船艙時，雅莉娜仍坐在沙發上輕撫她的狗。湯湯顯然很享受，攤開四肢側臥著，好讓主人能摸到牠的胸腹。

「我們可以走了嗎？」她頭也不抬地問。我這才意識到，那是一般人在和盲人溝通時經常會覺得奇怪的地方。

通常人們不只是用口語溝通，而且還用身體。眼神、手勢、動作，甚至嘴角微微的抽動，以表達千變萬化的情緒。這些非口語的表達方式，有時可以強化我們的言語表現，有時卻會成為阻礙。特別是身體姿勢。一般狀況下，與人對話時不看著對方眼睛是不禮貌的行為。雖然我知道雅

「七分鐘，」我握著電話的手不禁顫抖。「倒數計時是時間是四十五個小時又七分鐘。」

父親要在倒數結束前找到孩子的藏身處，不然孩子就會死。

菲利浦知道他遲疑了那麼久才作答，其實已經露餡了，所以也不再費工夫騙我，於是乾脆直問，「你怎麼會知道這些？」

我閉上雙眼。

這不可能是真的。天哪，請告訴我這不是真的！

「好了，你給我聽好了。」電話裡，我這位前同事的聲音聽起來彷彿極其遙遠。「你先是無緣無故出現在案發現場，接著我們又在那裡找到你的錢包，現在你甚至知道了連我最親信的同事都不清楚的案件內幕……」

但這不是我自己想到的，而是她告訴我的。雅莉娜，那個能看到過去的盲眼證人。

菲利浦的最後一句話讓我不由得顫抖了一下，他說：「你要知道，你現在是我們的頭號嫌犯了。」

明顯下降許多，我覺得風吹得臉像曬傷一樣的刺痛，就連呼吸也疼。

「你冷靜點。告訴我，昨天是不是有個盲眼女人去找你，宣稱她知道集眼者的消息？」

「盲眼女人？」菲利浦沉吟半晌。風勢變小了，我不用費力也能聽清他說話。「媽的，自從你們這些狗仔記者炒作集眼者的新聞以後，柏林所有瘋子都跑來找我。他們跟我講的故事，荒謬到可以去馬戲團表演！昨天晚上才有個社工到警局來，說他死掉的老婆回家開門……」

風雪直接吹在我臉上。

「所以昨天雅莉娜．額我略夫確實有去你那邊囉？」我再確認一次。

「有可能吧。」

我擦掉額頭上的融雪。「那麼再告訴我一件事……」

「這已經是第二個問題了。」

「關於倒數計時的時間……」

「怎樣？」菲利浦不耐煩地反問。

「你是不是哪裡騙了我？」

電話那頭一片靜默，有一會兒工夫我只聽見樹枝被風吹動與波浪拍打船身的聲音。接著，菲利浦在話筒那端悻悻然問道：「你到底想說什麼？」

我的胃一陣抽搐，就像昨天在警方無線電頻道裡聽到「一〇七」代碼時一樣。

面對外界，警方習慣會將犯罪相關資訊保留或更動，為的是防止串供和排除不相關的人。

但是現在並不是那種情況。如果雅莉娜說對時間點的話，那就表示……

65

倒數十小時又四十七分鐘

「你他媽的到底躲在哪？」菲利浦咆哮。但在我搞清楚自己栽進的到底是場什麼遊戲以前，我什麼也不肯說。

我站在船屋的甲板上，讓手機訊號好些。我剛才承諾雅莉娜說可以載她回家，要她再喝杯咖啡談談。船屋外黑漆漆一片，連水面都看不見。

「我沒辦法告訴你——」我想開口，但菲利浦馬上打斷了我。

「但**我**可以。**我**告訴你現在的狀況。你倒大楣了，朋友。如果你不馬上來警局見我，回答清楚問題的話，你只會更慘。」

你在案發現場丟了什麼？

為什麼我們會在那裡找到你的錢包？

「好，我答應你。」我說：「我很快就會去警局。但在那之前，你得先告訴我一件事。」

菲利浦狂笑。「幹！你這傢伙，上次開會的時候，休勒還提議要拷問你。你該慶幸我們認識那麼久，而且我沒去找檢察官。但如果你敢再跟我玩那些記者的狗屁小把戲，我們就一刀兩斷！」

我打了個冷顫。我已經漸漸喪失時間感，也不知道還要跟那個神祕訪客談多久。入夜後溫度

最後道別？」。雖然夫妻間的對話內容沒有公開，不過雅莉娜可以自己編造。而碼錶的事也人盡皆知。集眼者第一次犯案時，鑑識小組的人還以為移動屍體會啟動倒數計時，不過很快就發現碼錶是定時控制的。集眼者推測了被害者被發現的時間，依此設定，等時間一到，碼錶就會自動倒數。以犯案至今都未曾留下任何蛛絲馬跡的凶手來說，這方法並不高明。事實是，警方尋獲第二名被害者時，時間已經過了四小時，而找到第三名被害者時，她手上的碼錶已經跑了四十分鐘。

「讓我猜猜，」我毫不掩飾語氣裡的嘲諷，「倒數計時的設定是四十五個小時，對吧？」

她出乎意料地用力搖頭。「不對。」

「不對？」

我盯著菸灰缸裡慢慢燃盡的香菸。

怎麼可能呢，就連小孩子都知道倒數計時的設定。

報紙裡也這麼寫的啊！菲利浦六個禮拜前告訴我這個訊息，讓我公布，我是第一個寫相關報導的人。

雅莉娜咂嘴，湯湯抬起頭。「我知道你在想什麼，但是你錯了。報紙、廣播、網路……它們都錯了。不是四十五個小時……」

她將空杯放回去，從沙發上起身來。「是四十五個小時又七分鐘整。現在我該走了。」

66

「妳怎麼處理屍體的？」我揉一揉太陽穴。頭痛還忍得住，但我一定得吃點什麼，不然頭痛很快就會超過忍耐受的極限，幾個小時內都無法思考。

「我用電線把她拖到外面，一切有如電光石火般地發生，就像有人在我腦袋裡快轉電影一樣。我看見『景象』的時候，情況通常都是這樣。」

「那妳把屍體拖到哪兒去了？」我不耐煩地追問。

「我把她拖過客廳，經過陽台，再到花園。花園很冷，雪在我腳下碎裂。圍籬附近的角落有個倉庫，我就把她丟在那裡。」

「就這樣？」

「不對，不只是這樣。」她把咖啡喝完。「在那以前我還在她手中塞了個東西。」

「什麼東西？」

「碼錶。」

當然啦。

我本來還能按捺著性子和她對話，試試看她到底老不老實，但現在再也忍不住了。她到目前為止說的，根本是從今天報上拼湊出來的內容，甚至只要讀過我以前的報導就能掌握得差不多。被殺的妻子死前跟丈夫通過電話的事，只要看早報就知道了。今天早報的頭條標題就是「死前的

她把臉轉向窗戶。我從她空洞的眼睛裡只看見一片黑暗。

「所以妳是看見了……」我有些猶豫不決，不敢相信自己竟然會問出如此瘋狂的問題。

她在我停頓的片刻回答。「對，」她轉向我說：「**我**當時就是集眼者。我用他的眼睛目睹接下來發生的一切。」

一陣大浪拍打船身，鋁杯裡的咖啡匙撞出聲來。

油燈被風吹得明滅不定，風在窗縫間發出口哨般的聲響。

「然後呢？」我趁著風速減弱時問。

雅莉娜語氣變得很急促，像是想要卸下沉重的負擔。

「我看到……我站在緊閉的木門後面，從門縫裡窺看著那女人講電話的房間。」

「那她做了什麼？」

「……她丈夫不准她做的事。」

別去地下室。

「她說『親愛的，你嚇壞我了』，接著往我躲藏的方向走來，然後可怕的事情就發生了。」

雅莉娜緊閉著眼簾，而湯湯抬起頭，豎起耳朵，彷彿注意到主人內心的不安。

「我從門後跳出來，用電線勒住她的脖子……她嚇呆了！」

在雅莉娜低語著，「然後，我就扭斷了她的脖子。」她的聲音嘶啞。

我不自覺地屏住呼吸，她似乎也喘不過氣來，但繼續說下去，「那聲音聽起來就像壓碎生雞蛋一樣。她馬上就死了。」

「對，但不是開心的那種笑，比較像緊張的強顏歡笑。是想哭卻強忍淚水的那種笑法。」
「那她老公有什麼反應？」
「他很慌張，只說『天哪，我怎麼會這麼傻？一切都太遲了』。」
「一切都太遲了？」
雅莉娜點點頭。「然後他大聲嚷嚷說：『無論如何別靠近地下室，聽到了嗎？千萬別去地下室。』他的聲音因絕望而顫抖。」她喝了一口咖啡。「就在這時，閃光減弱，我依稀認得四周的環境。這麼講你或許可以想像……在我眼前出現的畫面，就像是一張過度曝光的照片。」
我正在思索她怎麼會想到這個譬喻，她就不問自答了。
「有一次我在電視上聽到一個靈媒描述他的幻覺。不知怎的，我覺得我瞭解他的意思。」
一塊白樺木在火爐裡燒得劈啪響。
「她的丈夫在電話裡說『別去地下室』嗎？」我在雅莉娜沉默的空檔釐清思緒，而她則緊張地抓著頭髮。
「他是這麼說沒錯。」
「然後呢？」
「然後那個女人轉向我……她的眼睛和我母親一樣，我在裡面看到自己的樣子。」
「她轉向妳？」我不解地追問。
「對。雖然不知道為什麼，但情況通常都會這樣發展。當我觸碰到能量很強的人時，我好像能進入他們的身體，探索潛藏在靈魂深處中的祕密。」

看，但早年也沒什麼人相信針灸的功效，可是今天健保卻給付針灸治療。」

健保也有給付根管治療啊，但我還是不想做。

「總之，平常我會要病人躺下，然後繼續按摩。」

「但昨天沒有？」

「沒有。因為我忽然感覺到那種生命裡揮之不去的奇異片刻突然到來。而且這次更可怕。」

「怎麼說？」

「我想，那種感覺就像是長年生活在黑暗中的人，突然走到陽光下一樣。我按摩他的肩膀，忽然感覺到眼睛好像要被陣陣閃光灼傷，黑暗的碎片和光點此起彼落……剛開始我聽到的聲音比看到的影像多。」

「妳聽見什麼？」

「一個女人的聲音。」

「妳母親的聲音嗎？」

「我想應該不是。不過，因為我被突如其來的情況給嚇壞了，所以沒注意太多。」

「那個女人說了些什麼？」

雅莉娜把香菸置於菸灰缸上，拿起咖啡杯。「說來非常奇怪，我覺得她是在和她老公講電話。我聽到電話的嗡嗡聲，就像我用擴音模式講話時一樣。那個女人笑著說：『抱歉，但我現在有點亂。我在跟兒子玩捉迷藏，你猜有多誇張？我怎麼都找不到他。』」

「她笑著說？」我有點茫然。

雅莉娜使勁捏緊了香菸。她的表情不知怎地讓我心煩意亂，但我說不上來是為什麼。

「我痛得要死，」她繼續說：「而且覺得很難過。我在自己的工作室裡行動，從來沒有失去方向感。發生這種事，我不免覺得自己活該被人當成瞎子看。」她苦笑。

「現在回想起來，那會不會是一種測試？」

「什麼測試？」

「也許那個男人是想確定我真的看不見。」

真如此的話，那凶手也太偏執了吧，我想。他到現在神龍見首不見尾，也沒有實際的目擊證人。如果連看得見的人都認不出他來，又何必要跟一個盲女玩這種把戲呢？

雅莉娜像是看穿了我的想法一樣，繼續解釋。

「跟我不熟的人的確經常對我漫不經心。我換了三次清潔工，因為前面幾個都沒有嚴格遵守規定，弄亂了家裡的擺設。他們不知道我有多麼在乎這些細節。」

她將頭轉向我，那瞬間像是想要和我眼神交會。

「總之，我不想被注意到異狀，所以拚命壓抑疼痛，」她繼續說：「但是接下來我就發現那個傢伙不太對勁，於是想趕緊完成他的療程。」

她嘆了口氣，眼皮又開始不安地跳動。「指壓療程開始時，病患要盤腿坐在蒲團上，我則跪在他們身後。這樣的姿勢讓我可以用手肘從他們的脖子一路按到肩膀。」

我咕噥一聲表示同意，不由得想起那次痛得要命的經驗。

「推拿的目的在於疏通血脈，讓體內能量可以自由流動。雖然現在仍有很多人把它當成笑話

67

「一開始我就有種不好的感覺。那個男人自稱是提姆，透過我的網站寄匿名信給我。」

提姆。我感到胃一陣翻攪。

「不可能。」我不由自主地低聲說。這一定哪裡有問題！

「你是驚訝盲人也能上網嗎？」她包容地微笑著。「現在的科技，有軟體可以朗讀頁面上的文字，而且我的電腦也有『布萊葉盲文』輔助，可以把文字轉化成點字。」

雅莉娜摸索著茶几。我原本以為她想再喝口咖啡，但接著我就發現她是在找打火機。我把打火機遞給她，當我接觸到她的手時，很訝異她的指尖冷冰冰，觸碰時甚至讓我有種疼痛的感覺。

「繼續談妳的病人吧。」我拜託她。

談談集眼者。

「他來的時候，什麼也沒說。」雅莉娜從腳邊的背包裡拿出一包新香菸。她的狗似乎跟我一樣熱愛觀察，看著她是怎麼俐落地拆開菸盒，取出一根菸後點燃。

「他只沙啞地告訴我，他的聲帶發炎，不太能講話，但最大的問題是背痛。他因為扛東西而扭傷了腰。」我的眼前不由得浮現一個粗略的畫面：一個男人將動彈不得的身體扛到藏匿處。

煙霧飄到我面前，讓我想起手臂上那張無用的戒菸貼片，真恨不得跟她要一根菸來抽。

「我去浴室洗手，出來的時候，赤腳踢到了沉重的花瓶。」

「我知道你是怎麼想的，」她微笑著說：「嗑藥的人總會宣稱自己看到鬼。不過從那以後，我沒再吃那麼強效的藥了。上個星期我連大麻都沒抽。相信我，這不是藥物的幻覺，我很清楚自己在說什麼——昨天觸碰到集眼者的時候，我看見了他的過去。」

她敲敲額頭。「我就在他腦子裡、在他身體裡，我看見他做了些什麼。」

我低頭思考接下來該怎麼做。直覺告訴我，這段對話應該到此為止，但她短短幾句話卻喚起了我身為記者的好奇心。

在我的採訪生涯中，難免遇到行事極端的受訪者，所以我對無法偵破的凶案特別在行。我訪問過精神不健全的被害者，也訪問過神經錯亂的性罪犯——他們堅稱自己是清白的，甚至求我把他們腦子裡的聲音給弄走——我曾在醫院裡訪問過一個少年，他認為他前世是個連環殺手。而令人驚訝的是，他的律師把他拙劣的說詞當真，結果警方竟然因此找到屍體，且被害人的死因跟少年描述的內容完全吻合。妮琪深信超自然力量。而我很確定，雅莉娜的奇幻說法一定也能找得到合理的解釋。

我為什麼會在警方無線電頻道聽到幻音？錢包怎麼會出現在案發現場？為什麼有人假冒我，要這個盲女到我的祕密基地來？這些事一定都有個合理的解釋。

最有可能的是：她在說謊，或是罹患了某種精神疾病。

譬如說精神分裂？

「雅莉娜，當妳觸碰到集眼者時……」我繼續此生最神祕的訪談，「妳究竟看到了什麼？」

「妳怎麼知道這個詞？」

「佐巴赫先生，你聽了大概會很驚訝，但我有一台電視機。雖然越來越吃力，但我還是常看電視。以前我還能跟得上犯罪電影的節奏，可是現在看電影，前十分鐘我只能聽到音樂跟噪音。是因為現在的電影越來越以視覺為主了嗎？」

有可能，但我沒思考過這個問題。

「所以我經常邀請約翰來我家玩——他是我的美國朋友，跟我一樣，住在柏林四年了。可惜是個同志，所以我們沒機會上床。不過至少他看得到——他總會解釋電影內容給我聽，所以我知道有時電影情節會跳回過去敘述故事。插敘時，影片的背景顏色會不一樣，播放速度也變得緩慢，有時一個插敘只是一瞬間的事。我說的沒錯吧？」

我咕噥一聲表示同意。

「我也曾親身體驗過這種瞬間。」

我挑眉。「妳服用藥物嗎？」

「很少。」

她指了指眼睛。「有些盲人會去尋求治療師的協助，想自己一個人去解決問題，而我則用男人轉移我的情緒問題，不過有一次這個方法不奏效，我只好吃一種久經驗證有效的深層心理疾病藥物緩解狀況。」

我刻意笑出聲，讓她知道我瞭解她在說什麼。幾個月前我才寫過一篇關於 LSD 的報導。上個世紀，這種致幻劑在市面上被當作治療精神病的藥品，直到一九七〇年才因其危險性而禁用。

又繼續說下去。

「但唯一烙印在我心上無法抹滅的畫面，是我父母。我永遠也忘不了他們的長相。對此我既感激又生氣。」

「生氣？」

雅莉娜回答時，彷彿在訴說別人的事情。「你要知道，在我的夢裡或想像中，所有人看起來都是一樣。他們的輪廓都像我爸媽。你要相信我，這種感覺真的很恐怖。因為我作的經常是些惡夢，我在夢中看見的景象非常可怕，要換成是一般人，大概得需要接受心理治療。」

她終於喝下一大口咖啡，接著輕聲嘆息。

「想像你在夢中目睹凶殺案的場面：一個男人用塑膠袋緊套女人的頭部，致使她窒息。那女人雙眼凸出，掙扎著想呼吸，但徒勞無功，只能咬到一嘴塑膠。」她沉重地嚥了口水。「情節聽起來很可怕，但更令人難受的是，我在那死去女人臉上看見的，是我母親充滿愛的眼睛和溫暖的嘴唇。我看見她懇求凶手饒命，但對方卻毫不留情，因為他是個心理變態的虐待狂……可是他的模樣，看起來就像我爸。那個每天早上帶我去幼稚園，晚上會為我讀床邊故事的爸爸。」

我覺得喉嚨卡了些什麼，忍不住乾咳幾聲。「但妳說，妳所經歷的事不是夢？」我謹慎地問。

「不是。」她把杯子放回桌上。「我不知道該怎麼稱呼它比較合適。或許可以說是幻覺？嗯，我覺得更像是故事插敘。」

插敘？

68

「妳**看見**了？」

火爐散發出舒適的熱氣，我卻很想回到上船前在雪地裡感到的寒冷中。現在我覺得很熱，喉嚨搔癢，更重要的是左腦太陽穴有一股壓力，那是偏頭痛開始的前兆。

雅莉娜點點頭。「我說過，我不是生來就看不見的。如果天生眼盲，我就沒辦法想像光線、顏色跟形狀，在夢中也不會出現畫面，只會有氣味、聲音和感覺。」

我驚訝地心想，我從來沒有想過盲人是怎麼作夢的。當然我知道，從沒有看見過任何事物的人，一定活在不同的世界裡。假使我現在閉上雙眼，傾聽風聲浪聲，以及吹拂樹枝的聲響，就算眼前一片黑暗，還是能清晰地想像水、森林裡的樹木，以及此刻坐著的老皮椅的形狀。腦海中浮現的景象不是因為我看見了什麼，而是由記憶建構出來的。如果是個生來就看不見的人，他便沒有了對事物的記憶。我別過頭，看著窗戶上融化的水滴，思忖著要怎麼對一個不知道白色是怎樣顏色的盲人，解釋雪是什麼樣子。

「但以前有一段時間我是看得見的。」她把我從思緒裡拉回現實。「時隔二十年，我的記憶也漸漸模糊了，譬如說哥哥的面孔、雨天時最愛看廚房窗外的景色。喔，我連下雨的樣子都記不得了，也忘記小時候喜歡跳進去玩耍的小水坑是什麼樣子……」

她停了一會兒，想拿起咖啡杯。她花了一點時間才摸索到杯子，舉杯湊到嘴邊，但一口沒喝

「其實這種事情很少發生，我到現在也不太清楚，是治療誰或是在怎樣的狀況下才能觸發那個天賦……總之我要說的是：有時候，我在觸診時可以看見那個人的過去。」

啊哈！

這回我克制住自己的聲音。而當我問她「所以昨天妳看見了」的時候，她的回答聽起來不太能肯定。

「昨天我應該要幫這個男人治療的，但是我中斷了療程。因為才碰觸他，就有道閃電出現，眼前忽然變得很亮，比我失明前所記住的景象還亮……」

她清了清喉嚨。

「閃電消失後，我就看見他怎麼對待那個昏迷的小孩和女人。」

她抬頭望向我。說也奇怪，我有種不真實的感覺，覺得她彷彿能看透我。

「該死，我目睹了他怎麼折斷她的脖子。」

「我有個天賦……」

我屏住呼吸，忍住不打岔。

「我知道這話聽起來很荒謬，我也不是什麼神祕主義者，不過……有時候就會這樣。」

到底是什麼天賦？我心想。

「我看得見過去。」

「什麼？」

我不禁脫口而出，一時懊惱自己多嘴，生怕毀了這關鍵的一刻，她就不再講下去了。但雅莉娜只是認命的笑了笑。

「像這種時候，我還滿希望能看見你臉上的表情。我猜，你大概把我當成外星人吧？」

「沒有。」

「我在物理治療上的專長是指壓。」

指壓？

我依稀記得，妮琪在我三十五歲生日那天曾送我一套按摩當禮物。我本來期待按摩師有力的雙手在我身上塗滿芳香精油和乳霜，搭配放鬆的音樂和非常享受的肩頸按摩。但事實上那是一間亞洲按摩坊，得躺在堅硬的地板上，由一位年高德劭的中國女子以各種荒謬絕倫的方式扭轉我的四肢，用力按壓我身上的每一處穴道。我痛到流淚。她的穴道按摩不只用手指，還用全身關節的按壓力量，包括膝蓋、手肘、拳頭，甚至是下巴……總之那次按摩直讓我覺得整個人快要筋摧骨折，一點都不放鬆，做到最後我都覺得快癱瘓了。

「當時我們住在美國加州。我父親是主持大型建築的工程師，他是個頑固的德國人，娶了一個更頑固的俄裔美國人。他們兩個都不想把我送進特殊學校。這件事大概鬧了半年，我父母最後決定要讓我和其他視力正常的朋友一起讀森林小學。」

她輕輕地笑了。而我不是雙手十指交叉，要不就是不耐煩地敲著沙發扶手。起初我還猶豫要不要表露得這麼明顯，但隨即想到這些擔憂毫無意義，因為她根本看不見我失去耐心的樣子。

「我父母把他們不切實際的個性傳給我。」她攤了攤手說，應該是在表示，如果她沒有這麼大膽莽撞的話，就不會在這裡了。

「心理學家稱我這種是行為極端的盲人。以前我就會騎腳踏車了，也盡可能不用手杖，只讓導盲犬帶著我走。去年甚至還去滑雪……媽的，我一再做這些自找麻煩的事，就是不想被當成殘障。可是，現在卻發生了這種鳥事。」

她把手放到大腿上，緊緊闔上雙眼。

「這跟我看不看得見一點關係都沒有，好嗎？以前我一直想讓別人相信我，尤其是我的父母、祖母跟弟弟，但從沒人相信。我的朋友覺得我是想耍他們，而我媽則擔心得要命，甚至帶我去看兒童心理學家。我騙了他，說我做的一切只是想讓自己顯得更重要而已。幹，我已經受夠『瞎子』這種污名了，但也不想被人當成瘋子，所以我沒再跟任何人講過這些事……」

「到底是什麼事？」我忍不住催促她。

「我沉默了將近二十年。如果這事不是跟小孩子有關的話，大概還會沉默個兩百年。」

我意識到現在正是對話的關鍵點，要想聽下文，就不能逼得太緊。

我表示贊同。只是我得承認上次坐飛機時，我連看都沒看窗外一眼。在往慕尼黑的五十分鐘航程中，我都在為訪談做準備。

我把咖啡壺從本生燈上移到沙發區，放在菸灰缸旁邊。「那麼關於集眼者，」我坐到一張老皮椅上遲疑地問：「妳怎麼認出他來的？」

如果眼睛所見的一切都被視網膜前的陰影給遮蔽住，妳要怎麼認出一個人？

「這是益智問答節目的問題對吧？」她微笑說。

我什麼都沒說。經歷上千次訪談，我直覺可以分辨對方是想要繼續講下去，還是真的在發問。

「好吧，來看看如果我告訴你全部事實的話，你還能忍受聽我說多久。昨天的警察就把我當成蠢蛋，完全不想讓我見負責調查的警官。」

她咬了咬下唇，繼續說下去。「說真的，也不能怪他。因為就連我自己都不敢相信。」

「妳不敢相信什麼？」

她吸口氣，把雙手放到腦後，抬頭呆望天花板。「該死，這一點也不公平！我不想這樣！」

「什麼意思？」

雅莉娜沒有回答。

「妳不想要怎樣？」過了一會兒，我又繼續追問。

「三歲時，我因為一場意外而失明。從那時開始，我就努力不想被當成殘廢。」

她嘆了口氣。

氣，這對我來說可不是件容易的事。「所以妳的意思是，妳不是全盲囉？」

自從我母親中風失明後，我就知道不是每個盲人都活在完全的黑暗中。在德國，如果一個人能見度不到常人的百分之二，就可以稱為「盲人」。但百分之二對每個人的定義都不同，就連我也不確定，雅莉娜微弱的視力能讓她看清楚集眼者的幾成面貌。

她搖搖頭。

四個女人，三個小孩……才短短六個月而已，就死了七個人。但現在連凶手的鬼影都沒有！

「那妳看得見輪廓或影子嗎？」

「看不見。輪廓、顏色、閃光，都不行，什麼都看不到。也就是說……」她遲疑了一會兒，「除了僅存的一點辨別明暗的能力以外，我什麼也看不見。」

僅存的。

所以她不是天生就看不見。

本生燈上鋁杯的水滾了，我舀了兩瓢咖啡粉扔進去。

「剛才你拿手電筒照我眼睛的時候，我能感受到亮光。那種感覺就像光線從厚重的窗簾外透進來一樣。雖然分不清楚是什麼東西，但能察覺到明暗的變化。」

她微笑。

「這對我的日常生活很有幫助。好比說，我可以分辨現在是白天或晚上……這也是為什麼我搭飛機時總是坐窗邊的原因。多數空服員不懂，為什麼有人要跟我換位置時，我都會用食指一指腦袋，覺得他們瘋了。你不覺得嗎，再也沒有比雲端上的光影變幻更美的事物了？」

69

我說服雅莉娜多留十分鐘，並且馬上生火。乾枯的樺木在火爐裡發出劈劈啪啪的聲響。**再十分鐘**，她就得搭公車回市區。公車一小時只有一班。我沒跟她說我可以開車送她回去。我還不知道該不該和她說，也不知道要怎麼處理眼前這個尷尬的情況。

我把爐門上燻黑的玻璃板關起。注視著火光和油燈的溫暖光線，是我在此獨處時的享受。

為了工作。或是為了思考……

但這次，我沒辦法像平常一樣，自在地窩在面向森林的窗戶和茶几旁。我比在編輯部截稿前還緊張。每次截稿前，我總是一面打著最後幾行字，一面盯著時鐘。而且在泰雅下令編輯室禁菸後，我還得分心對抗長時間專注工作所產生的尼古丁戒斷症狀。

「喝咖啡嗎？」我走到廚房問。說是廚房，不過就是個小吧台、兩個櫃子和一座洗碗槽而已。

「黑咖啡。」她的回答簡單俐落。儘管雅莉娜應該跟我一樣滿腹疑問，畢竟是跟一個素昧平生的人同處在森林裡，但她卻顯得比我還平靜。

她可是個盲人呀！

我把露營用的本生燈拿出來。

「妳說，妳認出集眼者了？」我從櫃子裡找出即溶咖啡粉。說話時，我試著收斂嘲諷的口

一陣潮浪晃動船身。我望著窗戶，窗外除了黑暗什麼也沒有。

「因為我忽然明白我治療的人是誰。」

「是誰？」在聽到她的答案前，我的胃忽然感到一陣抽痛。

「就是你最近報導得最多的那個人。」

話說到這裡，她頓了頓，而我感覺到四周氣溫驟降。

「我很確定，昨天那個患者就是集眼者。」

「……的人，是想要把妳騙來這裡。不過妳為什麼會願意來此？」

更何況，妳的身體是這樣特殊的情況……我心想。

雅莉娜站著沒動，她的回答聽起來很厭倦，像是已經跟我講了上千次一樣。「我把來這裡當成是我的義務。我得盡了力，把所有該做的都做了，才不會覺得自責。而且佐巴赫先生，我熟讀你的報導，覺得你會對我的說法有興趣，所以我才相信電話是你打來的。」

「什麼說法？」

油燈的光亮照不到她的臉，所以沒辦法從她的表情看出端倪。不過我也不知道盲人要如何用表情傳達他們的情緒。

「我昨天去警局把知道的事都講了一遍，但那些白癡根本不把我的話當一回事。我甚至得跟一群沒有自己辦公室的傢伙談話……」

「談什麼事？」

她嘆了口氣。「我說過，我是個物理治療師。我主要治療的都是些熟識的病人。但昨天有個陌生人未經預約就到我的工作室來，跟我說他的腰椎很痛。」

「然後呢？」我逐漸喪失耐心。

「我幫他推拿，但做不下去，於是中斷了療程。」

「為什麼？」

12 TomTom，荷蘭的導航系統生產商名。

她失望地搖頭。「那種深信盲人耳朵比較靈的成見真是蠢死了。確實，我們是比較容易專注，因為視覺的刺激不會令我們分心。而且大多時候，我們慣用其他感官來彌補視覺上的缺陷，但不會因此變得和蝙蝠一樣。更何況，每個人情況都不同。

「以我來說，我的聽覺對空間感比較靈敏，可以藉由聲音的反射來判斷……例如現在我跟天花板之間應該有一個啤酒箱的距離，我也知道，大概再走四步就會撞到牆。」

聽起來是滿像蝙蝠的啊，我心裡想著，但沒有說出口。

「但我幾乎沒辦法分辨音色上的差異。」她繼續說：「如果有人在街上遇到我，跟我說『哈囉』或『是我』之類的話，我就苦惱了。我得要對話一陣子，才能分辨出對方是誰，就算是好友或長期病患也一樣。」

「病患？」我驚訝地問，一面觀察她拿在手上模擬話筒的手杖。

「我是個物理治療師。」

她用白色手杖敲打茶几腳。「我辨認人的身體比辨認聲音容易些。」

她握住導盲鞍。「走吧，湯湯，去出口。」

湯湯？[12]用導航系統的名字幫狗取名？她怪異的幽默感吸引了我。

那隻狗馬上反應過來。

「嘿，等等，別這麼急著走——」雅莉娜想要繞過我時被我攔下。

「妳得先把話說清楚，我才能讓妳走。也許，那個打電話給妳……」

……而且不知道怎麼知道這個藏身處，甚至自稱是亞歷山大·佐巴赫的傢伙。

「雅莉娜。」

她摸索著放在長腿間的黑色背包。「我叫雅莉娜．額我略夫。還有，我才是那個受夠的人。」

看她呵氣帶著白煙，我才意識到屋裡有多麼冷。等她走了，一定要趕緊把火爐生起來。

「妳找我有事嗎？」我問。

「你要不要乾脆寫下來算了，記者先生。是你叫我加入這支『敢死隊』的好嗎！」

雅莉娜假裝手裡拿著電話話筒，模擬通話的情形。

「……妳搭公車到尼可寇爾路，下車走到下個路口右轉。」

不可能啊！我想。但她繼續描述路線，跟我剛才走的路完全一致。

「……出來後會有條彎路，繼續向前，妳會看到一根橫檔……」

絕對不可能……

「那不是我。」我強作鎮定地說。

但除了我以外，還有誰會知道這裡？

又有誰想拿這盲女跟我開這種爛玩笑？

我一陣疑心，猶豫地打量沙發上的女人。「妳聽清楚了，打電話給妳的人不是我。」

「為什麼？」

「呃，因為妳……」

「因為我**看不見**？」她苦笑問：「我還以為負責揭露真相的記者，比一般人有常識呢。」

70

外頭的風變大了，潮水不時拍打船身。我來的時候，外頭正靜靜下雪，並沒有任何風暴來襲的跡象。但現在腳下的木板開始隨波浪起伏搖晃，河水猛烈撞擊船屋外壁。

「我還是離開吧。」當我點起油燈時，神祕訪客說。每當我離開船屋前，總會把油燈添滿油，放在窗沿。

「等等，先別急著走。」

我將油燈放在她面前的茶几上。昏黃光線搖曳，牆上黑影雜沓，船艙裡彷彿上演著皮影戲。仔細打量後，我修正剛才的猜測。這個女人最多不過二十五歲年紀，可能還更年輕。我的視線落在她髒兮兮的靴子上。靴邊畫滿各色日本裸女，造型很適合她歐亞混血的面孔：緊緻的皮膚、高聳的額頭和分隔略開的雙眼。不過她最顯眼的外表特徵，還是那頭染成鮮紅色的頭髮了。我爸要是看到她，應該會把她當成龐克族。我媽雖然很開明，但大概會覺得，好好一個女孩子不該染這樣的頭髮。

「我很高興聽到妳要走，」我說：「但妳先得回答我幾個問題才行。」

「什麼問題？」

誰打給妳？妳從誰那裡得知來此地的路線？又是跟誰約好要來這裡找我？

「就先從妳的名字開始說起吧。」

她吁了口氣，撥了撥前額的鬢髮。

「那究竟是誰告訴我到這裡的路？」

除了我媽以外沒別人知道，但她幾年前就只能仰賴機器維生了。

我瞠目結舌，不知道要怎麼對她說明。我無法解釋整個來龍去脈，但是我在一團疑問中找到了第一個答案。

我突然知道是誰跟著這女人一起上船，或者應該說，那是**什麼**。

手電筒的光束往下移動到沙發左邊，照到一只放在地上的鞍具。那個鞍具連接在狗的胸背帶上……是一**隻拉不拉多還是黃金獵犬**？我不是很確定。但這樣一來，事情就顯得更荒謬了。

我走近沙發，拿手電筒直接照射那女人的眼睛。

該死！

情況頓時豁然開朗：能夠掀起錶蓋的手錶、綁著胸背帶的狗、她說千辛萬苦才找到這裡……

現在是怎樣？

我解開了謎題，找到了關鍵的答案，卻更困惑於這陌生女人到底是怎麼上船的？

但我知道，無論拿手電筒照她的眼睛多久，她都不會因光亮刺眼而眨眼睛。

因為這個發現我藏身之處的女人，是個盲人！

和精神錯亂的人共處一室，對我來說有些不舒服。但是「汪湖安養中心」離此不遠，「森林精神病院」也是……

嗯哼，我現在正需要那種地方。

但我要怎樣才能在不驚動別人的情況下，把這個神經病從船上弄走？

也許醫院的人已經在四處找她了。

「妳聽我說，我不知道妳是誰，所以麻煩請馬上離開我的——」

混蛋，那是什麼東西啊？

「你沒事吧？」陌生女人問。怎麼可能沒事啊！

該死，有個東西在沙發旁邊晃動。顯然這神祕女人並不是唯一的不速之客。

「妳到底想要幹什麼？」我問。

「你在鬼扯什麼？」她反問。語氣聽起來好像覺得我才是精神錯亂的那個。「是你打電話叫我來的耶。」

「我？」

她荒謬的說法讓我少了幾分恐懼。看來，她似乎也對眼前的情況感到困惑。

「你就是那個記者，亞歷山大．佐巴赫吧？」

我點頭承認。但大概是因為在黑暗中看不見我的動作吧，她又問了一次。

「我就是。但我沒有打電話給妳。」

沒人會這麼做。因為除了我，根本沒有人知道這處地方。除了……

71

「該死，你是瘋了還是怎樣？」黑暗中，躺在我家沙發上的陌生年輕女子，對我破口大罵。

「我千辛萬苦才來到這裡，結果你把我嚇得半死。」

我舉起手電筒直接照亮她的臉。出乎意料之外，她既沒有眨眼，也沒有高舉雙手。這個女人大約三十歲，靜靜坐著，沉著地朝我的方向看過來。

「搞什麼鬼，妳是誰啊？」我問。話裡其實有兩個問題：**妳在這裡做什麼？妳怎麼找到我的？**

「什麼？我才快要抓狂了。」

她的聲音聽來低沉而沙啞，和她手中的菸以及蹺著腿的坐姿很相襯。

「你聲稱這事攸關生死，卻讓我在這裡耗了一個小時苦等……」

她敲敲手腕上的那支大錶。錶蓋的玻璃不知怎麼就彈開來，她用食指觸碰指針。

「……現在又反問我是誰！」

我疑惑地持手電筒從她的臉部掃視到身體。

她穿著膝蓋處破洞的合身牛仔褲，沒穿夾克，倒是套了好幾件不同顏色的罩衫。雖然光線微弱，但我看得出來她穿得雖怪，卻不是不講究。

「我們認識嗎？」我遲疑地問。

「不認識啊！」她頓了頓。「所以我才會在這裡。」

我的船屋不比一座車庫大上多少。船身中間有一座小廚房，廚房旁邊是空間更狹窄的廁所，從船尾要到船頭的臥室，得先穿過這兩個地方才行。常年不鎖的大門上，在約莫頭部的高度鑲有玻璃。我透過玻璃小心窺視船艙裡的動靜。

除了房間左側在空氣中飄浮的小紅點之外，船裡一片漆黑。因為有樹木和灌木叢自然的屏蔽，我很難摸索到門把。

我屏住呼吸，幾乎能聽見自己的心跳聲，擺出戰鬥姿勢，一切就緒後，破門而入，跳進起居室，用盡力氣大吼：「把手舉高！」

同時打開手電筒，照亮位於窗戶下的沙發。

行動前，我曾預想了船中人的身分：有可能是在寒冷天氣裡潛入我船裡過夜的流浪漢、或者是不知怎地在我到達前就找到此地的菲力蒲……

有各種可能。

但結果完全出乎意料之外。

72

我擔任社會線記者的第一篇報導，是採訪一對住家被人闖空門的老夫婦。他們告訴我，最糟糕的並不是財物失竊，也不是照片、旅行紀念品或日記之類無形的損失，真正可怕的是，有人踏進了他們的住所，這感覺令他們作嘔。

「那些歹徒翻找我們的抽屜、取出我們的衣服、呼吸我家的空氣，侵犯了我們的隱私。」

七十二歲的老先生說，而他的妻子握住他的手，對他的話頷首贊同。

「我們不是被搶，而是被強暴了！」

當時我覺得他們反應過度。但此刻，當我嘗試無聲無息地走上船舷時，我總算明白老先生的意思是什麼了。

不管是誰在黑暗的船屋裡等我，此處一直讓我感受到的自在感都已經破滅了。

我扳開瑞士刀上最長的那把刀，悄聲走下階梯到船艙。在可疑的情況下，手電筒也可以拿來當作另一樣防身工具。

在我踩在進入船艙前的最後一個階梯時，堅實的木板發出一陣嘎嘎作響。我花了好幾個星期的時間才把船內空間改建成起居兼工作室的。

我思索了一下應對的策略，如果說那個不速之客是在主艙的話，那麼我要堵住他唯一的逃跑路線，這樣他除非從格子窗跳進河裡，否則沒有其他可逃之路了。

鬼話，但也許她那些荒誕的理論終究還是影響了我……總之，我將此事視為一個徵兆。

不能公開。**不可以帶任何人到這裡來**。

我吸進冷空氣，讓手電筒的光束在船面斑駁的木板上移動。

話說回來，我從未費心保養過這艘船，也許啟動發電機需要時間，更糟的情況是我只能用不插電的蠟燭和露營鍋……但溫度問題可以交給起居室裡的火爐，而廁所系統應該也沒有太大問題。

正當我想拿起袋子上船時，忽然，環境氣氛一下變了——平靜和安全感在瞬間消失無蹤。我小心地靠近船屋——那是恐懼的感覺。我越是走近河岸，就越加恐懼。起初我還以為這只是沒來由的情緒恐慌，但很快就看見了無法解釋的情景。

那微光。

那正是我忽然想要逃走的原因。**逃離我的藏身處**，**逃離這個處無人知曉的地方**。

它本該無人知曉，除了那個正在船屋裡點菸的人以外。

小船停泊在河灣深處的細小支流中，被茂密柳樹包覆。柳樹交錯的枝葉形成一座自然頂棚。

「我又來了。」我將包包放下。這句話是我母親的口頭禪。當年她還有力氣帶我來的時候，總是一面走向河岸一面這麼說。

我又來了。

我悄聲和它打招呼。儘管輕聲細語，但聲音還是在水面上迴盪，傳了數公尺之遠。但我並不擔心，以現在的溫度，水面很快會結冰，那就更不可能有人靠近此地。

我沒跟任何人說過這地方。這是我的祕密基地。地址無人知曉，就連我的家人也不知道。

當然，一個大男人還對祕密基地這種東西抱有浪漫情懷，是滿愚蠢的事。但在我年幼的時候，曾用枕頭和棉被在床底下建起一個「洞窟」，幻想自己是世界上僅存的人類。我還曾夢想能夠擁有一座搭建在孤島樹巔上的樹屋。現在想來，這個河岸正好實現了當年的夢。

老實說，有些事情我很難對朋友啟齒，譬如說，比起跟他們在奧林匹亞體育館踢足球，我更願意一個人徜徉在大自然裡。後來發現，直接蹺班到一個沒人找得到我的地方，更加輕鬆寫意。我第一次急切想要與人分享這個祕密基地，是在認識妮琪的時候。當時我們正處在熱戀期，就連睡在一起，心裡都還在想念對方。我和她約好要來一趟浪漫之旅，想藉此帶她去「我的河灣」。我想，如果她看到我的船屋，眼睛應該會為之一亮吧。

但最後計畫落空。我的車半路拋錨，停在十字路口。整件事毫無道理可言，我請道路救援技工來檢查，他也找不出哪裡出問題，不禁非常疑惑，而那輛從未讓我失望的車，在他一轉動鑰匙之後就又重新發動了。你可以說我是白癡，或說我是神祕主義者。儘管我一向不信妮琪說的那套

見，一定會通知相關當局。但現在這個壞天氣，連伐木工都不想進森林。況且我也沒有打算在這裡過冬，只是需要一、兩天安靜的空檔罷了。

我將車牌收到後車廂，拿起電腦跟運動包，沿著越來越窄的小路前進，走著走著，進入一段很陡的下坡。我得確認靴子踏著實地，免得踩空，而結冰的樹根在道路盡頭呈階梯狀，路況更是危險。幸好我想到要帶手電筒，才能看清楚絆腳石和松樹枝，不至於跌倒。可能是因為攜帶物品較重的緣故，一路走來的感覺比上一次還要長，花了點時間。我看了看手錶的時間，現在是晚上六點四十二分。

就是這裡了。

每當我來到河岸，都會意識到自己一路上拖著多少靈魂的重擔。

我的藏身處。

這個地方讓我得以將那場悲劇遠遠拋到腦後，過著還算正常的生活。即便現在氣溫只有零下二度，天空又下著大雪，但一到此地，我還是馬上感受到安全感。

如果妮琪在此，她一定會說，這種突如其來的安全感是源自魔法或異教的氣場。但我自有解釋：在這處隱匿的小河灣，只有我一個人。我不用承擔任何責任，也沒有什麼突發的倒楣事能擊垮我。在這裡，我擁有的是美好平靜的時光。

因此，每當感到沮喪，覺得無法掌握人生方向的時候，我總會來這裡。還在警界時，我甚至買了一艘船屋，好在此地留宿。

我將手電筒的光源朝不遠處的方形小木船照過去。

之外，再無人知曉此地。只是當時我們並不知道，她那不只是單純的偏頭痛，而是罹患了真性紅血球增多症，一種無法治癒的血液疾病，血液會漸漸變濃，最後導致靜脈阻塞……

她第一次帶我去藏身處時，我就發現，擋在路口的樹幹可以輕易挪到另一邊去。而比樹幹更惱人的是沿路蔓生的黑莓帶刺枝枒，必須小心走才行。

我轉向我的車。車頭燈還亮著，為的是能讓我在漸暗的天色中分辨事物。雪花在昏黃的光束中飛舞，情景有如童話一般。靠著車燈的亮光，我掃視了一下四周。

二十公尺外有隻野豬正用嘴在樹叢中挖掘，除了牠以外，附近看來沒有其他生物。就連無所不在的都市喧囂聲都消失無蹤，宛如有人把交通噪音的音軌關掉了一樣。

好，走吧。

我撥開潮濕的樹枝，發出沙沙的聲響，把擋路的它們挪到一旁。

在確認此地無人之後，我回到車上，把車輛緩緩開進森林裡。黑莓帶刺的枝枒刮著車身烤漆，聲音就像是用指甲刮黑板一樣。白雪從樹冠高處一大塊一大塊地落在擋風玻璃上，我打開雨刷，確保視線範圍清晰。開了幾公尺後，我再度下車，回頭清除來時的痕跡。我將樹幹滾回原處，把枝枒向前堆，不讓人們發現這條祕密通道。幸好這附近沒什麼吸引人的地方。根據路標指示，步道、教堂、餐廳和墓園都距離此地至少有一公里遠。這裡既沒有景點，也沒有停車位，如果有人路經此地，應該純粹是湊巧而已，就像我媽一樣。

回到車上，我繼續慢慢往前開。左轉經過一道髮夾彎後，將車停下，然後用瑞士刀把車牌拆掉。如此一來，它看起來就像是被哪個沒有環保公德心的人隨意拋棄的廢車。如果森林管理員看

「請妳轉告菲利浦，說我一回柏林就馬上會去找他。」我開口請求。在她開口回答之前，我聽見她將玻璃門關上的聲音，顯然是為了要更大聲地吼我。

「該死，你馬上給我滾回編輯部。現在不單純是你在不在這裡工作的問題，還攸關報社的名聲！你知道如果有半點風聲走漏，說我們的明星記者和集眼者有關的話，外面的人會怎麼想嗎？」

他自己都把題材準備好了，難怪他的報導能寫得那麼精彩。

我當然知道外面的人會怎麼想，正因如此，才不能毫無防備就往虎穴裡鑽啊。過去的經驗讓我知道，警方會怎麼收押嫌犯——尤其還是個具有暴力傾向紀錄的離職警察。而當年的媒體都把我當作英雄捧上天，尤其是那家後來雇用我的報社，他們就像調察委員會和檢察官無數次的訊問一樣讓我無法忍受。

我把車停在摩爾拉克路，「水源保護區」的指示牌後方，下車檢視情況。

我母親曾在無意間發現了指示牌東邊約十公尺的一條小路。當時她想去尼寇斯克教堂散步，但因為暈車，不得不中途停下來。當她嘔吐的時候，正巧發現了那條人煙罕至的森林小徑。小徑寬度比一輛小型車還來得窄，路口被巨大的樹幹給擋住，想來在地圖上也找不到它。

柏林的河畔有許多美麗的景致。例如說，當人們坐在河畔眺望孔雀島時，會讓人忘記身處於百萬人口的城市。問題在於，這些美景從來不是遺世獨立的。河畔越美，遊客就越多。那天，當我母親發現這條人跡罕至的河堤小徑時，她知道自己找到寶了。這裡就像是藏身在大城市中的小綠洲。但也有可能只是因為這地方讓她的頭痛突然轉好，所以她才想要保有這塊藏身處——除我

73

倒數十一小時又五十一分鐘

車行一個半小時後，下起了初雪。這雪下得有點太早了，若再晚個幾分鐘，我的富豪汽車就不會在森林路上留下醒目的輪胎痕跡。我擔心有人會跟蹤我到尼寇斯克來。柏林與波茨坦之間，多丘陵的森林地區向來是熱門的旅遊景點，但幸好現在是冬天，往孔雀島的船跟附近的餐廳都沒有營業。

我先回家了一趟，準備好罐裝義大利麵餃和礦泉水當糧食。在「緊急避難包」裡有換洗衣物、備用手機和筆記型電腦。我把這些東西放進後車廂裡。備用手機中的易付卡不是登記在我名下，我偶爾會用它打給被警方監視的線民。

我的錢包怎麼會掉在案發現場？幹，我怎麼可能到那裡去？

在抵達藏身處前，我一直在試著釐清那些令人困惑的問題。當然，完全想不出頭緒。

我決定暫時忽略這些問題，如同忽略家裡那台燈號閃爍的答錄機中，菲利浦留下的好幾通焦慮留言一樣——他請我親自前往警局說明案情。看來，警方至今尚未對我發布通緝。

我回電給總編輯，但這並沒有讓事態更明朗。

「見鬼了，你躲哪去了？」泰雅．貝格多芙在電話那頭發出的質問，比平常更顯無禮。

子等待。

我聽妳說了幾個小時的話。我在等妳。

今天，我才是那個需要她建議的人。我得非常努力，才能摒棄開車去雜交俱樂部，確認她是不是在那裡的衝動。

他媽的，隨便了。

我也不是頭一次孤軍奮戰了。但現在我得先找到一處讓自己平靜的地方，放鬆腦袋好好思考。而且最好是那種只要不想被找到，就沒有人可以找到我的地方。

快，我得逃到兩年前試圖殺害我媽未遂後的藏身處！

我們維持的是一種柏拉圖式的友誼，但與我們見面的場合相比，這樣的關係讓人相當錯亂。莎莉堅持我們只能在雜交俱樂部碰頭，因為「其他地方的人，口風都沒有這邊來得緊」。所以我們一次又一次在指定地點見面，用最真實的感官和親密的言語交談。當其他客人做愛的時候，我們可以聊好幾個小時。

我慢慢明白，她的丈夫因投機生意而擁有可觀收入，但是他沉溺於杯中物，行為像莽漢一般粗魯。婚後不久，他就變了，越來越喜怒無常的挑釁，病態地醋勁大發，一再指控她與別人有染，但是他明明是她生命中第一個、也是唯一的男人。他甚至懷疑自己不是孩子的親生父親，威脅她如果不把孩子拿掉就要離婚。有一次他毆打她，打得太過頭，又辱罵她婊子，從那時起她就下定決心，要做個名副其實的婊子。於是她去了雜交俱樂部。

那完全是自暴自棄的行為，但她驚訝地發現自己很喜歡這個嶄新的、自由自在的地方。然而，我們見面越是頻繁，我越能感覺到光是談話已經不能滿足自己。不知從何時開始，我只要想到她一個人在雜交俱樂部，胃裡就一陣翻攪。我想我一定要控制自己不要心生嫉妒，否則一不小心就可能墜入愛河。

「……請您稍後再撥。」我已經重撥第三次了，還是只聽到語音信箱的提醒。我憤怒地把手機摔到副駕駛座上。

偏偏在我需要妳的時候！我心裡想著，努力把注意力轉移到路況上。

在我們無數次荒謬的碰面後，我漸漸成了莎莉的知己。我總像個心理學家般的傾聽她的故事，只是偶爾必須中斷療程，好讓她去「操場」找人做愛，而我只能在吧台旁邊握著琴湯尼的杯

那是我第一次進入雜交俱樂部，感覺卻像去了不下百次。所有東西看起來都跟想像中一模一樣：紅色燈光和家具，看起來很像披薩店的擺設，牆上則裝飾著春宮圖。路標上寫著通往三溫暖、性愉虐地下室和性愛池的方向，旁邊掛了個告示板，上面寫著「性愛要友善」。房間的中央吧台有小電視機，是設置給吧台右邊「操場」的人看色情片用的。我第一次進去時，只見乳膠床墊棄置一旁，許多情侶和單身男子都坐在吧台邊。幾乎每個人都踩著夾腳拖鞋，只用一條毛巾圍住下半身。

出乎我意料的是，大多數客人都長得不差，有一對情侶相當有魅力，還有一個苗條的金髮女子也很美，她剛洗完澡，頭髮濕淋淋地坐在我旁邊。不久後我就遇到莎莉，她剛才和兩人做愛結束，想在回到尚未起疑的丈夫身邊之前喝一杯飲料。她馬上看出我是第一次來的，也很快看穿我捏造的謊言——我說我要來這裡跟一個認識的人碰面。

要對她說明我的真正動機，讓我無比尷尬。我實在不想讓這樣漂亮的女人覺得我非來雜交俱樂部不可。

她咧嘴一笑，說：「你當然是來為你的報紙進行採訪啦，而我則是衛生局的督察。」

雖然我的家庭教育方式很開明，但還是不免覺得尷尬，得努力讓自己專注在對話上。因為莎莉在解釋她並不真的「屬於」這裡的時候，可是一絲不掛的。她說她是個有性需求的女人，而丈夫早就不和她上床了。接著她帶我去參觀後面的房間。先是鏡廳，裡面有幾對情侶在交換伴侶做愛，接著又帶我去看屏風室，屏風前有一對女子在愛撫對方，而一些裸男則對著她們自慰。

那夜我們沒有做愛，後來見面的日子，也幾乎沒有發生性關係。

好的狀況是：他假設我是故意把錢包丟在那兒。而最糟的情況則不言可喻——我成了嫌犯。

我的腦子就像被放進微波爐裡的袋裝爆米花一樣。無數想法在腦海中炸開，甚至來不及搞清楚自己到底在想什麼。我遲早會被警方盤問，但在那之前，我必須先把思緒整理清楚。我得靜下心來，跟一個可以信任的人談談。

我拿起手機試著打給莎莉。莎莉常不接電話，而且至今不願意給我她的另一支電話號碼，就像她不願透露自己的本名一樣。

通常她只要找到空檔就會回電給我，但我今天沒耐心等她老公走遠，所以再打了一次。這次依然轉接到語音信箱。

幹，她跑去哪兒去了？

我有好些日子沒跟莎莉聯絡了。

我們的婚外情（如果有人要這麼稱呼的話）正巧從妮琪提出離婚的那天開始。我們的初次邂逅既荒謬又尷尬。

我可以拿酒精濃度過高當藉口，說自己在婚姻告吹前爛醉如泥。還有，「報復世上所有不忠女性」的念頭也嚴重的影響了我的行為。只是現在回想起來，我覺得踏進那間雜交俱樂部不像是解放，反倒是給自己的懲罰。

我在鋪滿瓷磚地板的大廳脫衣服、存放置物櫃的時候，還試著說服自己：今夜，新的佐巴赫時代即將展開。從今以後，我不會再愛上任何人，只想要做愛。但當我走進吧台區想要找個位置坐下來的時候，就意識到自己做的事情有多麼可笑。

74

我終於從門縫鑽進車裡去。說真的，我何苦替那輛緊挨著我的越野車著想呢？就算那車子的後照鏡有網球拍那麼大，他還是會撞爛那個破玩意兒的。

在醫院停車場上，我必須強迫自己遵守時速限制，但駛離醫院，我就催油門直奔波茨坦街。

想清楚。你一定得想清楚。

但我此生從未認為自己是做事冷靜謹慎的那種人。

幾個月前，我才跟報社的廣告業主起衝突。那間食品工廠試圖花錢消災，希望我不要讓屠宰場裡虐待動物的殘忍照片外流——從其中一張照片上可以看到，牛隻擠在超載的貨車上，被絞盤吊起前腳——我讓對方付現五萬歐元，接著按照計畫把照片登上頭版，再將「封口費」捐給了動物保護協會。我們的報社因此失去了一家廣告業主，但我獲得記者協會獎和泰雅的一紙合約。

然而過去我那些因急性子所遭遇的問題，與現在面臨的困境相比，有個很大的差異：我不知道這越鬧越大的事究竟因何而起。

仔細想想，警方會去編輯部找我也是合理反應。凶手留戀自己的犯案地點，可不只是好萊塢裡的老派情節。如果我聽到有人在棄屍地點流連忘返，即使對方是警察，也會懷疑那人是凶手。

再來就是我的錢包。在醫院的時候，我已經找過所有的口袋，所以不可能掉在陶恩斯坦家的別墅，更別說我當時穿著的還是防止破壞現場而設計的防護衣。菲利浦也看見我的穿著。所以最

案發現場附近？

這不可能啊！這通電話忽然顯得很不真實。我無法……不，我不相信他現在說的話。

「哪個花園？」儘管我知道答案只有一個，但還是問了。

「就是他們找到那母親屍體的花園啊。」法蘭克嘀咕說。

「集眼者遊戲第四回合的被害人——」我話沒講完就直接把電話掛了。

「警方備案了嗎？」我邊問邊望向十一月的陰暗天空。溫度比我來的時候還要明顯下降許多，不過至少沒再下雨了。

「他們打電話和去你家都找不到你，所以就跑來編輯部了。」

難怪菲利浦在我來看醫生的路上拚命打我的手機。我原本想在看診完後再回電的。

「不要告訴我戶頭已經被掏空了。」

「更糟喔。」

更糟？撿到錢包的人，除了搾乾錢包主人之外還會做什麼？

「欸，也許我不該跟你說這些的……」

我在停車場上尋找我的車，中午才加滿油。「你是喝醉了還是怎樣？把話說清楚。」

「我在去倒咖啡的路上，經過泰雅辦公室的時候聽到的。」

泰雅．貝格多芙？警方跟女總編輯有什麼好談的？

「別再拐彎抹角了，法蘭克，快告訴我到底是怎麼回事？」

「噢，如果我沒聽錯的話，他們找到你的錢包了，裡面的東西都還在，連現金也是。」

是哪個白癡把他的越野車停靠在我的富豪汽車旁邊？為了不刮花它的烤漆，我只得從副駕駛座方向上車。

「這明明就是個好消息啊，不是嗎？」

「他媽的，才不是呢。他們是在案發現場附近找到你那該死的錢包。就在花園裡。」

我正要從口袋中掏出鑰匙，聞言不禁停下動作。

75

「怎麼了？」

法蘭克在電話響了一聲之後馬上接起來，聲音聽來比我還焦慮。「我怕。」

怕？我沒想到法蘭克會這樣形容自己的感覺。他通常總用調皮的連珠砲當幌子，避免旁人注意自己真實的情緒。譬如說，他寫過的那篇報導，談安養院對老人的不當照護。法蘭克稱為「爛肉報導」。不過我從字裡行間可以讀出他的怒氣和絕望，尤其談到安養院因支出考量，不願開止痛藥給乳癌末期的失智病患那段，他沒有直接攻擊，只是描寫護士冷酷的揶揄，「**她怎麼會抱怨？她的孩子一個星期只來探望一次，而她又什麼都記不得了。**」儘管法蘭克從不向我承認，但我知道，在報導刊出後，安養院的人事異動一定讓他心底十分高興。

「你在哪裡？」他匆忙問。

「調查。」我走出診所的旋轉門。至今只有妮琪知道我的健康問題，也只有她能知道。「老天啊，又怎麼了嗎？」

「你知道吧，百分之九十的司法不公都來自於旁證有誤……」

「就省省那些廢話，直接跟我說重點吧。到底怎麼了？」

「是你錢包的問題。」

幹。我撐著頭。在昨天的一陣混亂後，我完全忘了要停辦信用卡。

「不可能。」侯特醫生看著我的病歷，嘴角又揚起那讓我不習慣的微笑。

「不是舊疾復發嗎？」我詫異地問。

「嗯，我治療你的時間不長，不便妄下診斷，但我也不想否定你所經歷的幻覺……我懷疑，你可能是精神分裂症。」

「怎麼說？」

「我不想妄下斷語。請給我多一點時間，明天早上我就能看到你的血液篩檢報告，然後再來看看我的判斷是否正確。」

我點點頭，不知道自己應該怎麼想。如果是其他病人，一定會信任侯特醫生的推斷。我也很想相信他說的話，我的這些症狀最好能夠有個合理的解釋。但若不是認知障礙的話，那就表示……

……表示那些幻聽是真的。若真是如此，我和集眼者之間就有某種關聯……

想到這裡，右耳耳鳴起來，就像有人在我耳邊敲擊音叉一樣。我微笑起身，和侯特醫生握手道別。但在離開診間後，又馬上想掉頭回去，請他開個安眠藥處方給我，畢竟這幾天夜裡我幾乎沒有闔眼。就在這時，口袋中的手機震動起來。

打給我！簡訊上寫著，我的耳鳴更響了。

快。在一切太遲之前。

回顧從頭，我想，我與死亡的賽跑就從這瞬間展開。

我顯然落入陷阱，而致命的雷殛轉瞬將至。

找棵山毛櫸。

當我顫抖著手指觸摸到樹皮時，可怕的事發生了。那棵樹起了變化。樹皮軟化，像果凍一樣黏稠，什麼東西纏繞在指尖上。等我認出那黏稠的玩意兒是蛆蟲時，牠們已經不只爬在我手上，而是黏附全身。我張口大叫！緊接著，又看到樹木和垃圾場全都是由甲蟲、蠅蛆和蠕蟲組成的……我在大吼中醒來！

即便驚醒，夢中垃圾場的腥臭味依然揮之不去。我打開窗戶，還是沒辦法好好呼吸。屋裡沒有新鮮空氣，瀰漫著一股濃重的噁心氣息。雖然那是個萬里無雲、陽光普照的週日清晨，但一道閃電劈中窗前的樹，把它轟得支離破碎，碎片變成無數蛆蟲，形成一道痙攣抽動的湍流，越過草地直向我們的房子襲來……

就在蛆爬滿屋前，蠕動著向我掩殺而來之際，有什麼東西從後面揪住了我，把我從窗邊拉開——是妮琪。

我的叫聲驚醒了她，將她嚇個半死。後來她告訴我，她費了足足一小時才讓我徹底平靜。

「後來你就停藥了。」侯特醫生將病歷翻到下一頁。

「你先前曾服用精神疾病藥物，狀況有所改善，你的認知障礙在兩年後完全消失。」

「但是它潛伏了好些日子，昨天又發作了。」

---

11 德國古諺，告誡人們在暴風雨時應該避開柳樹、橡樹、雲衫，躲到山毛櫸下。

多·拉漢茲的治療一起登上報紙頭版的專家。

先前我像許多人一樣低估他的實力，但說到治療人格障礙的權威，沒有人會遺漏他。他看起來就像個年輕人：皮膚光滑，氣色紅潤，眼白甚至比襯衫裡頭的汗衫更明亮，只有略顯稀疏的頭髮和偏高的髮線，才透露出一絲真實歲月的痕跡。

「你先冷靜，」他終於開口，從身旁的玻璃櫃取出一本薄薄的檔案。「沒什麼好擔心的。」

沒什麼好擔心？

「昨天我在警方無線電頻道裡聽到根本不存在的聲音，你卻說不必緊張？」

他點點頭，打開檔案夾。「好，我們來回顧一次全部的情況。從橋上那次事件以後，你開始就醫，當時你有認知障礙。」

我咕噥了一聲表示同意。

我的夢魘侵入我的生活。

我沒辦法更具體地描述情況，但那些惡夢一定與橋上那個女人以及孩子的事有關。起初我只會聞到伴隨惡夢來襲的氣味，然後接著是聽見，最後我看見……譬如說，在悲劇發生後的兩個禮拜，我曾夢到雷擊。我光腳逃命，被沿路的玻璃碎片、針和生鏽的罐子給割傷，好不容易逃到一座垃圾場。垃圾場中央有一棵金光閃閃的樹，我跑到樹蔭底下……

避開柳樹。[11]

我在夢中哭泣，根本認不出自己抱住的是什麼樹。

遠離橡樹。

76

倒數十三小時又五十七分鐘
亞歷山大・佐巴赫（我）

「情況越來越嚴重了，」我說著，眼神在診療室到處飄移。「我最近甚至能聽得到幻音！」

第一次來就診時，我就心想，這麼多病人繳的錢究竟都用到哪去了呢？這棟精神科大樓的磚牆外觀斑駁不堪，顯得極其破舊，而內部更需要好好整修一番。從我到這裡來看診，待過三個不同的診間，差別只在於房間大小，以及從天花板蔓延到地板的水漬大小。

「侯特醫生，我不像你讀過那麼多書。但我已經沒有創傷後壓力症候群的症狀了，所以我想問的是：它會和『那件事』有關嗎？」

七年前我射殺那個女人的那件事。

副主任醫師坐在辦公桌前專心地看著我，不發一語。馬汀・侯特醫生是個有天賦的聆聽者，這讓他注定走上精神科醫師之路。然而此刻我如此惶恐，他卻溫和地微笑著。我不記得以前的診療過程中，他是否曾經有過同樣的反應？但在我看來，他實在笑得很不是時候。

我坐立難安，蹺著腿晃來晃去，滿腦子只想抽根菸，而醫生卻笑得更開朗了，這讓他看起來更顯年輕。我第一次見到他時還以為他是學生，沒想到他是數年前跟著享譽全國的心理醫師維克

佐巴赫臉色蒼白。他抽動嘴角，想擺脫對方的控制，但沒有掙脫。「我沒有耍花樣，說的都是實話。你們在頻道裡用了『一〇七』的代碼。」

菲利浦猛搖頭。「第一，這個代碼我們早就不用了；第二，從上次找到屍體後，我們就接獲內部指示，如果是集眼者的案子，必須使用更安全的線路通訊。由於你的報導，我們在媒體上任人宰割。你難道覺得，我們會讓這種敏感訊息傳到業餘廣播玩家的耳裡嗎？」

雷聲在遠方隆隆作響，天色更顯晦暗。

「你沒騙我？」佐巴赫不可置信地問，撥了撥濕掉的頭髮。

「沒騙你。沒有什麼見鬼的警方無線電廣播，我們什麼消息都沒發出去。」菲利浦懷疑且憤怒地瞪著他，「所以你就別再玩那些小把戲了！佐巴赫，告訴我為什麼——你他媽的到底為什麼這麼快就知道，我們在這裡找到屍體？」

「不行，佐巴赫。這次不能就這樣算了。我要聽真話，還有別說是靠你那什麼狗屁直覺。」

佐巴赫是個怪胎。當年他們共事時，佐巴赫靈敏的直覺有時會讓他感到毛骨悚然。即使沒有拿到心理學學位，佐巴赫依然是警方數一數二的談判專家。他的同理心、口才以及察顏觀色的能力，都教人嘖嘖稱奇。可惜最終橋上的慘劇毀滅了一切。

「我不懂你在說什麼。」佐巴赫揩去眉毛上的水珠。「我以為我們有共識。你知道的，很多案子我從一開始就參與其中。我從不寫有損警方聲譽的事，甚至想辦法協助你們，不是嗎？」

菲利浦點點頭，豆大的雨滴沿著羽絨外套的帽沿落下。佐巴赫雖然被革職，卻仍和警方維持著密切的互動關係。即使在那場意外七年後的今天，他還是會不定期參與辦案。不知道有多少次，他在討論中拋出關鍵性的問題，讓警方得以順利偵破案件，所以一方面出於感謝，另一方面也看在長期合作的份上，他們總讓他可以及早取得重要的資訊。

然而今天這位離職同事的行為太過分了。

「我們就別再兜圈子了，佐巴赫。你老實說，你為什麼會在這裡？」

「你明明知道原因啊。」

「告訴我。」

佐巴赫嘆了口氣。「我剛好竊聽到警方的無線電頻道。」

「別耍這種花招。」

「你什麼意思？」

菲利浦一把抓住他的手臂。「這話應該我來問吧！快說，你到底在耍什麼花樣？」

77

菲利浦戴上羽絨夾克的帽子，穿過密雨。即使心中怒氣沖沖，他還是滿高興能找到一個空檔，可以暫時不必思考個人的煩惱。

「你來這裡幹麼？」他走到柵欄邊問。佐巴赫的同行者退開了些。「你他媽的來這裡幹麼？」

他沒有故作親切的將手伸向對方，也沒有走出花園到外面去。他站在樹蔭下躲雨。

「老實告訴我，我是不是第一個來的人？」佐巴赫問，語氣聽來不像是搶得先機的興奮，倒像驚訝。菲利浦認識他那麼久，知道他從不是個喜歡搶先的人。他只想要真相。他不像那些媒體同行一樣，會在採訪稿上標示全名，而總是用一個縮寫。但每個人都知道「A.Z.」是誰。

菲利浦悻悻然將濕透的手插進褲子口袋。

「是，你是第一個來的。但我問你，你是怎麼知道的？」

佐巴赫一臉皮笑肉不笑。他的頭髮全濕了，雙手也因寒冷而變紅，但一副無所謂的模樣。

「噢，拜託，菲利浦，我們認識多久了？你難不成想聽我說『我只是偶然路過這裡』吧？」

「看你那身防護衣和鞋套就知道絕不是偶然。」

菲利浦搖頭說。**偶然**是狗仔媒體最常用的藉口。但竊聽警方內部無線電頻道可是不被允許的事。

辦公桌……

應該由其他人在雨中跪看裸體女屍才對！

然而現在距離他的夢想有好幾光年那麼遠，就算他無法找到終南捷徑，但能夠不必當一般的制服警察，就應該慶幸了。雖然他跟休勒的緝凶動機不太一樣，但至少他們有共同的目標——

「我們一定要找到那個瘋子！」

菲利浦用麻木的手指摸著口袋裡的小塑膠袋。法醫在電話中說明驗屍的重點，等到法醫一來，他就要進到別墅去。被害者的丈夫把自己關在廁所裡，由一個心理學家負責照料他。菲利浦希望小塑膠袋裡的東西，足夠讓自己在接下來的四十五小時內保持清醒。

搞什麼……？

他先聽見聲音，然後注意到情況有變。棚外兩公尺處有動靜，落雨不是打在地面上，而是落在什麼堅硬的物體表面、落在衣服上……精確來說，雨滴是落在鑑識小組常穿的白色防護衣上。

「媽的，那混蛋來這裡幹麼？」休勒問。他對集眼者無處宣洩的怒氣終於找到了出口。休勒一直視某個記者為眼中釘，而此刻，那記者就站在聽得到兩人對話的距離望著他們。亞歷山大．佐巴赫慢慢走近，和另一個高度大約矮他一個頭左右的年輕男子站在柵欄邊上。

名字好像是叫**弗里茲？還是法蘭克或法蘭茲吧？**菲利浦依稀記得，亞歷山大曾經在某個記者會場合介紹過這個人。

「他媽的！」休勒大吼，伸手拿起手機，但菲利浦將手按在他的肩上安撫他。

「你留在這兒，讓我來處理。」

女屍張得極大的雙眼彷彿穿透兩位探員，凝望烏雲遮翳的天空。

不，那雙眼不是在注視著天空，而是在尖叫。

「幹，我才不管。」休勒在冰冷空氣中吐氣。「就算兇手他媽的是個修女，也照殺不誤。」

菲利浦點點頭。身為調查組組長，他有義務阻止手下別太衝動。但他只說：「我會幫你。」

我也不行了。我受夠了。這一次，他得在哪個慢跑者被溺死的童屍絆倒前，在這變態的捉迷藏遊戲裡獲勝並且抓住兇手才行。

一具童屍，左眼還被變態給挖走了……老天，今天早上是怎麼了？

菲利浦看著休勒，休勒義憤填膺，彷彿恨不得把驗屍棚給拆了。但他得承認，自己想要破案的動機和休勒不一樣。

休勒想要的是復仇，但菲利浦想要的，只是一個比現在更好一點的人生而已。真該死！他追緝那些社會害群之馬已經二十年了，拜這份工作之賜，他才不過四十開外年紀，看起來卻像顆爛透的蘋果。斑駁的皮膚、乾癟發皺的眼圈以及光禿禿的後腦……都是長期壓力和睡眠不足造成的後果。如果這是一份收入足以令女人將外貌條件拋諸腦後的高級職業，那後果再糟都不成問題，但警察工作可不是個肥缺。他一直單身，而大部分逮捕的罪犯一小時賺的錢都比他辛苦工作一個月還多。

休勒想要的是復仇，而我想要的是升遷。

更該死的是，他不能像其他人一樣坦承這種渴望。但菲利浦不想再幹那些狗屁倒灶的事情了。他本該在政治圈舒舒服服當個主管，有固定的上下班時間、優渥的薪水，還有一張愜意的大

「我要幹掉他。」當菲利浦文風不動地跪在屍體前檢視時，一個壓低的聲音在背後響起。就算是死亡，也難掩露西亞努力節食和健身得來的魅力。如此風情萬種的女人身邊必不乏男人，當然，她們的男人都比較老、比較醜——可是別忘了——也比較有錢。托馬斯·陶恩斯坦一定不會只有一幢別墅。當然，也未必只有露西亞一個女人。

「我要幹掉那個混蛋。我發誓我要幹掉那男的！」

站在菲利浦背後的同事得彎下身子，才能夠走進剛搭好的臨時驗屍棚。米克·休勒科夫斯基身高將近兩百公分，他是那種當你想要把冰箱搬到六樓時會請來幫忙的朋友。

「也或是個女的。」菲利浦喃喃說。他起身時，膝蓋嘎嘎作響，視線並未從女屍身上移開。

「什麼？」

「我是說，休勒，你要殺的有可能是男人，也有可能是女人。我們還不知道凶手的性別。」

被害人都是女性跟孩童，身材不高大也沒什麼力氣。也就是說，他們的反抗力量不會太強。現場不見打鬥的痕跡，說明凶手挑準被害者毫無防備的時機下手。殺了露西亞·陶恩斯坦，並且綁架多俾亞跟蕾雅的人，可能是男性，也可能是女性。負責犯罪心理剖繪的教授亞德里安·霍佛特也說：凶手甚至有可能在調查小組裡工作。但能推測的線索也就只有這麼多了。

休勒吸一吸鼻子，摸一摸雙下巴，端詳著頭部被扭轉成奇怪直角的女屍。**頸椎斷裂**。這是集眼者的慣用手法。

10 Treptower，柏林的一處高樓建築群。

丈夫與父親的職責，想藉機放個長假陪伴家人。他買了鮮花送給妻子，而送女兒卡拉的則是一個塑膠娃娃，只是他再也無法送出這兩樣禮物。他在屋前走廊上發現脖子扭斷的妻子，手裡握著一只碼錶。碼錶形式普通，是市面上最常見的款式。

鑑識小組想從死者手中將碼表取下的時候，觸發了倒數計時。數位顯示器開始計時，時間一分一秒倒流。

他們第一時間想到的是定時炸彈，擔憂威力足以將特雷普塔[10]的出租公寓炸成平地。但後來才明白，倒數計時跟失蹤的孩子卡拉有關。卡拉消失無蹤，沒有留下任何線索。無論是警方或絕望的父親，都不知道那心理變態究竟把孩子藏到哪裡去。這是一場捉迷藏，要是不能在四十五小時內找到人，孩子就會被滅口。後來大家都以為，被綁架的孩子是在拘禁地點窒息致死。然而，基於偵察不公開的考量，有一項驗屍結果沒有公布：受害者是**溺死**的——卡拉的屍體最後在瑪莉安費爾德郊外被尋獲，因為該處沒有水，顯然不是第一現場——法醫鑑定結果顯示，從被害者氣管殘留的氣泡裡抽取到骯髒的家庭民生用水，那也是每個被害者死亡的共同點。由此可以推斷，集眼者可能將孩子們擄到同一處地方監禁起來。但由於從水質和被害者的皮膚分析中，無法判定出犯罪的水域位置，使得斷定作案地點的可能性大受限制。事實上，每一間擁有地下游泳池的房舍都有嫌疑。

就連個該死的浴缸也有可能是殺人的地點，菲利浦想。

現在能夠確定的只有一件事：無論是卡拉、美拉妮還是羅伯特——這幾個禮拜以來相繼遇害的三名幼童，都不是在野外死亡的。**而且那也不是他們失去左眼的地方……**

78

倒數四十四小時又六分鐘

菲利浦・史托亞（謀殺調查組組長）

菲利浦注視著死者的雙眼，宛如聽見她的尖叫。他感受到無聲的譴責。在念書時，鑑識科學系主任總是警告學生：即使能夠和恐懼保持距離，但就算是經驗最豐富的探員，在面對屍體時也難免會心生恐懼。那些被玷污、傷害、謀殺、任昆蟲野獸啃嚙或受風吹雨打的死者，即使我們將之視為單純物證，但是從他們眼裡發出的怒吼，很難讓人視若無睹。

今天的死者嘶吼聲格外震耳欲聾，讓菲利浦直想要轉身摀住耳朵。

那年輕女屍雙足赤裸，身上只披了一件薄薄的晨袍，晨袍底下一絲不掛。露西亞・陶恩斯坦陳屍在距離方形倉庫只有幾步的草坪上，面部朝地。今天早上，她的丈夫在別墅花園裡發現了她的屍體。她的雙腿分開，露出修剪過恥毛的陰部。然而，這極可能不是單純的性侵案。

失蹤的雙胞胎兄妹：多俾亞和蕾雅，以及露西亞手中握著的碼錶都別有意涵。

集眼者心理變態的意涵，菲利浦想。

三個月前，本地發生了二戰後最慘絕人寰的連續殺人案。彼德・史特拉爾，一名四十二歲的水泥工，完成了在法蘭克福的一樁大工程後，準備回家與家人共度週末。幾年來他一直沒有善盡

我倒車，將富豪汽車停在網球場的擋泥網邊。

儘管我們為了養育孩子和人生計畫的問題吵個沒完，但是能和妮琪在一起那麼久，不是沒有原因的。雖然半年前我們就已經分居，但她仍是世上與我最親近的人。

我下車，打開後車廂，將運動包底下的行李箱拿出打開。

她可以透視我……我一面想著，一面穿上避免破壞犯罪現場的防護衣：雪白的塑膠服，以及一雙亮綠色的塑膠鞋套。我將鞋套套在原本穿的「Timberland」皮靴上。

邪惡對我有吸引力。

無法抗拒。

而且不知道原因何在。

關上車門，我窺探案發現場的道路，接著轉身走向另一邊，消失在森林裡。

許比較好。

「但那時的事件……」

當時在橋上。

「摧毀了你內在的一部分。明明大家都原諒了你，你卻沒辦法走出來。我說對了吧？我們已經討論過無數次：那是正當防衛，你沒做錯什麼。當時有人錄影，影片可以證明你的說詞。」

我搖搖頭，什麼也沒說。

「你不接受命運的安排，轉變人生方向，反而一直追蹤犯罪。你也許不再用槍了，但卻改用錄音機跟原子筆……你總是鑽牛角尖。」妮琪的聲音在顫抖。「告訴我，為什麼？你為什麼對死亡那麼著迷？為此可以拋妻棄子，連家庭都不顧？」

我顫抖的雙手再度緊握方向盤。

「你在處罰自己嗎？你一再追蹤那些邪惡的事情，是不是因為你把自己也當成壞人了？」

我屏住呼吸，不發一語，盯著面前的擋風玻璃思考。當我終於想出該怎麼回應的時候，才發現那個曾經深信「唯有死亡才能拆散我們」的女人已經掛上了電話。

這條森林小徑早已成了騎馬散步的道路。左邊是一排低矮喬木，右邊則是網球俱樂部的球場。我無視於汽車禁止通行的告示牌，把車慢慢開到角落。

最糟糕的是，我想著，看著前方兩百公尺處閃閃發亮的警車警示燈，封鎖住通往庫倫路的道路……**最糟糕的是，在妮琪古怪的思維裡，有一部分推測是正確的。**

「你是說集眼者嗎？」法蘭克問。

「沒錯。」

「幹！」他喃喃自語。他還太嫩，沒辦法把這種事情當作家常便飯，我也盡量避免讓他接觸這類資訊以保護他。現在他知道，鬼扯的時間已經過了。

一年前，我在一堆實習申請表中撈到法蘭克。泰雅・貝格多芙跟我意見相左，她比較喜歡另一個慕尼黑新聞學校的洋娃娃，覺得法蘭克樣子像個「奶油小生」。她看著法蘭克的照片評論：「他看起來就像那種印在麵包紙袋上的小孩，不管到哪兒都不會有人把他當一回事。」

但法蘭克是唯一以報導文章而非自傳內容提出申請的人。他的那篇報導，內容講述關於私人安養機構對失智症病患的嚴重照護疏失。一共寫了四頁。然而，法蘭克也是個不折不扣的冷知識狂，不管時機恰當與否，他總熱中於暢談從通訊社、圖書館和網路上搜尋到的無用知識。

「我們十五分鐘內見。」我說。回頭接回和妮琪的通話，很意外她竟然還沒掛電話。

「聽著，我很抱歉，但妳現在得去接尤利安。」我試著用溝通的語氣說話。雨越下越大，氣溫也下探到零度，一個戴帽子的男人在我前面踽踽獨行。「我保證這種事不會再發生了，但我現在真的得去工作。」

妮琪嘆了口氣。看來在等待的空檔，她情緒也漸漸冷靜下來。「唉，亞歷山大。你到底是怎麼了？你明明有其他更好的事情可以寫，比方說喜樂與愛，或是無私奉獻以改變世界的人……」

我經過一片鳥棲地。柏油路走到底後，路面開始出現坑洞，隨後接到一條森林小徑。以前我常在這裡打網球，所以對環境相當熟悉。這條路沒有直接通往庫倫路。在這種情況下，繞個彎或

我聽見辦公室椅子刺耳的聲響，可以想像法蘭克是怎麼坐在我的辦公桌上講電話：他把話筒夾在鎖骨跟下巴中間，兩隻手肘撐在桌上，雙手交叉在短髮的後頸。

「你錢包裡好歹有放一張孩子的照片吧？」

尤利安的照片？

「為什麼？我沒有放。」我有點混亂了。

「這可不妙，相當不妙。」

他清了清喉嚨，顯然是要長篇大論一番。

「根據赫特福德大學[9]的研究報告指出，如果錢包裡有私人物品，譬如說有小孩、老婆或甚至小狗的照片，遺失後比較容易找回來。」

「真有趣。」我說。但他顯然沒聽出話裡的嘲諷意味。

「他們故意弄丟二十個錢包，實驗看看哪些找得回來——」

「法蘭克，夠了，好嗎？我現在沒時間聽這些廢話。」

我終於忍不住了。「快點帶著錢跟信用卡來找我。」

我把地址給他，最後不忘叮囑，「動作快！我覺得『他』又要開始行動了。」

電話那頭忽然像是斷訊一般的死寂。在傳來沙沙作響的聲音時，我還擔心是我把車開到沒訊號的地方了。

---

9 University of Hertfordshire，位於英國倫敦。

息。不然，你知道那隻母老虎是怎麼說的……『拍手的人很多，但聽不見掌聲』。」

法蘭克聽起來比平常還要亢奮，就好像一個人明明快睡著了，卻不想讓別人發現一樣。我想他今天為了打起精神，一定喝了無數杯咖啡。

編輯會議。

我悶哼了一聲。「請告訴我們的總編，我今天不會過去。」

又來了……

「唉呀。」他笑說：「挨罵的人是你，但受苦的卻是我。泰雅會遷怒到我身上，說不定她會派我去參加飛魚記者年會之類的鬼東西。」

「她會忘記的啦，而且我今天需要你。」

法蘭克緊張地咳嗽。我猜他此刻正隔著螢幕偷看總編輯室的動靜，臉上帶著不懷好意的笑容，一臉圖謀不軌的樣子。

「我該怎麼做呢，總統先生？」他低聲說。

「去我的辦公桌，某個抽屜……我想應該是最底下那層，裡面有五十歐元跟一張信用卡，用橡皮筋綁著。」

有一會兒工夫我只聽見空氣中的聲音，還有辦公室裡常見的聲響。

「……只有二十歐元耶，你吹牛！還有一張綠色的美國運通卡，不是白金卡。」

「你馬上把它們帶來給我。我把錢包弄丟了，車子也快沒油了。」

「你把錢包丟了？太衰了吧。」

79

「嗨，亞歷山大，是我，你最愛的實習生。」

法蘭克・拉曼。

他還真不會挑時間，不然我就會問他說：「最愛的實習生？你被解雇囉？」但我現在沒那個心情開玩笑，只短短應了聲哈囉。

「我也不想在你休息的時候吵你啊，亞歷山大。但泰雅問你會不會來開十二點的會？」

編輯室裡的多數同事對法蘭克這種鬼靈精的態度覺得很感冒，我卻滿喜歡戲弄這個二十一歲的毛頭小子，也許是因為我們有忘年的相同波長吧！編輯室中許多新人都抱持著錯誤的工作態度：他們覺得在媒體業工作很酷，希望哪天能夠登上舞台，就像他們寫的那些勵志報導內容一樣。但法蘭克不是這樣想的。對他而言，新聞業不是工作，而是天職。我猜就算報社降薪，他仍然會樂在工作。他自主性加班的時數累積起來，讓他的時薪簡直和索馬利亞的農工一樣低。

以前我在小說裡讀到像類似於「從你身上看到我的影子」之類的句子時，總會忍不住翻白眼，然後闔上那本爛書。

但四個星期前，當我在影印室發現法蘭克的睡袋時，竟然興起同樣的想法。這個實習生讓我想起以前在警界受訓的時光——病態地沉溺在工作裡，偶爾還瞧不起帶我的人。

「我必須提醒你，來開會的時候最好有些東西可以講，但千萬別是對手網站上早有的舊消

「難不成妳相信，那個瘋子會因為我現在把車停到路邊、唱首有趣的歌就罷手嗎？不，我告訴妳怎麼做會更好！也許我該寫封信給大宇宙，就像妳床頭櫃放的書裡寫的那樣。」我火大地說：「再不然我應該打電話給那些讓妳砸了大把鈔票的占星熱線去問問，搞不好電話那頭的家庭主婦可以從咖啡渣中，看出集眼者躲在哪兒——」

我把手機拿開，看看是誰插撥進來。

「妳先不要掛。」我說著，然後心懷感激地接起插撥電話。

儘管在三頭肌上貼了會令人發癢的戒菸貼片也一樣。

「這是你的負面能量在作祟，你自己惹禍上身。」她幾乎是用憐憫的口吻說。

「我只是把那些事寫下來而已！我是在報導事實真相！妳知道不知道，現在有個神經病在外面毀滅別人的家庭，他用的手段殘忍到我隸屬的報社都不敢把細節登出來！」

他玩的是世界上最古老的遊戲：捉迷藏。他玩到整個家分崩離析，至死方休。

我的視線飄到副駕駛座的舊報紙上，上面的標題是我擬的：

集眼者再現！

第三名被害孩童的屍體遭尋獲。

我當記者時，就如同早年還在當談判專家時一樣，經常挑戰報紙的忍受極限。可是在集眼者的案子裡，殘忍的程度一再創新高。他殺害母親，把小孩擄走，只給父親一點時間找回被藏匿的孩子，若是父親沒找到，孩子就會窒息而死。至於那個心理變態把小孩屍體左眼挖走的部分，已經完全衝破了正常人想像的界限。

「負面思考操縱你的生活，」妮琪繼續說教，「多一點正面思考，好事就會降臨到你身上。」

我沿著環快，開到位於梅瑟丹的匝口。雖然試著倒數十秒，但沒什麼用，我數到七就沉不住氣了。

「正面思考？妳是瘋了嗎？集眼者的遊戲已經玩了三回合！」

六名死者：三個媽媽、兩個女孩、一個男孩。

拉斯．凱吉相提並論，但現在我跟他的共同點，大概就只剩稀疏的頭髮了吧！從我三十歲生日那天開始，儘管拒絕速食、每週慢跑兩次，但還是每年增胖一公斤。妮琪在我們剛開始相處時，把我叫做「收藏品」，這真是個滿貼切的暱稱，就像是一只需要修理的老舊計時器，老到可以「汰舊換新」，但是老歸老，還是很具有吸引力，直接拿去換個新機型恐怕棄之可惜……不過關於這點，現在她自然已經改變想法了。

「有哪個爸爸會把十歲大的兒子一個人丟在重症病房？」她憤怒地問。

我根本懶得跟她解釋，當我從車上打給尤利安，告訴他我有急事，要他今天獨自去發禮物的時候，尤利安表現得有多麼善體人意。畢竟，我沒辦法帶一個十歲的孩子去犯罪現場啊。

「又有哪個媽媽會把得了支氣管炎的兒子送去看巫醫啊？」我反唇相譏。

真該死，這時如果來一根菸該多好。我下意識摸了摸右手臂上貼的戒菸貼片。

「我才不像你一樣！」妮琪愣了一下才回嘴，「你甚至連計程車錢都沒留給尤利安。」

「因為我把錢包弄丟了……天哪，有時候就是會發生這種屋漏偏逢連夜雨的事啊。」

還有時候會有小孩被綁架、被謀殺呢。

「在你的世界裡，亞歷山大，在你的世界裡，壞事好像總會接踵而至，那是因為你有這種招惹禍事上門的本能。」

「拜託，不要又來這套……」

我的手在顫抖。雖然試著冷靜下來，但雙手卻將方向盤握得更緊。從嘗試戒菸開始，內心的不安便越發嚴重。

80

倒數四十四小時三十一分鐘
亞歷山大．佐巴赫（我）

「你這麻木不仁、靠不住又自大的混蛋！」

「妳忘了說**討厭**和**莽撞**。」

在和我名存實亡的妻子爭執時，我的聲音非常冷靜，比平時更冷靜。之所以說名存實亡，是因為上次見面時我們才決定要離婚。妮琪又開始重複起那些她每天晚上都會嘮叨的話題了，「我經常問自己，到底為什麼要跟你在一起？」

好問題。來問問現場觀眾吧。[8]

老實說我真不知道女性是怎麼評價我的。在我和妮琪相識的那間教室裡，明明就有一大票比我有魅力又高大迷人的男性，但她就是選擇了我。當然不可能是因為我的外表。我討厭看到自己在照片上的模樣。通常兩百張照片裡，頂多只有一張讓我看了不覺得丟臉，而且經常是洗壞或採光不佳的那一張，這樣別人才看不出我快有雙下巴了。早年有人因為我悲傷的眼神，將我與尼可

8 Who Wants To Be A Millionaire，類似台灣「超級大富翁」益智節目，挑戰者可以選擇問現場觀眾的意見。

多俾亞吞了一口口水，感覺更害怕了，怕到他沒察覺自己尿濕褲子，發出惡臭。被活埋的恐懼感讓他看不清這個監牢有多深，嚇得他動彈不得。

又吞了一口口水，多俾亞心想，黑暗就像有生命的東西，彷彿可以捉住人，就連吞口水時嚐起來都有金屬味。

他感覺很噁心，就像那時在長途旅行的車上，他想讀書，但爸爸因為必須因此停車而很生氣。他屏住呼吸，好讓自己不要吐出來，忽然……

靠，什麼東西？

他的舌頭在嘴裡一陣翻攪，碰到一個異物。

天啊，這是什麼？

那東西黏在上顎，就像洋芋片一樣緊緊吸住。只是它的表面更硬、更光滑。

而且更冰。

他用舌頭滑過物體，感覺唾液越積越多。他下意識用鼻子呼吸，努力克制吞口水的衝動，直到異物從上顎脫落掉到舌頭上為止。

然後多俾亞就知道那是什麼了。即使他不記得，自己是**怎麼**到這裡的、是**誰**把他綁架藏在這裡、又**為什麼**會被關在此處……即使他完全不清楚這個黑暗的**虛無**到底是什麼東西，但至少他解開了一個謎題。

那是一枚硬幣。

在多俾亞．陶恩斯坦被丟進世界上最黑暗的牢籠之前，有人在他的嘴裡塞了一枚硬幣。

手肘之下，包括下臂、手腕跟手掌……這些平時連接、懸掛在軀體左右的身體部位（**靠，我的手在哪裡？**），好像都消失了。

他想大叫，但嘴跟喉嚨都太乾了。即使費盡力氣，能發出的也只是微弱的低鳴。

我怎麼不會痛？如果手被切斷的話，應該渾身是血吧！那叫截肢還是什麼來著？靠，我也沒問那個詞到底叫什麼！

一股甜腐的氣息傳進多俾亞的鼻子裡，甜膩膩像腐敗奶油一般的氣味，但沒有那麼強烈，這味道持續了一陣子。最後，他發現夾住自己的東西一定是牆壁，因為迎面撲來的是他自己的氣味。又過了一會兒，他終於在身後摸索到自己的雙手，不由得鬆了一口氣。

我被綁住了。不、不對，是我被夾住了。

他的思緒開始翻湧。

我一定是躺在自己的手臂上。

他焦急地思考著，來到這裡之前究竟做了些什麼？此地一片虛無，而他一陣一陣的頭疼，不停打亂思緒。

他記得的最後一件事，是晚上和蕾雅在客廳裡玩網球遊戲。玩遊戲的時候，他們站在電視機前像白癡一樣跳來跳去，而且蕾雅每次都贏。後來媽媽叫他們去睡覺……然後他就在這裡了。在一片**虛無之中**。

---

6 千根大頭針（Tausend Stecknadeln），英文為Chinese Burn，指抓住對方雙手手腕往相反方向扭。

7 康拉德（Konrad）德語意思即「同志」。

聲而吃驚。這裡沒有任何會嚇到他雙胞胎妹妹的聲響。這裡——不管這是哪裡——什麼都……**沒有**。

除了讓他癱軟的恐懼漫無邊際以外，黑暗中什麼都沒有。雖然他知道，黑暗是沒有雙手的（藝術老師哈特曼博士曾告訴他，黑色不是種顏色，而是沒有光線），但他還是覺得自己被黑暗給攫住。

他搞不清楚自己究竟是站著還是躺著，也有可能是倒吊著，這就可以解釋他額頭感受到的壓力跟暈眩……或是**疲憊**？就像父親每次工作完回家，吩咐媽媽在浴缸放水時說的一樣。

多俾亞不敢問，**疲憊**意味著什麼？上次度假時他就知道，爸爸不想讓他問得太多。兩年前的某天，他們在義大利吃晚餐的時候，他曾鼓起勇氣問「caldo」在義大利文裡到底是不是「冷」的意思？爸爸那時訓了他一頓，要他別再問那些蠢問題。而媽媽的眼神大概也在警告他，最好別質疑爸爸對義大利文的瞭解。但他還是忍不住說，飯店的水龍頭一定壞了，因為每個寫著「caldo」的水龍頭裡流出來的都是溫水。爸爸於是賞了他一巴掌。在餐廳的那記耳光以後，他就不再問那麼多問題了。但他現在很後悔，覺得自己錯了。他不知道疲憊是什麼意思，也不知道為什麼感覺很噁心，而且動彈不得。腳和頭好像被什麼東西給夾住了，而他察覺不到手臂的存在。**不對**，**錯了**。他還能感覺得到肩膀，也許就在更下面一點的位置，因為那裡忽然湧起一陣駭人的刺痛，就像他和最好的朋友凱文在玩「千根大頭針」[6]的遊戲時一樣。愛吹牛的凱文，其實應該叫作康拉德（Konrad），但只要有人用這個「同志名字」[7]叫他，他就威脅要揍他們。

凱文，康拉德，落屎褲……

81

倒數四十四小時三十八分鐘

多俾亞・陶恩斯坦（九歲）

陰暗。漆黑。不，不是黑色。

這個字眼不對。

不是爸爸新車上的烤漆那種黑，不是忽然閉上眼睛時襲來的那種斑駁的黑，也不是晚上跟克萬特太太散步時看到的那種陰森恐怖的黑。這裡的黑是另一種黑。總之，這種黑的顏色更濃密，令人毛骨悚然，就像浸在油桶裡張開眼睛一樣。

多俾亞再度睜開眼。

什麼都沒有。

他身處的漆黑洞穴，比去年夏令營時經過的那座森林更加伸手不見五指。然而跟在波士芬[5]時不同的是，這裡既沒有月光，也沒有手電筒的照明，不像在玩尋寶遊戲找線索時穿越的森林小徑。這裡沒有泥土、枯葉或野豬排泄物的氣息。愛哭鬼蕾雅既沒有握住他的手，也沒有因為窸窣

5 波士芬（Postfenn），柏林的一處森林。

我看著置物匣，將音量轉大。

「重複。一〇七，位置在庫倫路。特勤組請至集眼者四的地點。」

我的視線移至儀表板上的時鐘。

幹，不會吧！

一〇七。這是警方無線電廣播意指「尋獲屍體」的代碼。

集眼者四。

那就是說，「集眼者遊戲」的第四回合已然展開。

82

我的富豪汽車就停在醫院前的一棵大栗子樹下。冬日清晨的天色灰暗，我將車鑰匙插進鎖孔，好讓副駕駛座的燈亮起來。我在腳踏板、座椅以及一堆舊報紙底下搜尋錢包。說來我最痛恨的事，莫過於開車時感覺到衣服口袋裡塞滿東西，所以在上路前總會把鑰匙、手機和皮夾都放到副駕駛座上。看來這回我是自己打破了原則……我只找到一枝原子筆和一包開過的口香糖。我把塞在腳踏板上的報紙也拿起來，在墊子縫隙間又找了一遍，還是什麼都沒有。錢包依然不見蹤影。

在座椅下翻找了一回，我接著打開置物匣，儘管我知道裡面只放了用來竊聽警方無線電頻道的監控器。在記者生涯之初，每次竊聽警用頻道，都會讓我椎心刺痛，畢竟我監聽的是以前和我一起工作的同事們的聲音。但現在我已經習慣不讓自己陷進去了。此外，我的總編輯泰雅．貝格多芙之所以會給我這份工作，就是因為我熟悉警界。只要一上車，就開始監聽警方無線電頻道，是我的工作合約上沒有明講的義務。我先前就將引擎和無線電監控器設定連動，這樣一轉車鑰匙，監控器就自動開啟。置物匣裡沙沙作響的玩意兒就像聖誕樹一樣閃爍不定。

我放棄找尋錢包，想回去看看尤利安的狀況。但就在這時，廣播裡的聲音讓我完全忘了錢包的事。

「……西區，庫倫路與老街的轉角……」

有時候改寫句子會出現一片全新的宇宙。譬如說「我愛你」或「我們是一家人」。一串無傷大雅的單字組合，有時能賦予你生命的意義，但有些句子正好相反——「當時在橋上」顯然屬於後者的範疇。假如它不是那麼悲傷，人們或許會開玩笑說，我們就像《哈利波特》小說裡的家庭那樣，當我們心照不宣地談起某人時，用「那個人」來代替真正的名字。安潔莉卡，那個神智錯亂的女人，那個被我殺害的女人，成了我生命中的佛地魔。

「尤利安，你可以先去候診區嗎？孩子們都在那裡等著我們。」我彎身看著他。「我要去檢查一下，看看是不是把錢包丟在車上。」

尤利安點點頭沒有說話。

我的目光尾隨著他，直到他消失在走廊轉角，聽見他踩著運動鞋和拖動袋子的聲音漸遠。

接著我轉身離開醫院，再也沒有回去。

了。他自己倒是從沒在這裡哭過。也許是因為死亡對他而言依舊遙不可及且無法想像。但我覺得對重症病童來說，這裡是個讓人無法忍受的環境。人們也許認為，一個殺過人的人性格會變得麻木不仁——從被警方停職起，我就擔任社會犯罪記者，為這城市最大也最嗜血的報社工作了四年，專寫德國最殘暴的暴力犯罪新聞，甚至漸漸寫出名聲來——但我越是報導這些世上最恐怖的新聞，就越沒有接受死亡的心理準備。尤其是那些無辜的孩子，他們因白血病、心臟衰竭，或是溫蒂妮症候群而死。

提姆！

「你當年救的孩子就叫提姆，對吧？」

我點點頭，放棄繼續找錢包的念頭。如果我走運的話，它應該落在我那富豪汽車的座椅上，不過也很有可能是被弄丟在某處了。

「是啊。不過不是他，只是名字一樣而已。」

我救的那個提姆每年都會寫聖誕卡給我，看得出來是被父母逼著寫的——字跡潦草，完全不是小孩的口吻——就是那種會被貼在冰箱上面，但人們看都不會看上一眼，最後被遺忘、丟棄的卡片。不過這至少證明了，提姆在重症之下仍和父母過著還算正常的生活，而不是躺在安寧病房度過最後的時光。

「媽媽說，從當時在橋上的事件之後，你就不再是原本的你了。」尤利安用他的大眼睛望著我。

當時在橋上。

連辦公室都進不去。

記得昨天在編輯部販賣機買飲料的時候，錢包還在啊！而且我敢發誓，我真的有把它放回外套口袋裡。但它現在就是不見了。

「對啊，玩具一年比一年多。」我咕噥著，同時很生氣為什麼自己會有愧疚的語氣。乍看之下我好像是在抱怨，不過事實上，我很樂意買禮物送給兒子。其實我覺得，一架木雕的螺旋槳飛機，遠比現在護士從 IKEA 袋子裡取出的夜光水槍更富有教育意義。不過關於「富有教育意義」這個觀點，我年輕時和爸媽已經吵得夠厲害了。他們始終無法理解，為什麼只因為朋友們都有隨身聽跟 BMX 腳踏車，我就非得也要不可。所以，你可以說我膚淺，但我可不想讓自己的兒子變成團體邊緣人……當然，這不表示我什麼鬼東西都會買給他，只是我不願把他兩手空空的推進適者才能生存的大環境裡——畢竟人生在世，每天就連在學校操場上，他都在跟別人競爭。

莫妮拿起蜘蛛人娃娃，「我覺得你好棒，捨得把這些好東西分給別人。」她對我兒子微笑。

「當然，」尤利安咧嘴一笑。「我很樂意。」他說的是實話。雖然一開始是我出的主意，提議每年生日在他收到新玩具之前，必須清掃房間的存貨，不過他很快就投身其中。

「我們清出空間來做些好事吧！」他附和我的話，著手進行清理。也因此我們有了所謂的「陽光日」。在那天，我們父子倆會起個大早，把不要的玩具帶到兒童重症病房送給病童。

「這一定是要送給提姆的吧！」護士微笑著將蜘蛛人娃娃放回去，又打量著其他玩具，接著她跟我們道別離去。我目送她的背影，驚訝地發現必須竭力才能克制住自己的淚水。

「還好嗎？」尤利安看著我問。他已經習慣他爸只要到二樓的「陽光站」就會變身成愛哭鬼

「啊哈，脈輪。我怎麼沒想到？搞不好我們兒子兩年前玩滑板導致手腕骨折，也是因為脈輪不平衡。」我想到一番能讓妮琪無話可說的言語攻擊。當年她甚至曾認真詢問醫生，是否可以用催眠取代麻醉。

「你該喝點東西。」我轉移話題，走向自動販賣機。「要喝什麼？」

「可樂！」他馬上歡呼說。

當然啦，可樂。

妮琪肯定會翻臉。跟我還有婚姻關係的妻子，基本上只在健康食品店和有機超市採買，含有咖啡因的汽水從來不在她的購物清單上。

我也沒辦法，這裡又沒賣茴香茶。我心裡想著，一邊掏外套口袋找錢包。此時後方出其不意傳來一陣年輕但沙啞的聲音，把我嚇了一跳。

「真沒想到，是佐巴赫家耶！」

金髮護士從暗處轉出，出現在走廊上，還推著五顏六色的茶具餐車。她搶眼的上唇環讓我恍然想起，去年來時也曾見過她，

「哈囉，莫妮。」尤利安顯然認出她了。她露出老練的「小病人都是我的好朋友」的笑容，將目光轉向我們帶來的物品。

「今年捐**這麼多**玩具啊？」

我因為一直找不到錢包，只是心不在焉地點點頭。

拜託可別弄丟了啊！我所有的證件、信用卡還有門禁卡都放在錢包裡。沒有門禁卡的話，我

「媽媽有帶你去看醫生嗎？」

既然我們都在醫院了，也許可以順便做個檢查。

尤利安搖搖頭。

「沒，只有……」他頓了頓，我感到怒氣往上衝。

「只有什麼？」

他心虛地避開我的目光，低頭看著袋子的提環。

「等一下，你們該不會又跑去找那巫醫了吧？」

他遲疑地點點頭，像是對我懺悔。不過這件事根本不是他的錯，是他媽！他媽媽總是愛找些偏方，寧可把我們的兒子帶去看印度上師，也不去耳鼻喉科。

很久以前，當我還愛著妮琪的時候，總會拿她的怪癖開玩笑。在她幫我看手相解讀未來，或說我的前世是個希臘奴隸時，我還覺得滿有趣的。只是這些年來，她本來無害的古怪逐漸變成要命的缺陷，讓我不管身體或心靈都與她漸行漸遠——至少我以此說服自己相信，我們婚姻的失敗並不全然是我的責任。

「那個庸……呃，巫醫怎麼說？」我問。我努力讓語氣聽起來不要太挑釁，否則尤利安可能會以為我在責怪他，但他根本沒辦法改變他媽媽。妮琪既不相信現代醫學，也不相信演化論。

「他覺得我的脈輪不平衡。」

「脈輪？」

我感覺血液衝到臉上。

83

我和兒子再度來到此處。有一說是：在柏林，孩子們覺得死在這裡也沒有遺憾。

「真的嗎？你確定不想要那架直升機了？」我用下巴努一努我從長廊那頭抱來的紙箱。「真的想清楚了嗎？那可是搭載了動力推進器的傑克船長直升機耶！」

尤利安用力點頭。他雙手拖著IKEA的大袋子，走在塑膠地板上，袋子裡塞滿了東西。

我問了他好幾次是否需要幫忙，但他非得自己拖著那袋重物進醫院不可。這是每個青少年都會經歷的「我夠大了」的典型反應。他們正處於「我不想一個人」跟「給我點空間」的兩難階段。為了顧及他的自尊心，我唯一能做的就是走慢點。

「我不需要那東西了！」尤利安肯定地說，然後開始咳嗽。一開始聽起來像是嗆到，不過他越咳越嚴重。

「小子，你還好嗎？」我放下箱子。

我去家裡接他時，就注意到他臉色潮紅。但我以為他汗濕的手和黏在脖子上的髮絲，是因為單獨拖行沉重的袋子穿過花園的緣故。

「你感冒一直沒好？」我擔心地問。

「差不多好了啦，爸。」他擋開我想觸碰他額頭的手。

他接著咳嗽，聽起來是比先前好些了。

每當這個時候，我總會大叫一聲驚醒，然後稍感慶幸，那只是場惡夢。直到我伸出手去，摸到床的另一側空空如也，才會意識到，這些事情確實曾發生過。它讓我丟了工作、家庭破碎，也失去了在夜裡不被惡夢驚醒，一覺到天明的能力。

自從那次開槍之後，我就活在恐懼中。那是一種清晰、冰冷，滲透一切的恐懼。它是我夢境的濃縮。

在橋上，我殺了一個人。

當然我也可以為自己開脫，說這麼做拯救了另一條生命。但我很清楚，這兩者之間不能畫上等號。如果當時是我搞錯了呢？如果安潔莉卡從沒有打算要對孩子下手呢？也許她張開雙手，只是想把孩子交給我？我向她開槍的瞬間，子彈貫穿了她的頭部。那子彈穿透速度之快，讓她的腦袋瞬間停止運作，無法將手伸得更遠，而我得以搶在孩子從她手中滑落之前接住。

但假如在橋上，我射殺的是個無辜的人呢？

如果真是如此，總有一天，我得為自己的錯誤付出代價。

我早就知道這一點了。只是沒料到，這天會來得那麼快。

間斷線——

「**該死，不要，別那麼做！**」組長的怒吼聲在我耳邊咆哮，但在當下，我已經什麼都顧不得了。「**放下槍！放下！**」

這幾句話，是後來我從調查委員會主席擺在我面前的特勤組報告裡得知的。

七年後的今天，我已經不能確定，在事情發生的當下，我是否真的看見了**那個**。

那個。

那是藏在她眼裡的某種東西。

你可以把我的感覺稱作預感、直覺或靈光，但我察覺到了：在安潔莉卡轉向我的瞬間，她意識到自己的精神疾病。她知道自己是誰，知道自己有病，也知道懷裡抱著的不是她的小孩，更知道我一接過孩子，就再也不會還給她。

「**妳停下來，別作傻事啊！**」

我從拳擊訓練的經驗中知道，要預測對手的行動，該觀察哪裡——看肩膀！安潔莉卡慢慢把手張開，肩膀正往「那個」方向移動，一切就只有一種可能……

三公尺，只剩下該死的三公尺而已。

她想把孩子從橋上丟下去！

「**放下武器。我再重複一次：放下武器**。」

我不在意耳邊的聲音，拔出手槍直接對準她的額頭。

開槍——

我剛才說的故事而來。」

「才沒有！」

就有。

很不幸的是，我不是在設計騙她。溫蒂妮症候群是一種罕見的中樞神經系統疾病，也是致命的重症。罹病的孩子會因為沒有專注於呼吸而窒息。提姆（那孩子的本名）的呼吸系統在清醒時還能勉強好好運作，讓那小身體吸取足夠的氧氣，可是當他睡著後，就得仰賴人工呼吸器了。

「這是我的孩子！」安潔莉卡再度唱搖籃曲抗議。

睡吧，寶寶，睡吧……

「你看，他在我懷裡睡得多安穩。」

天吶，不！這回她說對了，那孩子再也不發出任何聲音了。

爸爸照顧小羊……

「對，他是妳的孩子沒錯，安潔莉卡。」我懇切地說，再前進一公尺。「沒人會質疑這點。但是他絕不可以睡著，妳有聽到嗎？不然他就會像童話裡的漢斯一樣死掉。」

「不、不、不！」她頑固地搖頭。「我的孩子好好的，他才沒有被詛咒呢！」

「他當然沒有被詛咒，但他病了。請妳把他交給我，好讓醫生幫他把病給治好。」

我已經很靠近她了，甚至聞得到她很久沒有洗的頭髮所產生的甜膩氣味，她廉價的慢跑服上充滿頹廢的臭味。

她轉向我，我第一次看見那小傢伙，他嬌小紅潤的**睡**臉……我驚恐地看著安潔莉卡，理智瞬

「結果呢？」安潔莉卡狐疑地問。我趁機向前再跨了大約一輛車的距離。看來童話的轉折比我的靠近更令她感到不悅。

「漢斯想盡辦法不要睡著，他奮力對抗倦意。但最後還是忍不住把眼閉上。」

「他死了？」她悄聲問。削瘦的臉龐再無一絲喜悅之情。

「沒錯。在睡夢中他忘了呼吸，這也意味著他的死亡。」

我耳邊傳來一陣雜音，但這次組長沒開口。此時，除了遠方的城市喧囂之外，什麼也聽不見。一群黑鳥振翅飛過我們的頭頂朝東而去。

「這可不是什麼美麗的童話，」安潔莉卡用力抱緊懷中嬰兒，身體前傾。「一點都不美！」

我向她伸出手，同時走得更近了些。

「是不美，而且也不是童話。」

「不然呢？」

我稍作停頓，等著嬰兒發出什麼聲響來顯示他的生命跡象。然而他一點聲音都沒有，一片沉寂。我說話時感到口乾舌燥。「這是事實。」

「事實？」

她猛力搖頭，像是早知道我要說什麼了。

「安潔莉卡，請妳聽我說，妳手上的孩子患有溫蒂妮症候群[4]。那是一種疾病，病名就是從

---

4 溫蒂妮症候群（Ondine Syndrome），先天中樞性換氣不足症候群。

「溫蒂妮？」她撇了撇嘴角，「沒聽過。」

「沒聽過嗎？嗯，那就讓我說給妳聽吧，這是個很美的故事……」

「你打算要幹什麼？你現在是瘋了不成？」組長又在我右耳邊大吼，我則當作沒聽到。

八公尺。我一步又一步地踏入禁區。

「溫蒂妮是個女神或仙女。她美的絕世無雙，愛上了不死騎士漢斯。」

「寶貝，你聽到了嗎？你是個騎士呢！」嬰兒以哭喊作為回應。

謝天謝地，他還有呼吸。

「對啊，但騎士太有魅力了，所有的女人都為他著迷，」我繼續說：「所以他移情別戀，離開了溫蒂妮。」

七公尺。

我等到再次聽見嬰兒哭叫聲時才前進。「因此溫蒂妮的父親，海神波塞頓非常生氣，他詛咒了漢斯。」

「詛咒？」她停下動作。

「沒錯。從此漢斯就不能自發性呼吸，他必須要隨時隨地專心想著呼吸這件事才行。」

我吸了一大口冷空氣到肺裡，講話時又吐出來。「吸氣、吐氣、吸氣、吐氣……」我的胸膛示範起伏動作。

「假如漢斯一個閃神沒有想著要呼吸，他就會死。」

六公尺。

孩子拐來充當自己的骨肉，也是她第三次被路人發現在醫院附近出沒。大概不到半個小時前，這個赤腳抱著哇哇大哭的嬰兒站在橋上發呆的女子，引起了單車快遞員的注意。

「他還沒有名字。」安潔莉卡說。她的壓抑作用[2]嚴重到堅信懷裡抱著的是自己的親生骨肉。我知道要說服她面對現實，根本毫無意義可言。要我用七分鐘去完成七年密集治療都辦不到的事，絕對是不可能的，我也沒做這個打算。

「叫漢斯怎麼樣？」我建議。我跟她的距離最多只有十公尺了。

「漢斯？」她鬆開一隻手，掀開懷裡的襁褓。聽見嬰兒哇哇哭叫的聲音，我不禁鬆了口氣。

「漢斯聽起來滿好的，」安潔莉卡出神地說。她退了一小步，距離欄杆遠了些。「像〈幸運的漢斯〉[3]一樣。」

「對啊。」我表示贊同，很謹慎地再往前跨一步。

九公尺。

「或是其他童話中的漢斯。」

她轉頭看著我問：「哪個童話？」

「嗯，溫蒂妮仙女裡的漢斯如何？」

確切地說，那其實是個日耳曼傳說，不是童話，不過緊要關頭，這點小事就不重要了。

1 俄羅斯薩哈共和國首府。
2 指抗拒接受不願面對的現實及資訊。
3 〈幸運的漢斯〉（Hans im Glück），格林兄弟所寫的一則童話。

我因緊張而打了個哆嗦。雖然十二月的溫度意外的遠高於零度，但是感覺就好像身在雅庫茨克[1]一樣冷。在外面吹風三分鐘，耳朵都要凍得掉下來了。

我沉重的靴子底摩擦碎石。她終於轉頭望著我，動作非常緩慢，像是慢動作鏡頭一樣。

「哈囉，安潔莉卡？」

「我叫做亞歷山大．佐巴赫，我想跟妳談談。」

因為這是我的工作。我是今天負責此案的警方談判專家。

「他很可愛吧？」她開口問，音調就像剛才唱兒歌時一樣。

睡吧，孩子，睡吧……

「我的孩子可愛嗎？」

我表示同意，其實以我們之間的距離，根本無法分辨她纖細的上半身究竟抱著什麼。那可能是個長抱枕、疊好的棉被或是布娃娃。然而很不幸的，我們用感熱攝影機偵測到，她懷裡的是個活生生的、溫熱的小東西。我看不清楚他的模樣，不過聽得見那小傢伙的聲音——

六個月大的嬰兒哭出聲來，虛弱但不間斷。

這真是今天最好的消息了。

但壞消息是，就算那精神錯亂的女人沒把他從橋上扔下去，這小傢伙也只剩幾分鐘可活了。

媽的，安潔莉卡。無論如何，這次妳是挑錯小孩了。

「這可愛的小東西叫什麼名字？」我試著再次打開彼此的話匣子。

由於一次不當的墮胎手術，安潔莉卡無法再受孕，她因而發瘋。這已經是她第三次把別人的

最後一章　結局

睡吧，寶寶，睡吧。爸爸照顧小羊……

「**拜託請她別再唱了！**」組長的聲音在我右耳咆哮。

媽媽搖搖小樹，樹上掉下夢來……

「**別讓她再唱那首該死的歌了！**」

「好、好，我懂，我知道該怎麼做。」我對著貼在襯衫上的麥克風說話。那麥克風是幾分鐘前由特勤組的技術員貼上的，好讓我跟組長保持聯繫。

「如果你再大吼大叫的話，我就要把這該死的耳機扯下來了，瞭解嗎？」

我走到橋中央。這座橋在 A100 高速公路正上方，而我們腳下十一尺處的高速公路現已雙向封閉。這措施與其說是要保護不遠處那個精神錯亂的女子，還不如說是要保護車輛駕駛。

「安潔莉卡？」我呼喚她的名字。我在臨時指揮中心聽了簡報，知道她今年三十七歲，有兩次誘拐兒童的前科，過去十年，至少有七年時間都待在封閉的療養院裡。可惜四個禮拜前，有個善解人意的心理學家在精神鑑定以後，建議讓她回歸人群生活。

同事先生，真是多虧你了，害我得收拾這個爛攤子。

「如果妳不反對的話，我想走近一點。」我舉起雙手說。她沒有反應，倚著生鏽的欄杆，雙手交叉在胸前，懷裡抱著一個搖籃，身體微向前傾，手肘撐在欄杆上。

這裡寫的是命運。

人生。

這男人痛苦到了極點才意識到，死亡不過正要開始——而這個男人就是我。

後記

亞歷山大・佐巴赫（我）

有些故事一如死亡的漩渦，和生鏽的倒鉤一起在人的意識裡越埋越深，讓人不得不傾聽。我將這種故事稱為「永恆運動」（Perpetuum Mobile）。因為主題和永恆的死亡有關，所以它們是那種從不曾真正開始，也永遠不會有結束的故事。

有時候，一些不負責任的人會為了享受聽眾眼裡流露出的恐懼，及敘述時所喚起的惡夢——在那些當你獨自躺在床上，因無法成眠而呆望著天花板的夜晚裡——而說起這些故事。

也偶爾，有人會在書頁間讀到這樣的故事。他們會趕緊把書闔上，一舉逃開。這就是我要給你的忠告：別再讀下去了！

我不知道你是怎麼找到這個故事的，但我可以確定，這不是寫給你看的故事。這種恐怖的紀錄根本不該落入任何人手中。尤其絕不可以落在你的仇家手裡。

請你相信，這是我的親身經歷。我無法閉上雙眼，也無法把書擱置一旁。這是發生在某人身上的真實故事。這個人的淚水如血湧，從眼睛汩汩流出，雙手擁抱著幾分鐘前還在呼吸、還愛著、還活著的人扭曲的血肉……

這不是電影，不是傳奇，也不是書。

商周出版

讀者回函卡

不定期好禮相贈！
立即加入：商周出版
Facebook 粉絲團

感謝您購買我們出版的書籍！請費心填寫此回函卡，我們將不定期寄上城邦集團最新的出版訊息。

姓名：＿＿＿＿＿＿＿＿ 性別：□男 □女

生日：西元＿＿＿＿年＿＿＿＿月＿＿＿＿日

地址：＿＿＿＿＿＿＿＿

聯絡電話：＿＿＿＿＿＿＿＿ 傳真：＿＿＿＿＿＿＿＿

E-mail ：

學歷：□ 1. 小學 □ 2. 國中 □ 3. 高中 □ 4. 大學 □ 5. 研究所以上

職業：□ 1. 學生 □ 2. 軍公教 □ 3. 服務 □ 4. 金融 □ 5. 製造 □ 6. 資訊
□ 7. 傳播 □ 8. 自由業 □ 9. 農漁牧 □ 10. 家管 □ 11. 退休
□ 12. 其他＿＿＿＿＿＿＿＿

您從何種方式得知本書消息？

□ 1. 書店 □ 2. 網路 □ 3. 報紙 □ 4. 雜誌 □ 5. 廣播 □ 6. 電視
□ 7. 親友推薦 □ 8. 其他＿＿＿＿＿＿＿＿

您通常以何種方式購書？

□ 1. 書店 □ 2. 網路 □ 3. 傳真訂購 □ 4. 郵局劃撥 □ 5. 其他＿＿＿＿

您喜歡閱讀那些類別的書籍？

□ 1. 財經商業 □ 2. 自然科學 □ 3. 歷史 □ 4. 法律 □ 5. 文學
□ 6. 休閒旅遊 □ 7. 小說 □ 8. 人物傳記 □ 9. 生活、勵志 □ 10. 其他

對我們的建議：＿＿＿＿＿＿＿＿

國家圖書館出版品預行編目資料

集眼者 / 瑟巴斯提昂・費策克(Sebastian Fitzek) 著 林可儿 譯. -- 初版. --
台北市 ：商周出版, 城邦文化出版：家庭傳媒城邦分公司發行；
2014.12　面：　公分. -- （iFiction ; 66）
譯自：Der Augensammler

ISBN 978-986-272-692-1（平裝）

875.57　　103021200

集眼者

原著書名 / Der Augensammler
作者 / 瑟巴斯提昂・費策克（Sebastian Fitzek）
譯者 / 林可儿
責任編輯 / 林宏濤、陳名珉

版權 / 林心紅
行銷業務 / 李衍逸、黃崇華
總編輯 / 楊如玉
總經理 / 彭之琬
發行人 / 何飛鵬
法律顧問 / 台英國際商務法律事務所　羅明通律師
出版 / 商周出版
城邦文化事業股份有限公司
台北市中山區民生東路二段141號9樓
電話：(02) 2500-7008 傳眞：(02) 2500-7759
E-mail：bwp.service@cite.com.tw
Blog：http://bwp25007008.pixnet.net/blog
發行 / 英屬蓋曼群島商家庭傳媒股份有限公司城邦分公司
台北市中山區民生東路二段141號2樓
書虫客服服務專線：02-25007718・02-25007719
24小時傳眞服務：02-25001990・02-25001991
服務時間：週一至週五09:30-12:00・13:30-17:00
郵撥帳號：19863813　戶名：書虫股份有限公司
讀者服務信箱E-mail：service@readingclub.com.tw
歡迎光臨城邦讀書花園 網址：www.cite.com.tw
香港發行所 / 城邦（香港）出版集團有限公司
香港灣仔駱克道193號東超商業中心1樓
電話：(852) 25086231　傳眞：(852) 25789337
馬新發行所 / 城邦(馬新)出版集團 Cité (M) Sdn. Bhd.
41, Jalan Radin Anum, Bandar Baru Sri Petaling,
57000 Kuala Lumpur, Malaysia
電話：(603)90578822　傳眞：(603) 90576622

封面設計 / 陳祥元
排版 / 新鑫電腦排版工作室
印刷 / 韋懋印刷事業有限公司
總經銷 / 高見文化行銷股份有限公司 電話：(02) 26689005
傳眞：(02) 26689790　客服專線：0800-055-365

■2014年12月4日初版
定價 350元

Printed in Taiwan

城邦讀書花園
www.cite.com.tw

Originally published under the title Der Augensammler

The book was negotiated through AVA international GmbH, Germany (www.avainternational.de).

ISBN 978-986-272-692-1